惩罚者 punisher

大结局
完美谎言

韦一同 著

中国友谊出版公司

图书在版编目（CIP）数据

惩罚者：大结局/韦一同著. —北京：中国友谊出版公司，2018.6

ISBN 978-7-5057-4406-6

Ⅰ.①惩… Ⅱ.①韦… Ⅲ.①长篇小说－中国－当代 Ⅳ.①I247.5

中国版本图书馆CIP数据核字（2018）第134372号

书名	惩罚者：大结局
作者	韦一同
出版	中国友谊出版公司
发行	中国友谊出版公司
经销	新华书店
印刷	北京嘉业印刷厂
规格	700×980毫米　16开 17.5印张　242千字
版次	2018年12月第1版
印次	2018年12月第1次印刷
书号	ISBN 978-7-5057-4406-6
定价	42.00元
地址	北京市朝阳区西坝河南里17号楼
邮编	100028
电话	（010）64678009

如发现图书质量问题，可联系调换。质量投诉电话：010-82069336

第二届"磨铁杯"原创文学黄金联赛

首届"磨铁杯"原创文学黄金联赛
三个赛季激烈角逐，过万部参赛作品
新女性、悬疑脑洞、青春宅想，题材繁多，佳作频现
为读者大大们献上了一场横跨16个月的文学盛宴

首届珠玉在前，又有增至2000万等值的黄金奖励，
专业的评委、专业的态度，
"一掷千金" 只为发现最具吸引力、
最受读者喜爱的网络文学作品！
拯救书荒，让你一次读个够！
更加多元的题材、更加出彩的作品，
期待着您与磨铁文学一起，
见证这场高手云集、精品倍出的文学赛事，
见证新时代黄金作家的诞生。

2018年
第二届"磨铁杯"原创文学黄金联赛
佳作集结，
阅读的号角已经吹响

CONTENTS

目录

1	引子 两起凶案	001
2	感情经历	003
3	重新验尸·上	006
4	重新验尸·下	011
5	变态男友	016
6	厕所探头	021
7	探询房间	026
8	嫖娼老头	031
9	风尘女如烟	036
10	回案发地·上	042
11	回案发地·下	047
12	队员齐聚·上	051
13	队员齐聚·下	055
14	如烟筹钱	060
15	柳家古钱	065
16	开私车的人	070
17	监控结果	075
18	少年失母	080

章节	标题	页码
19	节外生枝	090
20	案发现场	095
21	何建陈述	100
22	深入调查	105
23	传唤李父	110
24	李家往事	115
25	两人分开	120
26	他在撒谎	125
27	谁的头发	130
28	李城闹事	135
29	审问李春	140
30	人性泯灭	145
31	流浪汉辨认	150
32	治平认罪·上	155
33	治平认罪·下	161
34	途中使坏	166
35	再发一案	171
36	林老师的线索	176
37	前男友	180
38	害怕的人	185
39	背叛与失去	190
40	带爱前行	195
41	承认罪行	200
42	否定猜测	205
43	心有不甘	210
44	真相是这样	215
45	家中烧纸	220
46	正面交锋	225
47	王律师·上	230
48	王律师·下	235
49	人间正道	240
50	搜查	246
51	骷髅	250
52	认罪	255
53	结案	260
54	无果	265
55	终章	269

引子

深夜，乌云遮住了月光，整个小城仿佛睡着了一般，冷清得连细碎的脚步声都听得见。

虽然巷子尽头的灯光十分昏暗，但地面上女子的容貌还是依稀可辨，她闭着眼睛，脸色似乎有些苍白，看样子不过三十来岁。

此刻，他站在女子身边，仔细地打量着她——圆圆的脸蛋，嘴稍微有些大，右脸颊还有一颗痣。老实讲，她并不是一个美女，可他却很是喜欢。

女人的裤子被脱了扔在一旁，他盯着女人裸露的下体，眼神一片炽热，胸中仿佛有团欲火快要将他吞噬。

随后，他蹲了下来，将手指放在女人鼻孔前探了探，女人已没了呼吸。他心里不由得一紧，随即看向巷子深处，静悄悄的，什么都没有。

他颤抖着将右手缓缓地伸进女人的上衣，当那份想象中的柔软真实地与之皮肤相触碰的那一刻，他闭上了眼睛，整个身子一阵酥麻，快感传遍了全身，有种说不出的满足。

"喵！"

一声猫叫，惊得他睁开了眼睛，下意识地抽回了手，有些慌张地四下看了看，确定没有人。

他重新看向女人，犹豫几秒后，心一横，脱下了自己宽大的外衣，将她一裹，然后扛在肩头，顺着巷道的阴影，走回了屋子。

打开门，他小心翼翼地把女人放在床上，再轻轻关上房门，拉好窗帘，又走回床边，端详了一阵她的脸庞，然后忽然像想起什么似的快步走到厨房，打开煤气灶，烧了一壶热水。

他把热水倒进自己的洗脸盆里，又细心地加了些冷水勾兑得温度正合适，端到床边，帮女人脱掉衣服，用毛巾沾着盆里的温水，擦拭着女人的身体，动作轻柔，像害怕弄疼了她一般。

经过擦拭，女人光着的身上原来沾的泥灰都不见了，很是干净。他十分满意，憨憨地笑了，把女人往里挪了挪，然后迅速地脱光了自己的衣服。

他抑制着内心的冲动，耐心地用盆里的水把自己的身体也擦了一遍，他可不想待会儿弄脏了她。接着，他才迫不及待地上了床，挨着女人躺下。

他有些紧张，躺上去后，好一阵都没动。最后，他关了电灯，屋子陷入一片黑暗。

总算没那么紧张了，他向右侧身，将右手从女人的颈下穿过，把她的身子往左侧搬动。

面对面后，他觉得他们之间亲近了不少，于是拉起女人的右手，放在自己身上，把自己的左手也搭在女人身上，在心里试了几次，终于轻唤了出来："老婆。"

1
两起凶案

梓州县接连发生两起奸杀案,第一具尸体在案发第二天即被发现,第二具在案发后第四天被发现,死者生前均被强奸,体内却无精液,现场也没有任何指向性证据。

县刑警大队调查数日后一无所获,向M市公安局请求协助,市刑侦支队随即抽调精干警力赶赴梓州,成立专案组。

与以往不同的是,此次市局派出的组长是一名年轻的女刑警——文雅,二十八岁,公安大学刑侦专业高才生,毕业后即在梓州县局工作,屡破要案,一年前被提拔为梓州县刑警大队城区中队的中队长,半年前调入市公安局刑侦支队,擅长细节观察。

我,陆扬,二十九岁,参加刑警工作三年,参与办理三起被M市委市政府督办的重大命案,地方大学理科专业毕业,擅长逻辑推理。

范一,大家最初称他为"一哥",他觉得有些不妥,于是有了"二哥"的绰号,五十岁,审讯经验丰富,为人随和,从警二十八年,其间多次有机会升职,均向领导委婉拒绝,用他自己的话说,"只想当警察,不想做官"。

去梓州的路上,文雅向我们通报了案件的详细情况。

八天前,一名晨跑者在城郊路边的杂草丛中发现一具女尸,法医检测出女子死于窒息,脖颈处有瘀痕,死亡时间是头天晚上,生前被强奸,阴道处有撕裂痕迹，无精液，提取到避孕套润滑油成分。

今天清晨五点，一名环卫工在城区玉洁巷的一个垃圾桶里发现另一具女尸，经法医鉴定，女子同样死于窒息，死亡时间在四天前，被发现时，已有腐败迹象，阴道处撕裂严重，无精液，深处有少量润滑油成分。

两具女尸身上的物品都被洗劫一空，经过刑警勘查，尸体发现处均不是案发第一现场，没有找到凶手的指向性证据，唯有第一具女尸的屁股下有一枚古钱币。

"什么样的古钱币？"二哥问。

"据说与一般的不一样，像把小刀，照片没有传给我。"文雅回答。

二哥声音陡然提高："六字刀币？"

文雅有些意外："怎么，这东西很值钱吗？"

二哥给我们科普道："六字刀币是战国时期的流通钱币，真品的话，市场价最高已经卖到了一百万元一枚，当然，这与成色和破损程度有关，便宜的也有卖几千、几万元的。"

古钱币我也见过一些，不过都是圆形的铜钱之类，年代也以清朝为主，这战国的六字刀币还是头一次听说，没想到这么值钱。

文雅接着说："县局的同事最初分析其是死者留下的，可细一想，不合情理，凶手应该在抛尸前就搜刮了死者的财物，既然如此，怎么会独独剩下一枚钱币呢？"

我回答："这种钱币很少见，凶手不认识也正常，只当成一块破铁，自然看不上眼。"

文雅却说："你说得有道理，可是，后来经过死者家属及朋友辨认，钱币的确不是死者所有。"

"会不会是那个地方本来就有这样一枚钱币，凶手抛的尸体刚好压在了它上面？"二哥说。

文雅同样否定了这个猜测："经过现场勘查，以及对钱币上泥土和水分的鉴定，证实钱币与尸体是差不多时间出现在那里的。"

听完，我沉吟道："这样的话，多半就是凶手不小心掉落的了，晚上抛尸，光线不好，那种地方，钱币掉落也不会有声音，因此凶手没有发现。可既然凶手这么有钱，犯得上抢劫女子身上的财物吗？"

二哥马上说："抢劫财物极有可能是凶手制造出的假象，而那么贵重的钱币，凶手带在身上不合常理，我估计他是准备近期出手的，不知梓州县局的同事有没有去古董市场问问。"

"我看一下。"文雅翻着手中的资料，过了一会儿，她说，"刀币已经找专家鉴定过，是真品，市场价在一万至五万，但是，案发前后，没有人拿着相似的刀币找城里的古董商询价。"

"有没有将刀币的照片张贴出来，向群众征集线索？"我问。

文雅摇了摇头："奸杀案性质恶劣，为了减少负面影响，以及不引起恐慌，梓州县局一直没有向外界公布详细案情，对钱币的调查工作也是小范围进行，正因为这样，收获甚微。"

"纸是包不住火的，短时间内发生两起类似案件，凶手又没有留下证据，如果再不向群众搜集线索，只怕我们去了也不好办。"二哥对县局的做法颇有微词。

我赞同地说："是啊，既然六字刀币这么特殊，存世真品也少，如果有人见过或是听说过的话，印象应当很深刻，通过它来缩小疑凶范围是不错的选择。"

"请求市局协助时，梓州县局局长已经表了态，侦办所需物品皆由他们提供，侦办方向与侧重点完全由我们来定，县上会给我们最大的支持。所以，办案过程中，你们有什么想法尽管跟我说，只要确实对破案有利，其他因素就不考虑了。"文雅的话让我和二哥都安了心，她是专案组组长，本身又是从梓州县局调出的，中间的协调自然没问题。

说完两起案子中唯一的物证，我提出了另一个问题："从死亡时间来看，第一起案子，凶手作案当晚就抛了尸，尸体次日被发现；而第二起案子，尸体被发现时，已经死亡四天了，难道这几天尸体一直在垃圾桶里？"

2 感情经历

　　文雅没有回答我这个问题，而是说："我在梓州公安局待过几年，刑警大队还是有能人的，可现在第一起案子已经发生七八天了，却始终没有锁定嫌疑人，我看凶手是个反侦查力极强的人。"

　　"没错。"二哥很赞同。

　　文雅接着道："所以，我建议现在先抛开这份资料，等会儿到了县局，先不看详细的卷宗，以免受前面调查民警的思维影响，我们先看物证和照片，掌握客观的走访情况，之后再找之前的民警合议。"

　　我明白文雅的意思："也就是说，假定这个案子从一开始就是我们接手，完全从头来查起。"

　　"对！"文雅干脆地说。

　　说定后，我们便不再谈论，我开着车，他们闭目养神，半个小时后，车子驶进了梓州县局。

　　我们在会议室与县局相关人员进行了接洽，碰头会由县公安局局长主持。局长再次表态，侦办过程中，县局所有警力任由我们调动。文雅代表专案组向局长表示了感谢。

　　简短的欢迎仪式后，我们接手了相关物件，文雅与局长说了几句，局长就带人离开了，会议室只剩下四个人。

这次的专案组成员有五个，除了我们仨，另两人是梓州县局的，都是文雅点名要来的。

文雅指着那个男子，向我和二哥介绍道："官飞，三十七岁，梓州刑警大队情报组组长，绰号'地猫'。他手中掌握有梓州黑白两道的绝大部分情报信息，梓州县破获的多数刑事案件，都离不开他手中的情报支持，甚至纪委调查某些贪官的受贿经过，都会来找他要消息。"

我看向官飞，他身高在一米六五左右，体形偏胖，穿一件灰色的长袖T恤，国字脸，肤色较黑，其貌不扬，很是普通，比起警察的身份，他更像一个从沿海一带归来的打工者。

刚才进入会议室，里面有十来个人，有穿警服的、有穿便衣的，接洽工作时，官飞一句话都没说，以至于我完全没注意到他的存在，足见他有多么普通，可是没想到他会是这么厉害与重要的人。

在我错愕时，官飞已经伸出手来，与我和二哥逐一握过，嘴里说着："向市局的同志学习。"

"不敢当，向前辈学习。"我忙回应。

专案组最后一个人本来在省公安厅学习，在文雅向县局提出要求后，正从省城往回赶，要晚上才能到，文雅说到时候再给我们介绍。

彼此认识后，文雅让我拉上会议室的窗帘，由官飞在投影仪上给我们演示两起案子的现场情况以及尸体的细节部位，一边演示，一边进行解说。

先是第一起案子，女尸被发现时，衣服穿戴整齐，头发也未有凌乱，脖子处有瘀青，但是没有提取到指纹，怀疑凶手作案时戴有手套，除此，身上无其他外伤。

由于没有证件，尸体身份无从得知，警方发出协查通报后，当天中午得到了反馈：死者叫张艳，二十六岁，高中文化，户籍在梓州县永安镇，是县城一家名为"丽发"的超市收银员，租住在附近的一处民房内。

张艳于案发当晚十点下班，最后与其接触的是同事杨晓兰，第二日尸体被发现，其间手机无通信记录。

从照片上看到，张艳是长头发，长相中等偏上，脸上化有淡妆，眼睛是闭着的，身材苗条，穿着一件连衣裙，上身还有件小外套，衣服正面不脏，背面因为与地面接触，沾了些泥土。

法医在翻动张艳尸体时，看到了她屁股下压着的那枚钱币。官飞将照片放大，我仔细看去，这钱币的外形的确像把小刀，刀把处断了一截，刀面上刻着几个不认识的字。

"真是六字刀币啊，可惜刀把断了，不然价格至少能乘以十。"二哥赞叹道。

官飞说："没错，这种古币比较少见，但我找梓州的古玩收藏家问过，并没人见过此枚断把的六字刀币。"

"死者的社会关系如何？"文雅问。

官飞介绍说："张艳家庭背景简单，父母都是农民，但因其高中后即踏入社会，至今已有七八个年头，做过好几个行业，所以朋友圈子比较广，交过三个男朋友，现在的男朋友李城是一名牙科医生。"

张艳是在一次洁牙的时候认识李城的，其间与李城聊了几句，又加了李城微信。李城人长得帅，又是口腔医学硕士毕业，为人很谦和，不摆架子，一来二去，张艳就喜欢上了他。

最初，李城很明确地拒绝了张艳的示好，说他暂时不考虑个人问题。张艳也不着急，提出先试着当普通朋友。

都说"男追女，隔座山；女追男，隔层纱"，或许是张艳的执着感动了李城，慢慢地，两人越走越近，双方的朋友都看在眼里。

又过了两个多月，有一天张艳很开心地告诉杨晓兰，李城终于答应了做她男朋友。

从那之后，为了让自己配得上李城，张艳开始改变，报了电大的研修班提升自己，而李城对张艳也敞开了心扉，二人关系越来越好，并计划在明年结婚。

"李城多大年龄？"我马上问。

"二十八岁。"官飞回答。

"张艳十点下班,到第二天清晨被人发现尸体,中间这么长的时间,男朋友一直没有联系她?"我觉得有些异常,年轻人都睡得晚,张艳下班的时候,李城应该还没睡才对,恋爱中的男女,联系也应当比较频繁。

官飞解释说:"那天下午,李城与几个朋友约好在外面吃饭喝酒,其间给张艳打过电话,杨晓兰在旁边听到张艳叮嘱他少喝一些,后来李城经不起朋友劝酒,还是喝多了,九点多被朋友送回家睡觉了。"

这听起来还是比较合理的,我点了点头,暂时收起了疑惑,官飞继续给我们介绍情况。

张艳工作的超市在城郊,相对偏僻,从超市回出租屋会经过两个巷子,因为拆迁,巷子里的住户比较少,夜晚更是没什么人出入,警方初步判断张艳就是在那里被凶手掳走的。

因为没找到凶手的线索,警方着重调查了张艳的社会关系,看是否有仇杀可能。

张艳在丽发超市上班有一年多了,与同事杨晓兰的关系最好,据杨晓兰说,张艳性格十分活泼开朗,跟同事都相处得挺不错,平时也没听说和谁有什么过节。

"张艳的家庭环境如何?"文雅问,又补充道,"我是说,经济条件。"

官飞说:"张艳出身农村家庭,高中毕业后,经济上都是自给自足,父母也帮不了她什么,再加之超市收银员工资低,年轻女孩子平时又爱打扮,估计没存到几个钱,所以才租住在条件比较差的地方。"

"李城是牙医,应该有钱吧?"我说。

官飞点头道:"李城二十五岁研究生毕业,工作三年,年薪是张艳的好几倍。杨晓兰听张艳说,李城几次说要给张艳换个地方,她都没有接受,因为怕被李城瞧不起,进而失去这份感情,所以平时很少开口向李城要钱。"

听到这儿,我心想,这么说来,张艳先是甘愿为了心爱的人而改变与提升自己,现在又不伸手向男朋友要钱用,这个女子的品行倒还不错。

"前面两个男朋友呢？是否存在情杀的可能？"二哥问了句。

从张艳的同学处了解到，她的第一个男朋友林天豪和她是高中同学，两人从高二开始谈恋爱，高考后，对方考上了北京一所大学，在大学里新交了一个女朋友，并与张艳分手。

起初张艳不死心，拖了一年多，对方始终没有回心转意的迹象，最后，张艳估计想明白了，无论是地理距离还是心理距离，两人都隔得太远，只得无奈地放弃了。

从那以后，张艳心情低落了好长一阵子，在低谷期认识了第二个男朋友何建。何建比张艳小一岁，长得一般，很黏张艳，对她可以说是百依百顺。

最开始，张艳似乎在他身上找到了感情寄托，那段时间，两人进入了热恋期，可等到热乎劲过了后，不知道是不是何建太黏她引起了她的厌烦，张艳对何建的态度急速降温，爱理不理，最后主动提出了分手，不久后和李城在一起了。

"张艳认识李城的时间，与她和何建分手的时间，谁前谁后？"听到这里，我问了句。

官飞冲我竖了个大拇指说："先与何建分手，再认识李城，但何建一直对张艳纠缠不清，后来何建知道了张艳和李城的事，还找过李城的麻烦。"

"哦？案发当晚，何建在做什么？"文雅有些感兴趣。

3 重新验尸·上

官飞笑着说:"巧得很,那晚李城与朋友相约在星月饭店吃饭,差不多七点半的样子,何建也出现在了饭店,情敌相见,自然没什么好脸色,两人差点打起来。"

"何建刚好也去星月饭店吃饭?"我问。

官飞拿出一份资料,回答说:"何建,二十五岁,高中文化,与张艳保持了四年多的恋爱关系,现在在某啤酒公司做销售员。案发当晚,何建是去星月饭店找老板商谈啤酒供应一事的,谈完后,看到了在饭店一角吃饭的李城。"

"刚才你说,这个何建早就找过李城的麻烦?"文雅又问。

官飞点头继续说:"对,何建很喜欢张艳,他们恋爱后期,张艳对他已经比较冷漠了,但他仍然变着法子讨张艳欢心。不过,据张艳的朋友说,何建的脾气很古怪,曾经打过张艳,张艳提出分手时,他还自残过。张艳与李城在一起后,何建又两次到李城上班的地方警告李城,第二次直接打了起来。"

听完官飞这段话,何建在我心中的形象清晰了起来:对张艳,他有着两面性,一方面可以言听计从,另一方面又有着极强的占有欲。

另外,何建还做了两件极其让人讨厌的事:打女人和自残。光这两件事，就足以让我们对他没什么好印象。

二哥拿出烟盒，给了官飞一支，自己也点了一支，然后问："有没有李城与何建的照片？"

官飞随即在投影上放出了他们两人的对比照片，照片一出来，用不着官飞介绍，我就认了出来，左边皮肤较白、长相帅气的是李城，而右边皮肤黝黑、小眼睛矮鼻梁的是何建。

文雅看着照片，又问："在星月饭店，两人相遇时的具体情况是怎样的？"

官飞说："何建两次去找李城，都是在好几个月之前，第二次他打了李城，被派出所拘留了十天，从那之后，他就没有再找张艳和李城的麻烦。直到案发那晚碰面，李城有好几个朋友在场，这边何建也顾虑到和饭店的合作关系，就没有在里面发飙，骂了两句就离开了。"

"之后呢？"我问。

"他离开后，又去了两家饭店谈业务，然后找了个地方吃饭，喝了三瓶啤酒，吃完就回家了。何建不是本地人，一个人租房子住，所以他回家后的行踪没有证人。"官飞回答。

凶手有两种可能，第一种是熟人作案，从目前掌握到的张艳的社会关系来看，何建的嫌疑比较大。不过，想必梓州警方已经对何建展开过询问，并没有找到有力的证据，不然早就把他刑拘了。

第二种可能就是凶手与死者并不认识。张艳运气差，刚好撞上了变态的凶手。无奈，因案发地与抛尸地都过于偏僻，警方同样没找到支持这一可能的证据，连目击者都没有一个。

"第二起案子……"官飞见我们对张艳的死都没有什么问题了，准备讲第二起奸杀案。

"等一下。"文雅打断了他，又问，"张艳的尸体在哪里？还没火化吧？"

官飞摇头说："在殡仪馆冷冻库。张艳父母都是农民，出了这事，伤心之余，只想早日让张艳入土为安。是李城不准火化的，说是要等到公安机关破案后再烧，必须给死去的张艳一个交代。"

二哥赞许道："这个李城还算是有情有义。"

"我们去看看尸体吧，把法医的尸检报告带上，对比着看。"文雅提议。

"既然有尸检报告，我们还去看尸体做什么？再说，我们这几个人都不是法医啊。"我有些不明白文雅的意思。

二哥和官飞脸上也有茫然之色，文雅解释道："刚才我就说了，我们要把自己当成第一批办理此案的人，不能过多地借助梓州同事的调查结果，这样才有可能找到新的线索，从而为破案带来转机。"

文雅的想法得到了我们的认可，张艳死亡已经八天，案子却没有大的进展，如果我们不发现新的线索，只怕也会无功而返。

同样，文雅没有急着让官飞给我们介绍第二起案子，应该也是不想先入为主地把两件案子进行并案处理。

梓州县殡仪馆坐落在县城西郊的马路边，离这儿还有一段距离时，官飞就指着前方的一处高烟囱对我们点明了它的位置。

车子直接开进了殡仪馆，里面很冷清，一个人影都没有，院子里稀稀拉拉地停了几辆车子。

正对着大门有一栋两层的楼房，我们走了进去，一楼是个大厅，官飞介绍说这里一般被用来布置成灵堂，死者在这里接受完亲友的吊唁后，就会被送去火化。

官飞让我们在大厅等一下，他去二楼找馆长办手续。过了十来分钟，他拿着一张单子下楼来，陪同的还有个工作人员，带我们去了冷冻库。

当警察后，我见过的尸体也不少，却还是第一次到殡仪馆的冷冻库，一走进去，就感觉到凉飕飕的，浑身起鸡皮疙瘩。我悄悄看了看其他人，官飞和二哥都是老刑警了，想必不是第一次来这种地方，神情比较镇定。

我再看文雅，她眉头微皱，轻轻咬着下嘴唇，看来她心中也是有些发怵的。那一刻，我突然对文雅生出几分怜惜，因为警察职业的严肃性，她不能像其他女孩子一样染发、美甲；刑警办案经常加班，她很少有时间去逛街买自己喜欢的东西；工作中，与尸体打交道是常事，有的时候，她明明害怕，却不仅不能表现出来，还要硬着头皮往前冲，真是难为她了。

想到此，我刻意离她近了一些，至少可以让她稍微多点安全感。

冷冻库里是一排排的冰柜，我数了下，有近五十个，每个柜子上都贴有标签，写着几行字，应该是里面装的死者的身份之类。

工作人员走到一处冰柜前，将其拉开看了看，然后对我们说："要搬出来吗？"

"搬出来吧。"文雅说。

冷冻库中间有一个台子，官飞与工作人员一起把张艳的尸体抬到了台子上，然后拉开了外面套着的黑色塑料袋，张艳的尸体就展露了出来。

她穿着一件蓝色的连衣裙，上身有件黑色的小外套，据杨晓兰说，张艳那天上班就是这样穿的。

她的脸有些发乌，眼睛是半睁开的，与我们在投影上看到的不一样，官飞说："尸体刚发现时，眼睛是闭着的，拉回刑警队后，法医翻开眼睑看了瞳孔状态，之后眼睛就这样了，就算用手把它合上，过一段时间又会半睁开，法医以此推断，张艳是在清醒状态下被人掐死的，死时眼睛是睁着的，后来被凶手强行合上了。"

二哥叹息道："死不瞑目啊。"

这时，文雅已经戴上了手套，翻看着张艳的脖子处，边看边说："凶手强奸时，用了避孕套，明显是有备而来。可如果只想强奸的话，他完全可以用硬物将张艳打晕，没必要杀人。"

说着，文雅又翻看了张艳的头部，确定无外伤，接着说："凶手戴着手套将张艳掐死，整个过程不留指纹，再次证明他是准备充分的，由此推断，凶手不是激情犯案，而是蓄谋已久，他一开始的计划就是强奸并杀人。"

文雅的话提醒了我，凶手没有先把张艳打晕，而是直接掐死，这个过程中，张艳是清醒的，应该会挣扎。那么，她的指甲里会不会留下线索呢，比如凶手的皮肤组织什么的？

我立即戴上手套，去查看张艳的双手，官飞看到我的动作，就说："法医仔细检查过,张艳的手指甲里很干净,什么都没有。"

我看着张艳的指甲缝,重复着官飞的话:"什么都没有……也太干净了点吧……"

一听我的话,二哥马上过来,仔细看了张艳的几个指甲缝,然后说:"张艳在超市收银,拿东西扫条码、收钱、找钱,这些动作都需要用到手,她的手不可能这么干净。"

"你的意思是?"我看着他问。

二哥说:"张艳的手被洗过,当然,有可能是她下班后自己洗的,但也有可能是凶手作案后帮她洗的。如果是凶手洗的话,说明指甲里有重要的证据!"

4
重新验尸·下

文雅听言，马上问官飞："张艳下班后有洗手的习惯吗？"

官飞愣了一下，然后回答："询问杨晓兰时，没有问这事。"

文雅点头道："嗯，大家记下这个问题，等会儿我们就去找杨晓兰。"

看完头和手，文雅要对张艳的身体进行查看。出于对死者的尊重，我们几个男的都转过了身。房间里一时安静了下来，只听得偶有轻微的翻动声。

过了几分钟，文雅说："可以了。"

我们转回来，文雅问官飞："张艳的阴道口撕裂程度并不大，法医怎么说的？"

官飞翻看着检测报告回答："撕裂程度比普通的强奸案小，有两种可能：其一，性交过程中，死者并无太大反抗；其二，凶手是先杀再奸。"

我分析道："如果是第一种，张艳指不定认识凶手，那么，张艳的三个男友都有嫌疑。李城自不必说，二人现在是恋爱关系，发生关系很正常；林天豪和何建都是张艳前男友，案发日特意找到张艳，或许威逼利诱，或许以情动人，要求与张艳发生关系也是有可能的。"

文雅补充说："张艳也有可能不认识凶手，怕激怒他才不敢反抗，这得从张艳平时的品行来判断。如果是熟人的话，李城似乎没强来的必要，前男友霸王硬上弓的案例还是比较常见的。"

二哥却道:"凶手既然早有杀人之心,为了减少张艳反抗带来的风险,先杀后奸也符合其思维。"

他说得有道理,我看向张艳,目光落在她脚上的高跟鞋上面,我走过去仔细看了看,鞋子的跟很细,上面沾有泥土。

"张艳下班后的行动轨迹是怎样的?"我看向官飞问。

"根据杨晓兰和李城的口供,有时李城会在超市接她下班,二人去吃点消夜,李城再把她送回去,她一个人时,通常是直接回家。"官飞回答。

"张艳从超市回住地,走过大道后,会经过两条偏僻的小巷子,那里也是凶手作案的最佳地点。张艳下班时已经十点了,到第二天清晨尸体被发现,这期间,出现在小巷的人不会多,你们有没有去那里调查鞋印?"我想到了一处关键问题。

官飞点头说:"查了,沿途发现几处与张艳脚上所穿鞋子吻合的鞋印,这也是我们判断张艳是在那里遇见凶手的依据,不过,鞋印在第一条巷口就消失了。"

"最后一处鞋印周围,有没有其他可疑的鞋印?"我又问。

"有几个,其中一个鞋印有往返的轨迹,延伸至大路边,而后消失,如果是凶手留下的话,我们分析凶手应该是开车离开的。"官飞回答。

二哥问:"还不能确定到底是不是凶手留下的吗?"

官飞回答:"从鞋印的轨迹来看,是先从路边走进巷子,又从巷子里走出来,刚好经过张艳消失的地方,嫌疑比较大。"

文雅问:"张艳的鞋印在第一条巷子口就消失了?没有跟随那个可疑的鞋印从巷口走到能停车的路边?"

官飞微微摇了摇头。

我说出了自己的猜测:"案发地离抛尸地有好几公里远,凶手多半是开了车的,而张艳的鞋印最后出现的地方,就是她遇到凶手的地方,之后鞋印凭空消失,说明是凶手把张艳搬到了车上。"

文雅说:"对,如果是这样的话,凶手应该是在那里掐死了张艳,然后

017

将其扛上车子，再开车离开。"

我向官飞确认道："案发地是城郊，又是偏僻的小巷，道路建设应该比较落后，以泥地为主对吧？"

官飞再次向我竖了个大拇指："完全正确，那里是水泥地与土路交错，水泥地上的鞋印不易保存，土路可以，所以张艳的鞋印也是隔一段距离才有几个。"

我接着道："你们看，张艳的鞋跟很细，这样的话，走在泥路上，必然会留下印迹。而在凶手对张艳行凶之时，张艳由于紧张与恐惧，爆发出的力量比平时大，那样她的脚蹬在地上更容易留下印迹，如果凶手是在她最后一处鞋印消失的地方动手的，那里应当有好几处比较凌乱的高跟鞋印才对。"

官飞马上说："我们检查过，那里只有她的一对鞋印，没有多余的。"

"问题就出在这里，凶手没有直接把张艳打晕，而是用掐的方式，这就有个过程，在这一两分钟时间里，张艳必然会挣扎，怎么会没有留下鞋印呢？"我看向他们问。

文雅最先反应过来："你是说，张艳并不是在最后一处鞋印出现的地方被害的？"

官飞反问："可是，如果那个时候她意识清醒，怎么会愿意跟着凶手上车？"

二哥纠正道："是愿意被凶手扛上车。"

文雅说："陆扬的意思是，张艳有可能认识凶手，甚至于，对他根本没有一点戒心。"

二哥想明白了其中的关键，就说："张艳意识清醒，甘愿被扛或被背在凶手身上，的确是绝对信任凶手的。凶手又是男性，男女有别，最有可能就是她的几个男朋友了。"

我补充道："没错，所以，接下来我们要加大对他们三人的调查力度。"

官飞疑惑地说："既然张艳如此信任凶手，那凶手为何不坐在车里，直接把张艳叫上车不就行了？"

文雅解释:"如果陆扬的推断正确的话,这就是凶手故布疑阵了,那么晚,张艳直接上车,警方很容易想到是熟人作案,凶手故意不这样做,而是选择把张艳扛或背到车上,目的就是不让我们发现张艳与凶手是熟人,想营造一种她是在巷口被害的假象,也就是说,凶手想把警方的视线引到生人激情犯案上面。"

这时,工作人员和二哥接连打了两个喷嚏,二哥说:"不行了,年龄大了,受不得冷,我先出去了。"

听他一说,我才感觉到自己的身体也凉凉的,文雅见状,就说尸体看得差不多了,我们一起出去。

从冷冻库里出来,温度上升,感觉整个人都舒服了许多。其实里面并不是很冷,主要是阴森森的,心里自然就冷了。

到了殡仪馆的院子里,工作人员向我们道别后上了楼,我们走向警车,官飞感叹道:"文组长,你们今天一来就有了不小的收获,我感觉这案子很快就能破了。"

文雅笑着说:"飞哥,你别这么称呼,我在梓州待了几年,你知道我为人的,我哪里想当官嘛,都是被逼的。"

二哥说:"被逼也得有本事啊,领导不敢让无才之人上任的。"

再被二哥一夸赞,文雅的脸都有些红了。我乐意看文雅流露出小女生的一面,也附和说:"是啊,这次局里指定让你带队,没让疯哥来,领导怕疯哥有想法,还特意去给他做思想工作。不过疯哥也不是小心眼的人,他本身就很看好你。"

文雅和我年龄相近,我俩之间要随意一些,听着我也在帮腔,她瞪了我一眼,又说:"大哥们,你们就放过小妹吧。"

这样一番说笑,冲淡了不少殡仪馆带给我们的压抑气息,大家之前皱着的眉头都松开了。

出了殡仪馆,我们就驱车往丽发超市赶,杨晓兰是我们第一个要询问的对象。

官飞告诉我们，丽发超市共有四名营业员，还有一个老板徐忠厚，徐忠厚是个老头子，五十多岁了，儿女都在省城工作，一两个月才回来一次。

超市是徐忠厚儿子给他开的，但他喜欢打麻将，在超市坐不住，就招了营业员，杨晓兰是他的远房侄女。

超市的营业时间是上午八点到二十二点，八点至十五点一个班，十五点至二十二点一个班，四名营业员分成两组，每班两个人，徐忠厚会时不时地过来瞅瞅。

"徐忠厚老婆呢？"二哥问。

"前几年得病死了，他老婆叫姜丽发，他为了纪念老婆，给超市取名叫'丽发'。"官飞回答。

听了这一段情况介绍，文雅喃喃道："一个五十多岁的丧偶老头，与几个年轻女子长时间接触，会不会发生些什么？"

5
变态男友

官飞一听就笑了："文雅，你一个单身未婚女青年，这种问题应该让陆扬来问。"

我忙说："我还是单身未婚男青年呢，思想也很纯洁。"

二哥接口道："你小子这意思是我不纯洁了？"

我正欲辩解，二哥又说："行，我问就我问，徐忠厚与几个女营业员有没有不正当关系？"

官飞收起笑容，正色道："四个营业员，杨晓兰与张艳要年轻一些，另外两个都是三四十岁，我们之前也有过这方面的考虑，分别询问过三人，真有发现。"

我们都来了精神，官飞接着说："徐忠厚平时喜欢与几个营业员开些荤玩笑，杨晓兰与张艳一组，因为杨晓兰是徐忠厚侄女，他要收敛一些；而与另外两人在一起时，徐忠厚就比较随意了，那两人都是已婚妇女，文化程度低，每次徐忠厚挑起话题，她们也不害臊，三人你一句我一句的好不热闹。"

"只是嘴上过干瘾，还是有实质性的行为？"二哥问。

官飞回答："年纪最大的营业员陈梅去过徐忠厚家里，这事已经得到了杨晓兰和另外一名营业员的证实，但徐忠厚与陈梅都没有承认。"

"徐忠厚既有色心，相对而言，应该更喜欢年轻漂亮的张艳才对，他碍于杨晓兰的关系,没有在张艳面前表现出来,心里却不见得没打张艳的主意。"我分析说。

文雅赞同道:"没错,徐忠厚有车吧?"

官飞点头说:"有一辆面包车,平时主要是帮着超市拉货。"

"面包车装人很方便,徐忠厚与张艳也算是熟人,只是,张艳会在清醒的状态下让徐忠厚弄上车吗?"二哥提出疑问。

张艳是在清醒状态下被凶手掳上车的,并且在巷口没有挣扎,这一点是我推测出来的,我自认为应该比较接近真相,在这个基础上,徐忠厚要想让张艳就范,除非他俩真有不正当的关系。

文雅帮我回答道:"这个只有在询问完超市人员,以及对周边邻居进行走访后才能断定了。"

我们到达丽发超市时,只有杨晓兰一个人在里面,她虽然没有张艳漂亮,但长得也还算清秀,此刻她的气色并不好,黑眼圈比较重,肤色有些发黄,是典型的睡眠不足的表现。

她知道官飞是张艳一案的办案民警,见到我们时,并不意外。官飞介绍说我们是市派来协助调查的,让她不用紧张,如实配合就行了,她点了点头。

官飞看了看超市里,问:"徐老板又打牌去了?"

"嗯,刚走半个小时。"杨晓兰回答,并说张艳出事后,徐忠厚就让她一个人上白班,让陈梅她们两人上晚班。

"你们平时上班都这样穿吗?"文雅问。

这时我才注意到,杨晓兰上身穿着一件白色长袖衬衣,衬衣下端扎在黑色裙子里,腿上是肉色丝袜,脚穿黑色皮鞋,头发绾于脑后,整个打扮就是典型的职业套装。

"是,我叔叔说上班就要有上班的样子,找人给我们每人定做了两套这身衣服。"杨晓兰回答。

徐忠厚的这个规定颇让我意外,我打量着超市,六七十平方米,可以说规模并不大，营业员也只有四个，徐忠厚却像正规公司一样来要求，难道真是因为他管理严格吗？

如此管理严格的人，却又喜欢与员工开黄色玩笑，似乎有些矛盾。

刚才环顾超市的时候，我数了一下，里面共有八个监控探头，完全做到了无死角监控，我再瞟了一眼杨晓兰面前的监控电脑，画面很是清晰，可见都是高清探头。

在我收回目光的刹那，我留意到右下角的一个画面，这个画面的探头是对着收银台的，收银员的身影完全罩在里面，因为它是居高临下，而此时杨晓兰的衬衣领口是开的，能隐约看到里面的稍许春光。

我马上转过头，再看杨晓兰，职业制服、丝袜……

联想到徐忠厚平日的行为，我有了个猜测，杨晓兰她们穿的"工作装"和超市里安装的全方位高清探头，其实都是为了满足徐忠厚心理变态的情欲和偷窥欲。

对杨晓兰的询问就在超市里进行，以很随意的方式，这样可以让她不那么紧张，也能更容易得到我们需要的信息。

杨晓兰与徐家是远房亲戚，她到超市上班之前，对徐忠厚并不了解。经过两年的接触，杨晓兰觉得徐忠厚对她还不错，让她协助着管理超市的生意，每月工资也比其他人多三百。

四个营业员，因为年龄关系，杨晓兰与张艳最谈得来，所以张艳死后，杨晓兰的情绪受到了很大影响，这几天晚上都失眠睡不着，闭上眼睛就会想起与张艳共事的情形。

说起陈梅去徐忠厚家里的事，杨晓兰说这是有一次几个营业员一起聊天时，陈梅自己说出来的。当时杨晓兰还开玩笑说以后得管陈梅改口叫"婶婶"了，陈梅并没有否认，结果这次张艳被害，警方询问时，陈梅与徐忠厚却都不承认有这一回事。

"陈梅四十来岁，已婚，你为何会觉得她要当你婶婶？"文雅皱眉问。

杨晓兰低下头说："陈姐的老公一直在外省打工，常年不在家里，她自己也很少提起，我那天就一时忘了这回事，顺口说了出来。"

"如此看来，这个陈梅自己的问题也很大。"二哥语气中有些不屑。

"那么，徐忠厚有没有对张艳说过什么过分的话？"文雅又问。

"过分的话？"杨晓兰眼中闪过一丝疑惑。

我解释道："就是像和陈梅她们那样开一些黄色玩笑。"

杨晓兰想了一阵后回答："有过，但很少，并且也不是单独对张艳一个人说的。"

"那他有没有向你打听过张艳的个人情况？"文雅问。

"个人情况……有吧……张艳与何建分手后那段时间，他有几次说要帮张艳介绍对象，就问了几句……后来张艳与李城在一起了，叔叔就没提这事了。"听得出来，杨晓兰言语里还是比较维护徐忠厚的。

杨晓兰现在与父母同住，她朋友不多，不上班的时候，喜欢宅在家里上网，一年前张艳来了后，两人偶尔会出去逛街，张艳还邀请她去自己租住的房子里玩。

张艳的三段感情，杨晓兰都是知晓的，其中，第一个男朋友林天豪是她的初恋，那次分手对她打击很大，有次在张艳的出租屋里，张艳喝了酒，把自己失恋期间写的日记拿给杨晓兰看，里面全是对林天豪的不舍。

后来，何建发现了张艳珍藏的这本日记，认为她心里一直想着之前的男人，就与她大吵了一架，也是那次动手打了张艳，并烧掉了她的日记。

提到何建，杨晓兰直摇头，说这个男人太可怕了，那次把张艳打得浑身都是瘀青，还扬言要杀了林天豪，让张艳永远都不再惦记这个人。

那次事情过后没几天，张艳就提出了分手。何建跑到超市，当着杨晓兰的面，又是下跪又是自扇耳光，向张艳认错，让张艳给他一次机会。张艳看他扇得自己脸上全是手印，旁边又有好多人看热闹，只得同意了。

但是，张艳心中留下了阴影，那些天心情都很差，两人之间的争吵也越来越多，每次何建冲张艳发完脾气后，第二天又会向她道歉，只要张艳板着脸不吭声，不管是在哪里，他都敢直接跪在地上求张艳原谅。

"真是个变态啊。"杨晓兰的话听得文雅蹙眉。

二哥也骂了句:"把男人的脸都丢光了!"

杨晓兰说:"不只是这些,后来张艳实在受不了了,坚决要与他分手,他就在张艳面前自残,一刀一刀地划自己的手臂,把张艳都吓哭了。"

何建做的这些事,虽然之前我们从官飞那里听说了,但现在听杨晓兰说起个中细节,才知道有多严重。想来,任何一个正常的女孩子,都无法忍受有个这样的男朋友吧。

官飞说何建后来殴打李城,被派出所拘留了十天,之后就没再找张艳的麻烦。我有些奇怪,他这样极端与偏执的一个人,会如此轻易地放弃吗?

文雅也想到了,就问:"何建打了李城并被拘留后,真的就没再来惹事了吗?"

杨晓兰两手交叉环抱在胸前,努力回忆了一阵,突然说道:"来过!"

6
厕所探头

"什么时候？"文雅脸色一凛。

"两个多月前吧，那天我和张艳上晚班，六点多吃完晚饭，超市里没什么生意，我就让张艳守着，我去隔壁理发店洗头。出门的时候，我看到街对面站着一个人有些面熟，他见我在看他，忙跑开了，我这才反应过来他是何建。"杨晓兰回答。

"这事你有没有告诉张艳？"我问。

"我当时急着去洗头，就没顾上，回来的时候，我刻意看过，他已经不在了。进了超市，我问张艳他是不是又来惹事，张艳说压根儿没见着他。"

"只有这一次吗？"文雅问。

杨晓兰轻轻地点头："反正我看到的就这一次，没看到的我也不能乱讲啊。"

"这件事何建有没有交代过？"我看向官飞问。

官飞摇了摇头："他的口供中并没有提及。"

话说回来，这也不算什么大的线索，完全可以解释为何建对张艳余情未了，会时不时地过来静静地看上一阵儿，以缓解心中的相思之情。反正我们还要去见何建，到时候再试探一下就行了。

在殡仪馆里，我们发现张艳的双手都是洗过的，二哥想起了这事，问杨晓兰："你们每天下班后会洗了手再离开吗？"

"不一定，我们在厕所里换衣服，有时会顺便洗一下手，有时忘记了，就不洗。"

"张艳出事那晚，她下班后有没有洗手呢？"我问。

杨晓兰再次陷入了回忆，很快，她肯定地说："没有，那天是张艳先去厕所换衣服，她进去不到一分钟，我突然感觉肚子疼，想拉肚子，就去厕所外催她，她急慌慌地换好衣服出来，没来得及洗。我上厕所的时候，张艳说她先走了，之后我就听到外面关门的声音，等我出来时，她已经不在超市了。"

"你确定？"我再次问。

"确定她没洗！当时我就站在厕所外，她放水洗手的话，能听见声音。"说完，杨晓兰有些疑惑地问，"她洗没洗手有什么关系吗？"

这个问题我不方便回答，就笑了笑。

我看向文雅，她轻轻点头。张艳在超市没有洗手，离开超市后就没有其他机会洗了，那么，她的双手必然是凶手帮她洗的，目的自然是要洗去她指甲缝里的证据。

我心里想着，会是什么证据呢？是皮肤组织，还是衣服纤维？

不管是哪样，都是比较明显的指向性证据！

"你们的厕所在那里是吧？"二哥突然问，得到杨晓兰的肯定后，他往超市里的一间小屋子走去。

文雅继续问："张艳死的时候穿的是连衣裙，那她的工作服在哪里呢？你们每个人在超市里是不是有一个储物柜？"

杨晓兰听完，带我们走到一处角落，指着地上的几个袋子说："我们的衣服都放在这里，每天上班前，自己提着衣服去厕所换。张艳那晚换下的工作装也在这里，她出事后，李城过来拿走了。"

"你有没有看袋子里装着些什么？"文雅问。

"就一整套工作装啊，我们都不在里面放私人物品的。"杨晓兰摆手说道。

这时，厕所门打开了，二哥出了厕所，却并未往我们这边过来，而是搬了个凳子，重新进了厕所，进去后，只见他把凳子放在中央，然后站了上去。

"二哥，怎么了？"我大声问。

二哥没回答，两只手往上伸着在摆弄着什么，这让我们都很好奇，走了过去。

刚走几步，二哥的声音就传了过来："徐忠厚这个老虾子，竟然在厕所里装监控！"

这话让我们几人着实吃了一惊，我们快步走到门口，只见二哥手中正捏着一个微型摄像探头，它的后面连着一根很细的黑色电线，电线的另一端没入了厕所的吊顶当中。

厕所很小，三平方米左右，没有窗户，也没有热水器，像是后期装修的时候改装出来的。上面吊了一层浅蓝色的铝合金顶棚，顶棚的正中央是一盏节能灯，节能灯外面罩着透明的板子，此时那层板子已经被二哥掰开了，露出了里面亮着昏暗光线的灯管。

二哥告诉我们，他从警时间长，见过的色狼很多，好些色狼都有偷窥欲，刚才上厕所，他灵机一动，想看看这个"老不正经"的徐忠厚有没有这一手，结果真在透明灯罩处看到一个黑点，他把灯罩拿开，就找到了这个微型探头。

听完二哥一番话，杨晓兰脸色唰的一下变得惨白，表情极为难看。她从二哥手里拿过探头，有些不相信地看了好一会儿才问："这是谁装的啊？"

"超市里五个人，四女一男，只有三种可能：一是女人看女人，二是女人看男人，三是男人看女人，你说会是哪一种？"二哥看着杨晓兰一副不愿面对徐忠厚是变态色狼的样子，有些无奈，似乎还有些怒其不争。

我和二哥一起慢慢扯动着黑色电线，最后在监控主机上找到了它的接口。超市有专门的收银机，电脑只有一台，监控主机就连在上面，可显示屏上只有八个画面，唯独没有厕所里这个探头的内容。

"肯定是用另外一个程序控制的。"官飞提醒我说。

我把监控画面最小化，然后挨个翻看程序栏里的程序，在试了几个图标之后，终于找到了那个隐藏的监控软件。

打开软件，显示的画面是一只手，是因为此时那个探头仍被二哥拿在手中。

接下来就简单了，我拖动着进度条，很快，刚才二哥上厕所的画面就回放了出来，二哥忙喊道："哎，哎，快跳过去。"

现场有两名女性，不用他说，我都知道要跳过，不过这一下跳多了，画面里出现了一个只穿着内衣的女子，因为探头是从上往下的，由于角度问题，只能看到头，看不清脸。

"啊！"杨晓兰叫了一声，从我手中抢过鼠标，直接关掉了软件。

我醒悟过来，那应该是她今早上班时换衣服的图像。

文雅说："这个探头录制的内容比较隐私，咱们就不在这里看了。飞哥，麻烦你通知县局的技术人员过来，把视频拷回去，和案发前后几天超市里其他几个探头的视频一起作侦查。"

官飞应了下来，拿着手机出了超市。

"抛开杀人案不说，有了这份证据，就可以处理徐忠厚这老东西了！"二哥冷哼道。

"不仅要处理，还得从重处理！"文雅说这话时，两只拳头捏得紧紧的。面对这种偷窥变态狂，身为女人的她自然是同仇敌忾。

我也很气愤，不过我心里清楚，只是单纯地偷拍偷窥的话，处理方法无外乎是行政拘留与罚款，对徐忠厚这种人来说，还是太轻了。

我们等着技术人员过来拷贝了监控才离开，其间杨晓兰的脸色始终很差，也不怎么说话，直到我们走到超市门口时，她才轻声说了句："警官，你们要处理我叔叔的话，我愿意做证，大不了重新找份工作。"

短时间内，杨晓兰对徐忠厚的态度发生了一百八十度的大转变，我们都愣了一下，还是文雅最先反应过来，拉着她的手说："谢谢你的配合。"

本来，徐忠厚是她长辈，对她也没做什么出格的事，加之这份工作是徐忠厚给的，在工资方面又优待她，她在言语上维护徐忠厚也无可厚非。

现在，厕所安探头一事让她看清了徐忠厚的本来面目，她自己换衣服以及上厕所的过程也被录制了下来，并且极有可能早就被徐忠厚偷偷"欣赏"过。任何一个女性都会觉得这是种耻辱，她经过一段时间的思想挣扎，看来已经想通了。

我本以为这个小插曲就此结束了，杨晓兰却又说："我……还想起一件事……"

7
探询房间

所有人的目光都注视着杨晓兰,她看向文雅,说道:"一个多月前的一天中午,张艳请假离开了两个小时,说是有点事情。我以为她是去和李城吃午饭,她却叮嘱我不要和李城说。"

"她没说是去做什么吗?"文雅问。

杨晓兰摇头说:"没有,后来我也忘记问她了。"

"她和李城的关系到底如何?最近有没有矛盾?"文雅又问。

杨晓兰仍然摇头:"他俩感情很好的,李城工作忙,但会尽量抽时间陪张艳,张艳也经常在我面前说李城对她如何如何好,只不过,张艳说李城的爸爸对她的态度比较冷淡。"

儿子是硕士毕业生,长得帅,工作又好,李城爸爸对张艳这个高中文凭的收银员准儿媳不太满意,也是人之常情。

可是,既然张艳、李城的感情很好,那张艳有什么事情是不能对李城说的呢?

"她该不会是背着李城去见旧情人了吧?"二哥插了句。

"具体是哪一天?"我觉得这个线索比较有价值,遂进一步问杨晓兰。

杨晓兰说她记不得了,但超市两个组的值班是两天一换,她翻看了一阵日历,终是回忆了起来,我们记下这个日期,打算查一下张艳那天的通信记录，将此事弄清楚。

从超市出来，二哥提议马上传唤徐忠厚，文雅却说："先等视频核查结果出来吧，他肯定是跑不掉的，我们这会儿先去案发现场看看。"

随后，官飞带路，我们从超市门口往张艳的出租屋走去。一路上，官飞给我们指出了几处已经不是很明显的高跟鞋印子，说是张艳留下的。

走了差不多十分钟，路两旁的人家越来越少，最后走到一处老巷子外，官飞停了下来，说这里就是张艳脚印消失的地方。

我走到巷口，往里望去，巷子里的路面更加破烂，两旁的墙壁被腐蚀得千疮百孔，挂满了枯死的藤蔓，没有一丝生气。

"张艳胆子真大，住在这种地方不说，晚上十点下班后，还敢一个人回来。"文雅走到了我身边，望着巷子说。

"我们了解过，她从小在农村生活，念小学时，学校离家远，天不亮就出门，天快黑时才回家，来回要经过十多座坟，在这种环境下长大，张艳的胆子被锻炼得很大。"官飞在我们身后解释道。

我转过身来，叹息着说："张艳的思想还是太单纯了，人往往比鬼怪可怕，她虽不惧荒坟，却没有躲过恶人。"

"要不怎么说人心险恶呢。"二哥慢悠悠地吐着烟雾说。

官飞给我们指了指张艳最后一处鞋印所在的位置，这里泥土层比较硬，加之过去八天了，鞋印已经看不见了。

现场没什么发现，我们接着往巷子里走，刚进巷口，我就感觉到凉飕飕的，走了十多米后，光线也暗淡了下来，我抬起头，看到是长在院墙后的大树的枝叶伸到了巷子上方。

这条巷子长约百米，走的时候我观察过，两旁加起来有十来户人家，都是大门紧闭，官飞说因为这里即将拆迁，绝大多数房子都没住人了，所以才如此萧条。

出了巷子，光线终于明亮了起来，文雅回过头，看着阴暗的巷子，皱眉道："我是张艳的话，宁愿晚上住在超市里面，也不会在这种地方租房子。"

别说她了，就是让我晚上一个人过来，心里也会发怵打退堂鼓的。

想到这儿，我接着文雅的话说："我要是李城的话，打死也不会让自己的女朋友住在这种地方！"

官飞又说："通过对李城本人和他同学的询问了解到，李城从小成绩很好，心思也都花在读书上，对人情世故这些不是很懂，可以说是'两耳不闻窗外事，一心只读圣贤书'，因此，他没想那么细。"

巷子外是一条小路，虽然人家也不多，但比起巷子里好了不少。沿着小路走了两三分钟，再进入一条巷子，这条巷子比较短，只有二十多米，出了巷子又走了几十米，就到了张艳的出租屋前。

这一路走来，在第一条巷子里，我们一个人都没碰见，在第二条巷子里碰到两个人，从所处地理位置来看，第一条巷子比第二条巷子更适合凶手作案。

在尸体的身份确定后，官飞他们就在张艳父母在场的情况下，对出租屋进行了勘查。屋子里都是张艳平日所用，没什么有价值的线索。

"有没有日记本这类东西？"文雅问。

官飞说："有两本相册，分别是张艳初中和高中时期的，里面装着她自己和同学们的照片，还有些明信片，没有日记本。"

中学生纪念青春的方式差不多，官飞所说的东西，我家里也有，那些记忆被小心翼翼地保存着，每次翻看，都会让我感慨时光的飞逝与怀念无忧的少年时光。

"那些东西在哪里？"文雅又问。

官飞回答："因为没有什么价值，我们并未取走，原样放在屋子里，最终由张艳父母处理了。"

"这么说，房子现在已经空了？"我问。

"勘查完我们就离开了，不知张艳父母有没有把东西搬走。"官飞如实说。

随后，官飞联系了张艳的房东，是个中年妇女，她很快就赶了过来，告诉我们，本来张艳父母是要把东西都搬走的，李城让他们别着急，说是反正房租还没到期，再等段时间。

"又是李城，不让烧尸体，不让搬东西，从这两方面来说，他对张艳的感情还真是深。"官飞感叹道。

房东马上接话："可不是吗，张艳出事后，李医生都来了两次了。"

"他来做什么？"我好奇地问。

"还能做什么，舍不得张艳呗。第一次他来时，我看到张艳的房门是开着的，还以为是警察又来了，走过去一看，就看见他一个人坐在床上，两只手拿着有张艳照片的相框，看得很专注。第二次也差不多，坐在那里，像个呆子。"听得出来，房东大妈提到李城，也很有好感。

"麻烦你打开门让我们看看。"文雅道。

房东二话没说就掏出钥匙，打开了张艳的房门，然后说她就不进去了，在外面等我们，文雅向她表示了感谢。

这次来得比较匆忙，没有时间叫张艳的家属前来见证，所以，进屋前，我打开了执法记录仪，以免发生一些不必要的麻烦。

房间不大，一间卧室，一个厕所，卧室的角落里摆着一张小桌子，桌上有一个电饭锅和一些调料瓶，靠着窗户边有个梳妆台，台子上是些化妆用品，摆放得极为整齐。

文雅走到梳妆台前，戴好手套，一件件拿起来查看。我对化妆的东西没兴趣，就走到床边，拿起床头柜上的相框。

相框里的照片是一男一女，女的正是张艳，她站在前面，被身后的李城环抱住腰，脸上是幸福的笑容。

比起在会议室里官飞给我们放的那张李城的照片来，这一张更阳光一些，他的脸上也挂着发自内心的笑意。

照片的右下角有拍摄时间，我看了一下，是四个月之前，那个时候他俩刚确定恋爱关系没多久，正是热恋阶段。

放下相框，我拉开了床头柜最顶上的一层，里面是些女性内衣，我匆忙合上；接着拉开第二层，是几双手套和袜子，我再次合上；然后拉开了最下面一层的抽屉，里面是个粉红色的盒子，我拿出它，小心地打开，盒子里是两个相册和一沓明信片。

这两样东西能帮我们进一步认识张艳，我先拿起相册，慢慢翻动了起来。翻了一阵，发现上面除了张艳，我一个人都不认识，就放弃了，转而问官飞哪个是林天豪。官飞仔细找了一会儿，有些不确定地说："没有林天豪，不过，这些照片都是好些年前照的，或许是我眼拙没认出来。"

照片认不出来，他俩当时是男女朋友，明信片总该留吧？我迅速把明信片翻了一遍，仍然没找到林天豪的名字。

这时，文雅突然问："有没有张艳的生活照？"

我回过头，看到她手里拿着一个棕色的小瓶子。

我还没来得及回答，外面又传来房东的声音："李医生，你来了啊。"

8
嫖娼老头

一个男子说道:"大姐,张艳的房门怎么是开着的?"

"警察在里面呢。"房东回答。

我们齐齐向门口望去,几秒钟后,一个年轻男子出现在那里,正是李城。他上身穿一件蓝色T恤,下面是卡其色休闲裤,面色憔悴,眼睛里有些血丝,头发也比照片上看着要凌乱一些,看来,张艳的死对他打击很大。

他的目光在我们身上扫视了一圈,最后定在官飞脸上:"警官,张艳都被害一周了,你们还没找到凶手吗?"

李城的语气带着质问,却也说的是事实,官飞不好发作,讪笑道:"凶手太狡猾了,作案后又进行了抛尸,根本不好搜集线索啊,不过你别急,我们一定会全力侦破此案的。你看,市公安局都派专家过来了。"

说着,官飞向李城简单介绍了我们。

李城先是看了看二哥,没说什么,看到我与文雅时,不悦道:"这么年轻的专家?"

"他俩可都是破案高手,上半年刚破获了两宗连环杀人案。"官飞解释说。

听完这两句,李城的脸色缓和了一些:"张艳死得太惨了,她的尸体还在殡仪馆放着,恳请你们尽快将凶手绳之以法,我们也好早日让她安心离去。"

"李医生，这是我们的分内之事，我们定然会竭尽全力去破案。不过，现在才三点钟，你不用上班吗？"文雅问。

"张艳出了事，老板知道我这几天没什么心思工作，对我的要求比较松，有问题吗？"李城说完，不等文雅回答，已经越过我们，走到了床边，拿起床头柜上的相框。

李城整个人透出一股子傲气，让人很不舒服，文雅也不恼，转过身，看着他的背影说："当然没问题，李医生对张艳可谓是情深义重，你放心，既然我们来了，凶手就一定跑不掉！不过，我们需要你的配合。"

"我知道的事情，早就告诉你们了。"李城头也不回地说。看他两手的动作，是在抚摸着相框上的照片。

文雅看向官飞，他点了点头，确定了李城所说，梓州警方已经对李城做了详细的询问。

"是这样，我们掌握到一个新情况，一个多月前的一天，张艳中午离开了超市两个小时之久，你知不知道她是去做什么了？"文雅问。

听到这事，李城的动作顿了一下，然后转过身来，面露惊讶地问："具体是哪一天？"

刚才在丽发超市，杨晓兰已经把时间确定了下来，我直接告诉了李城。

过了一个多月，李城也有些记不得了，遂拿出手机，翻看着日历，我们耐心地等着。

几分钟后，李城抬起头来："那天我在上班，下班后和张艳一起吃的晚饭，她并没告诉我中午有什么事情。"

李城的回答与杨晓兰的供述能对应起来，文雅终止了这个话题，又问："上次何建打了你之后，还有没有再来纠缠你和张艳？"

"这人一直不满我和张艳在一起，张艳被害那晚，我在星月饭店撞见了他，当时吵了几句，他还想打我。我怀疑是他杀了张艳，你们要多去调查他啊！"提到何建，李城咬牙切齿的。

当时我手里还拿着张艳的明信片，就问："你知道张艳和她第一个男朋友的事情吗？"

李城点了点头，我又问："这里面怎么没有林天豪送给张艳的明信片？"

"让何建烧了，他的占有欲太强了！"李城愤恨道。

原来如此。

"张艳平时都用这种粉底吗？"文雅扬起手中的小瓶子问。

李城接过瓶子，看了看说："是，我陪她一起去买的。"

"她每天都要化妆吗？"文雅又问。

"会，但是很淡，我不喜欢浓妆艳抹的女人。"李城回答。

文雅把瓶子递给我，让我放回梳妆台上，又从官飞手中接过两份相册，快速翻了一遍，然后问李城："你手机上有她的生活照吗？"

"有一些，做什么？"李城面露疑惑。

"我们手头只有她的尸体照片，我想看看生活照，熟识她的外貌。"文雅淡然回答。

李城虽是有些不理解，却还是拿出手机，翻了一阵，递给文雅。

文雅滑动着手机屏幕，看了一两分钟，似乎得到了满意的答案，把手机还给李城："谢谢。"

在我们准备离开时，李城突然问官飞："警官，上次你们让我看的那个古钱，应该是个重要线索，你们有没有查到什么？"

官飞停下步子，回答："暂时没有，你如果发现线索，记得及时告诉我们。"

李城有些失望地点了点头。

回去的路上，我问文雅怎么对那个装粉底的小瓶子感兴趣，文雅告诉我们，她以前也用过那种粉底，黏性比较大，每次卸妆都要用湿毛巾沾水去擦拭才行，可之前我们在殡仪馆里看到的张艳尸体，脸上似乎没有这种粉底。

我想起张艳的双手被洗过，就问："是不是她的脸也被凶手清洗过？"

文雅点头说："嗯，张艳的那些生活照，脸上无一不是化了淡妆的，事发前，她在上班，应该也是如此，结果尸体的脸上却很干净，有些异常。"

"洗手可以说是为了消除指甲缝里的证据，洗脸又是为何？"官飞问。

"可能是脸上也留有能锁定凶手的证据，比如唾液什么的。"二哥是老刑警，经验要丰富一些。

这个说法得到了我们的认可，同时，也更加说明凶手反侦查意识的强大。

警车停在丽发超市外面，我们原路返回，看到杨晓兰从里面走出来，见到我们，她停下了步子。

走近后，官飞问："你下班了？"

"嗯。"估计她心里还想着厕所里的探头一事，脸色依旧不好看。

"你们要抓徐忠厚吗？"杨晓兰问。我留意到，她在称呼上也发生了变化，直呼其名，而不再叫"叔叔"。

文雅说很快就会处理这事，她点了点头，文雅又向她证实了张艳出事当晚的确是化了淡妆的。

杨晓兰走后，我们进入超市，是陈梅和另一个营业员王佳佳在里面，我们正好问她们一些事情。

之前，梓州刑警已经对她们做了笔录，官飞给我们介绍过，没什么有价值的线索。这一次，我们主要是针对徐忠厚的为人，以及从监控这方面去细问。

最初，她们二人都说徐忠厚这人只是口无遮拦，爱开玩笑，并没有实质性的动作。有了杨晓兰的先例，问话过程中，我一直注意看她们的表情，王佳佳还好，比较正常，陈梅就有些言辞闪烁了，明显是心里有鬼。

二哥也看了出来，一拍桌子，冲陈梅吼道："徐忠厚在厕所里装探头的事，你是不是也知道？"

这下直接把陈梅弄蒙了，半张着嘴，脸上一副惊恐的表情。王佳佳却迟疑地问："什么探头？"

二哥看着她说："你还不知道吧，你们在厕所里换衣服和大小便，都被徐忠厚录了下来。"

"啥？变态！"王佳佳脸色很不好看。

"我……我不知道他做了这事啊……这个挨千刀的……"陈梅拍着大腿，极为懊恼。

"那你知道些什么？如果你不说的话，我们就把你当成他的共犯处理！"姜还是老的辣，二哥这一唬，陈梅的心理防线直接就撕裂了个大口子。

"我……我……"

看着效果达到了，文雅柔声道："店里四个营业员，你和徐忠厚走得最近是吧？现在他违法的事实确定无疑，希望你好好配合我们，免得被他拖下水。"

"我配合……我配合……你们问吧。"陈梅的声音小了许多，脑袋也耷拉了下去。

在我们的询问中，陈梅交代了一些情况，首先嘛，自然是撇清厕所监控探头与她的关系，说她完全不知道这件事。

陈梅的老公常年在外，二人没什么感情，徐忠厚打听到这个情况，就从她身上下手。在超市里只有他们二人时，对她格外"关照"，还会悄悄给她些超市的东西，让她拿回去用。

一来二去，两人发展成了不正当的男女关系，陈梅也乐在其中。

时间长了，陈梅打起了算盘，想要离婚与徐忠厚过日子。她提了几次，徐忠厚都敷衍了过去，说是还不到时机，他的子女不会同意，让陈梅再等等。

在这期间，徐忠厚仍然会与其他营业员说黄色段子，因为关系的转变，陈梅开始吃醋，不准徐忠厚再这样，徐忠厚每次都说他只是开玩笑，心里只想着陈梅一人。

但是，接触得久了，陈梅也慢慢看清了徐忠厚的本性。有一次，徐忠厚在外面嫖娼，被陈梅撞见，两人大吵了一架。现在得知徐忠厚竟然在厕所安装监控偷看她们，连自己侄女都不放过，她彻底觉得这种人无法托付。

"徐忠厚平时会去嫖娼？"官飞大声问了一句。

"是不是经常去我不知道,反正我有一天晚上经过华西街口,看到他从一家发廊里出来。"陈梅回答。

徐忠厚一个丧偶老头,偶尔嫖娼也不足为奇。但官飞为何会如此惊讶呢?

我刚想开口,文雅已经问了出来,官飞沉声道:"今天早上发现的尸体,就是华西街的一名卖淫女。"

9
风尘女如烟

这个消息让所有人都大吃一惊，第二起命案还没有大范围传开，陈梅之前并不知道这事，乍一听到还死了个人，自然吃惊；我们几人则是因为徐忠厚与第二个死者那若有若无的联系而惊讶。

为了不泄露案情，我们没有马上询问官飞第二个死者的情况，而是问陈梅当日看到徐忠厚是从哪一家发廊走出来的。陈梅说她没注意名字，就给我们大致描述了发廊的位置。官飞作为梓州黑白线人的枢纽，对红灯区的地形自然熟悉，听陈梅讲完，他就说他知道是哪一家。

在这条线索的指引下，出了超市，我们即刻让陈梅带我们去茶馆找徐忠厚，准备带着他一起去华西街。

到茶馆外陈梅就离开了，她不想让徐忠厚知道是她带我们过来的，这种心情可以理解，我们也没强求。

经过询问茶老板，我们在一个雅间找到了徐忠厚。进去时，他正把一张麻将拍在桌子上，嘴里喊道："和了！"

雅间里烟雾缭绕，徐忠厚嘴里叼着一支叶子烟，抬起头茫然地看着我们。他的头发白了一半，因为瘦弱，脸上的皱纹比较明显，两边的颧骨较突出，一看就不像好人，一双小眼睛滴溜溜转了几圈，不知在动着什么心思。

我们先表明了身份，然后让徐忠厚跟我们走一趟。刚开始他还比较抵触，说有事等他打完牌再说。二哥直接上前，一把揪起他的衣领，徐忠厚正要发作，二哥吼道："你再横，我就把你在超市厕所里干的好事讲出来，让你这些牌友都听听！"

一听这话，徐忠厚立马就尿了，表情僵在脸上，乖乖地跟着我们出了茶馆。

一路无言，上了车，徐忠厚装作无辜地问："警官，我家厕所怎么了？"

刚才二哥没有说得太明显，是给徐忠厚面子，没承想这老家伙还抱着侥幸心理，二哥气不打一处来，作势把他往下推，说还是回茶馆去让大家都听听这件事。

这下徐忠厚的幻想破灭了，忙说："别，别，我知道了，你们是说厕所里安监控的事吧？唉，我那是防贼的，没有其他用途。"

"徐老板，你这态度，是想让我们对你的行为从重处罚啊。"文雅瞪着他说。

徐忠厚干咳了几声，不再辩解，却也不交代。

官飞之前与徐忠厚打过交道，就说："徐老板，私自安装监控偷窥他人隐私的事，我们暂且不追究，现在我们去华西街，你带我们去你经常光顾的一家发廊。"

听了这话，徐忠厚的脸一下拉得很长："陈梅告诉你们的？这个臭婆娘！"

"若要人不知，除非己莫为，我们自然有渠道掌握你做的事情。"说话间，我已经用手机给徐忠厚拍了张正面照。

徐忠厚是生意人，脑子不笨，明白事已至此，由不得他不说了。

他去了几次华西街，那里一条街都是发廊、足浴店、按摩店，他每次去的堂子都不一样，从街口一直走进去，看上哪家的女人就去哪家。

讲完后，他就说："警官，我这么配合，嫖娼这点小事，罚款就行了吧，我一把老骨头，就别送去拘留了。"

我们都没接他的话头，到了华西街，文雅让二哥带他去那几家店，逐一确认，官飞则带着我们去了第二个死者平日里坐台的足浴店。

官飞说，今早发现垃圾桶里的尸体后，派出所民警马上将其与最近几日报案失踪的人员进行比对，很快就确定了死者身份。

女子名叫柳萍，艺名柳如烟，三十三岁，是一个单亲妈妈，儿子已经十二岁了，她每天等儿子睡觉后，就会出来接客，一直到凌晨三点左右再回家。

柳如烟早年不听父母劝告，执意与社会上的一混混交往，父母都是有体面工作的人，受不了旁人的耻笑，成天给柳如烟脸色看，她那时脾气也倔，搬出来与混混同居，没过多久就怀孕了。

刚开始，两人的感情尚好，柳如烟坠入爱河，加之心中对父母有气，一直没有回家，等到儿子出生，她心想这下父母总该接受自己的男人了吧，就带着混混和儿子回了家，岂料她父亲一见面就骂她不要脸，随后发展成父女对骂，她父亲当场气得心脏病发作，第二天就断气了。

她母亲认为是她克死了父亲，更是不再认这个女儿。

其间，她与混混一直没有领结婚证，过了几年，混混不想再拿钱养儿子，又嫌柳如烟不够漂亮，抛下这对母子离开了，一直没有音信。

柳如烟没什么文化，一个人拉扯儿子实在是没办法，为了让儿子能和其他小孩一样念书，在做了些小生意均失败后，走上了卖身这条路。

听完，文雅夸赞道："不错啊，才半天的工夫，你们就把柳如烟的身世调查得这么清楚。"

"这些都是柳如烟坐台那个店里的老妈子告诉我们的，也只有她知道这些事情。"官飞回答。

"只有她知道？"我问。

官飞继续说："嗯，这里的站街女都是外地人，柳如烟是梓州本地人，为了尽可能捂住卖身的事，不让儿子在学校没脸，她接客的数量是有限制的，不是什么人都接。最开始，老妈子不能理解，觉得她不好管教，不愿意接受她，她只得讲了这些隐情，老妈子倒也通情理，打那以后，每次都让她接没有怪癖的客人。"

我们带徐忠厚过来，主要是确认柳如烟的死与他有没有关联，无论是国内还是国外，嫖客杀妓女都是有先例的。

到了足浴店，官飞向老妈子介绍了我们，我拿出手机，让老妈子辨认徐忠厚，老妈子半眯着眼睛看了一会儿，摇头说："这人好像来过我们店里，但他这样子一看就不是好人，我不会让如烟接待他的。"

官飞说："你先别急着回答，看仔细，最好让你店里的其他人也看看。"

做老妈子这一行的，天生对警察有种畏惧感，虽然她刚才的语气比较肯定，但是在听了官飞的话后，还是拿着我的手机，到屋子里去找其他小姐逐一辨认。

过了几分钟，老妈子从屋子里走出来，身后跟着一个穿着暴露、化着浓妆的长头发女子，她指着长发女子对我们说："是来过一次，如雪接待的他。"

我还没看到柳如烟的尸体照片，不知她长得如何，可眼前的女人长得黑黑瘦瘦，一身的烟花脂粉气，跟她的艺名"如雪"二字毫不沾边，看得我心里一阵唏嘘。

如雪告诉我们，那次她刚带徐忠厚进了房间，徐忠厚就向她扑了过来，上下动手，很是饥渴。不过，在过程中，徐忠厚对她还是很温柔的，没有性虐倾向，也没有因兴奋而打骂她，完事后，还与她聊了几句，想问她要电话号码，她没有给。

"他会不会亲吻你？"如雪说完，官飞突然问了句。

如雪说："他想，但我没让。"

"刚才你怎么没说这个细节？"文雅问。

如雪笑了笑："好多客人都有这个要求，他想亲我也不奇怪，所以我忘了说。我们的行规是不能与客人接吻，自然没让他得逞，不过，他总来我脸上蹭，蹭我一脸的口水。"

官飞转过头来看着文雅："杀张艳的凶手会不会就是这样在她脸上留下

了唾液,所以要给张艳洗脸?"

如雪和老妈子还在现场,不方便讨论案情,文雅点了点头,没有继续这个话题,而是问老妈子:"柳如烟最近接的客人里,有没有行为比较异常的,或者与她有过争吵的人?"

老妈子想了想说:"给如烟的客人都是我选过的,好多都是熟客,没听说有这事儿啊。"

旁边的如雪点了一支细小的女式香烟,待老妈子说完,她不紧不慢地接了一句:"如烟的男人好像回来了。"

10
回案发地·上

"在哪里？"我看着她。

如雪吐出一丝烟雾说："不知道，我只是前几天无意中听到她打电话。"

"听到什么？你怎么知道是她男人？"文雅问。

如雪继续道："那晚我去上厕所，厕所门是关着的，她在里面打电话，像是在吵架。如烟平时脾气不错，没和谁吵过架，我有些好奇，就在外面听了一会儿。她先是说了句'你走了这么多年，为什么要回来'，后来又说'我不准你见儿子'，这意思很明显啊。也是那天我才知道她竟然有个儿子，和她打电话那人应该就是她男人吧。"

"你还挺会推理啊。"官飞笑着说。

"警官，干我们这一行，见的人多了，自然也会一些察言观色的本事。"如雪说起这话，倒有几分释然。

柳如烟的男人是个混混，消失这么些年了，突然出现，紧接着柳如烟死了，这难免不让我们觉得有些蹊跷。官飞当即给局里打电话，让人去移动公司调取柳如烟最近的通话记录。

随后，我们详细询问了柳如烟最后一晚上班时的情形，老妈子告诉我们，那晚生意差一些，一直到凌晨三点半，柳如烟才接够了五个客人，完事后已经是三点四十了，她在堂子门口打了辆出租车回家，之后，就再没出现过,打电话也一直是关机。

本来,老妈子完全不用管这事,可她知道柳如烟家中的情况,担心发生意外,第三天去派出所报了案,刚好柳如烟的儿子之前也报过。今天早上,柳如烟的尸体被发现后,警方在失踪人口名单上一查询,才能第一时间找到老妈子了解情况。

老妈子刚讲完,二哥带着徐忠厚走了进来,是徐忠厚交代他也到这家店来过。一进门,徐忠厚的小眼睛就盯着如雪看,看着看着,皱起了眉头。

"老板,不认识我了?"如雪戏谑地问。

"那晚是你?不像啊,明明要白一些,好看一些……"后面的话徐忠厚没有说下去,我看向如雪,她的神色并没有太大变化。

徐忠厚到华西街来都是夜晚,堂子里朦胧昏暗的灯光可以遮去小姐们一些天然的不足,从而在嫖客眼里更加妩媚动人。现在是白天,想必在徐忠厚眼里,如雪的样子与那晚相比,区别是很大的,他心中自然有落差。

出了足浴店,二哥让徐忠厚先上车,然后告诉我们,徐忠厚一共去了五家堂子,接待他的小姐普遍反映他没有暴力倾向,也没有和小姐发生争吵。

这样的话,从作案动机上讲,柳如烟一案,徐忠厚的嫌疑是比较小的。

不过,我们还是决定把他带回去仔细审问一番,主要从两起案子的作案时间上,让徐忠厚提交不在场证明。

商定后,我们回到了局里,由二哥留下审徐忠厚,另外三人则继续搜集两起案子的线索。

到目前为止,张艳一案的基本案情我们掌握得差不多了,虽然现在还没有明确的证据证明两起案子是一个凶手所为,但张艳案已经过去八天了,而柳如烟的尸体刚刚发现,相对而言,更容易找到证据,所以,我们决定两起案件同时侦查。

二哥把徐忠厚带走后,官飞给我们介绍了今早的情况。

发现柳如烟尸体的玉洁巷是梓州西门边一条老巷子,比张艳出租屋那边要热闹得多,不过也仅限于晚上十二点之前,柳如烟每天下班的时间是凌晨三点，从玉洁巷经过时大概在三点二十，案发当晚，她三点半才下班，到这里就更晚了，街道上没什么人。"

"她住在玉洁巷？"我问。

"她的屋子在玉洁巷的另一头，玉洁巷比较窄，汽车无法通过，她回家的话，坐车需要到前面街口绕一圈，耗时十分钟，也可以在巷口下车，步行穿过巷子，耗时五分钟。"官飞回答。

"柳如烟当晚乘坐的出租车应该能查到吧？"文雅问。

官飞说："已经和城里的两家出租车公司联系了，因为涉及的司机人数比较多，暂时还没得到反馈。"

我想起来梓州的路上问文雅的那个问题，就又提了出来："柳如烟已经死亡四天了，这期间不会一直在垃圾桶里吧？"

官飞摇了摇头："环卫工每天都会清理垃圾桶，他确定昨天还没有尸体，并且，尸体已经有些发腐，气味难闻，若是白天放进去的，早就有人报警了。"

看来，尸体是在昨晚被人放进垃圾桶的，随后，我们驱车去了玉洁巷口，那个垃圾桶的盖子已经被盖上了，我们走过去，能闻到一股消毒水的味道，旁边一个人都没有。

官飞说，早上刚发现尸体时，这里围了很多人看热闹，此刻，路边不停地有行人与车辆经过，却根本没人多看这个垃圾桶一眼。

对于为生活奔波的人来说，柳如烟的死不过是个小插曲罢了，知道这事的人，今天茶余饭后或许要拿出来摆谈一番，过上三五天就会忘了这回事，再过段时间，记得"柳如烟"三个字的，恐怕只有她儿子了。

想到此，我问官飞："柳如烟的儿子现在情绪如何？他以后怎么办？"

官飞叹了口气说："柳如烟每天早晨都会送儿子去学校，她失踪第二天她儿子就报了警。当地派出所联系到了柳如烟的母亲，虽说母女俩这么多年像仇人一般不相往来，可柳如烟真正出了事，老太太还是把外孙接到了自己家里照顾。今天通知他们过来认尸时，老太太也是泣不成声。"

"血浓于水的亲情，岂是说断就断得了的？只怕这些年来，母女俩嘴上都不服输，心底的思念却是从未断过吧？"文雅脸色戚然。

这个话题说得深沉了些，我们一时无语，顺着玉洁巷往里走。

虽然都是老巷子，玉洁巷却比张艳出租屋外的巷子要好很多，不时有人穿过，头顶的阳光也没有被树枝遮住，人走在里面，不会感到阴冷。

出了巷子，官飞带我们继续走了五十米，就到了柳如烟的出租屋，此时大门紧闭，显然没有人。官飞说柳如烟死后，只核实了她的身份，再就是让法医做了简单的尸检，其他的调查还没来得及展开。

我观察着屋前的地形，此处紧挨着街道，如果柳如烟打车直接到这边，一两分钟就可以进入屋子，凶手作案的机会很小，而如果她在玉洁巷口下车，再步行过来的话，凶手在玉洁巷动手就方便多了。

当晚的情况究竟是怎样，还得看出租车司机那边的反馈。不过，就算凶手是在玉洁巷行的凶，已经过去几天了，这里平时又人来人往，只怕是找不出什么线索了。

"你们觉得凶手是同一个人吗？"文雅突然问。

"两名死者有太多相同点，都是身上财物被洗劫一空，死因是窒息，脖子上却没有指纹，阴道处有性行为迹象，死后均被抛尸……"官飞顿了一下道，"所以，我们局里多数人觉得可以并案调查。"

文雅看向我，她曾提醒我们不要受先前梓州民警调查思维的影响，因此，相比于官飞看到的相同点，我着重说了两起案子的区别："张艳死亡当晚就被抛尸，柳如烟却在死亡四天后才被抛尸。还有，张艳的阴道撕裂程度较轻，柳如烟却比较重，如果不把这两个问题搞明白，我觉得暂时不能并案。"

文雅微微点头，补充道："有没有对阴道内润滑油的化学成分进行检测？不同牌子的避孕套所用的润滑油应该会有细微差别。"

官飞说："没有，不过取出的样本都还在，我马上给那边说一声。"

说完，官飞就打电话安排了这事，刚挂了电话，出租车公司就有了回信，说找到了当晚搭载柳如烟回家的司机，另外还有几名司机也提供了些线索，让案子有了重大进展。

11
回案发地·下

最后一次搭载柳如烟的司机叫冯友，他证实，当晚柳如烟是在玉洁巷口下的车。

凑巧的是，柳如烟以前也坐过冯友的车，这次却让他绕到了玉洁巷的另一头，所以，那天冯友问了句："我记得上次你不是在这里下车的啊？"

柳如烟回答的是最近失眠，想走走路让身子疲乏一些，这样才好入睡。冯友开出租车已有好几年了，知道华西街是什么地方，自然也知道柳如烟的站街女身份，便没再多问。

其他几个司机也曾搭载过柳如烟回家，她每日凌晨三点多下班，而后打车回家，这两个特点比较明显，所以留给出租车司机的印象比较深。

然而，多数司机反映，柳如烟是直接打车到家门口那边才下车的，只有两个司机说柳如烟是在玉洁巷口下的车，我们询问了他们搭载柳如烟的时间，总结出来，她以前都是打车到家，最近这半个月才开始在玉洁巷口下车。

冯友的口供让我们确定了一件事，四天前，柳如烟是在玉洁巷口下车后遭遇不测的。凶手作完案，收藏了尸体，直到今天尸体腐败无法再保存，才将其遗弃。

很明显，柳如烟说想让身子疲乏一些只是借口，可深更半夜，她一个女人从玉洁巷过，竟然不会害怕，我的第一个反应是："难道巷子里有什么吸引她的？"

刚才我们也走过玉洁巷，除了两旁有些人家外，没什么特别的。

"巷子两侧共有十六道门，其中三道门的锁孔已是锈迹斑斑，门前屋檐下几乎没有脚印，应该没人住。我们得抓紧时间对剩下的十三户人家进行走访，看有没有人当晚听到异常声音，更重要的是，看看他们有没有作案嫌疑。"文雅说。

官飞夸赞道："行啊文雅，你现在的观察力是越来越强了，我们不过随意走了一圈，你就看到这么多东西。"

我知道文雅的本事，也就见怪不怪了。她的话倒是提醒了我，柳如烟是个妓女，会不会是玉洁巷里有她的客人，她最近一段时间下班后会到这里再来挣一笔钱呢？

同时，凶手就住在玉洁巷内也能比较好地解释尸体在四天后仍然出现在这附近一事。

不过，既然她不想给儿子带去不好的影响，应当不会在自家周围发展客户才对啊。

文雅见我若有所思，问我是不是想到了什么，我就讲了出来，文雅听后，转头问官飞："柳如烟每天接五个客，能挣多少钱？"

"华西街那边的价格很便宜，一次五十到一百不等，她只接五个人，一天就三四百元。"官飞回答。

文雅开始了计算："一天三四百，一个月除去一周生理期，那她月收入也就是七八千元，养活她和儿子完全没问题。"

官飞却说："够呛，她儿子读的是私立学校，收费很高，那点钱也就够用，存不了什么。"

我有些疑惑："私立学校不都是住校嘛，怎么她儿子每天要回来住？"

官飞道："本来是住校的，这不马上要考初中了嘛，功课抓得紧，孩子累，她就开始每天接送儿子，在早、晚饭上下功夫，给儿子增加营养。"

这让我有些动容，在世人眼中，柳如烟是低人一等的站街女，然而，她给儿子的爱却不比任何父母少，做任何事之前都要先考虑儿子，当真是可怜天下父母心。

听完官飞的话，文雅沉默了，盯着玉洁巷发怔，过了好一会儿，她又问："比起步行穿过玉洁巷回家，柳如烟打车到家门口要多给多少钱？"

官飞想了想说："出租车夜间计价较贵，十分钟车程，差不多要二十元钱。"

"你是说柳如烟走路是想省钱？"我看着文雅问。

"她男人是个混混，肯定没有固定收入来源，现在突然回来找她，要钱是很正常的。她没有多余的钱给男人，又怕他闹，只得想办法。"文雅回答。

从时间上看，这两起事件的发生还是比较契合的，我就想，难不成是她男人要钱不顺，一气之下杀了她？

"当务之急，是要把她男人找到！"官飞也明白了文雅的意思。

走访玉洁巷十三户人家的工作量比较大，专案组人手少，我们商议后，决定让当地派出所的民警帮着搜集，再由我们进行甄选。

回到局里，二哥还在审讯徐忠厚，我们没去打扰他。

在会议室休息时，官飞接到移动公司的反馈，说是查到了张艳一个多月前离开超市两小时那天的通信记录，经过查验，我们发现她上午与高中的两个同学有过联系，从他们二人口中，我们得到了一个意外的消息，那天是林天豪结婚的日子，张艳也去了。

"原来是参加初恋情人的婚礼，难怪要瞒着李城。"官飞啧啧说道。

我们又联系到了林天豪，他证实了此事。林天豪大学毕业后一直在省城工作，上个月回来办婚礼在家中待了三天，结婚第二天就回省城了。他说他与张艳分手后几乎没有联系，结婚前给所有同学都发了电子请帖，包括张艳，本以为她不会来的，没想到敬酒时看到了她，不过，他俩并没有单独接触，婚礼后也没有再联系过。

当年林天豪与张艳分手，是他甩了张艳，虽然张艳曾苦苦挽留，可没有一直纠缠，在他婚礼上也没有捣乱，所以，林天豪没有杀张艳的动机。何况,他婚后一直在省城,没有作案时间,这点他的妻子和同事都能证明。

"如果你们的女朋友瞒着你们去参加前男友的婚礼,你们会不会多想?"文雅看着我们问。

"会!"我和官飞几乎是异口同声地答道。

官飞笑了笑,我解释道:"如果她直接和我明说,我是不会介意的,可这样偷偷摸摸地去,会让人极不舒服,更是有损恋人之间的信任。"

"那么,李城就有动机了。"文雅认真地说。

"可他怎么知道张艳去过林天豪的婚礼?"官飞问。

"方式很多,可以是别人告诉的,也可以是张艳自己不小心说漏嘴的。"文雅答道。

官飞反驳说:"但是,在旁人眼中,李城对张艳是非常好的,这从他不让烧张艳尸体和经常去张艳房间怀念她都能看出来。"

在我最近办理的两起大案中,凶手都是实力超强的演员,所以,我比较能理解文雅的猜测,就说:"或许这正是他想让我们看到的,让我们误以为他很爱张艳,从而伪装自己。不过,要确定李城的嫌疑,我们必须找到他知晓此事的证据。"

官飞又说:"我还是觉得,仅仅因为女朋友去参加了场婚礼就动杀心,实在是有些小题大做,李城是个聪明人,不会做这种傻事。"

文雅点头道:"案件侦破进入'瓶颈',我们不能放过任何一个可疑的人,但也不能为了破案而胡乱给别人扣帽子,一切还是以证据为准。"

我和官飞都应了下来。

移动公司同时反馈了另一条信息,已经查到柳如烟男人的电话了,但处于关机状态。我们随即联系技侦对其进行监测,一旦开机就能快速得知他的大概位置。

既然他是混混,以前应该有不少人认识他,官飞去了趟柳如烟母亲的家中,掌握了一些他的个人情况,再发动线人的力量搜集信息,到晚上七点,他的基本资料就差不多明了了。

12
队员齐聚·上

柳如烟的男人绰号"刀子",本名胡刀,M市宁县人,现年三十五岁。

十多年前,胡刀主要在梓州的几个旱冰场混,拉了几个小弟,以教滑旱冰为名目,向学生要钱,这属于不入流的"混混"。

柳如烟就是在旱冰场认识的胡刀,当时胡刀对柳如烟起了心思,主动教她滑旱冰,并且不收费,获得了柳如烟的好感,教习过程中,胡刀又百般献殷勤,最后俘获了柳如烟的芳心。

然而,从胡刀那时的几个兄弟口中得知,他与柳如烟恋爱的同时,还与另外两个女生保持着不正当关系,但一直是瞒着柳如烟的。

柳如烟生了儿子后,胡刀好几次在酒桌上说多了个累赘,还说柳如烟越长越丑了。发展到后面,胡刀开始不顾柳如烟的感受,明着和其他女人搅在一起。最后,胡刀跟着一个大哥去外地"赚大钱",这一走就再也没回来过。

当年跟胡刀混的几个小弟都是梓州本地人,就没和他一起出去。随着年龄的增长,以及父母的约束,这些人基本上都收敛了痞气,做回了普通人,也成了家。

二十多天前,胡刀回到梓州,说是大哥被抓了,堂子散了,他回来讨口饭吃,找曾经的兄弟借钱。有两个借给了他钱,他就笑着说以后带着他们一起发财;有人没借钱,他就大骂别人忘恩负义。

结果，借来的钱都被胡刀吃喝玩乐用了，用光后，他又去找人借，几次下来，再也没人愿意借钱给他了，最近十来天，他没借到一笔钱。

胡刀一回来就给柳如烟打电话，后面几乎每天都有联系，且绝大多数是胡刀打给柳如烟的。既然都在找以前的朋友借，那找柳如烟拿钱是必然的了，朋友不借，他除了骂几句，也没有其他办法，柳如烟不拿，他可不会轻易放弃。

胡刀住在一家小旅馆，但没人知道旅馆名字。县城里面，好多住宿的地方没有严格实施身份证登记制度，要找胡刀，一是继续监控其手机，二是让线人帮着打听，两个方法都需要一定的时间。

"刚才在柳如烟母亲家里，她先是骂胡刀，骂完了又骂柳如烟，说她以前不听话，找了这么个男人，一辈子都毁了，现在也是自食其果。然而，骂着骂着，她就哭了，两眼通红，嘴里不停地喊着'我的女儿'几个字……"官飞说。

我与文雅听了，都是一声叹息。

我以前一直很反感父母干涉自己的婚姻之事，觉得那是"父母之命，媒妁之言"的封建思想在作怪，所以，大学毕业后，他们每次要我去相亲，我都以工作忙为由没有同意，后面逼得急了，我还说了几次重话。

就这样，我步入了大龄青年的行列，再看身边的朋友，有不少是相亲认识并最终组合成家庭的，从平时的接触中能感受到，他们夫妻间的幸福不见得比那些自由恋爱的少。

所以，慢慢地，我的思想也出现了改观，试着见了几个女生，不过都差了些缘分，没有走到一起。

现在，再看柳如烟的命运，我更是觉得，人们年轻的时候，涉世不深，识人看人的本事都差了些，而父母有了几十年的生活阅历，在这方面自然比我们强，有时候，适当地听取他们的建议，也未尝不是好事。

"柳如烟儿子的情绪怎么样？"文雅的话打断了我的思绪。

官飞说："不知是不是因为受到的打击太大，那小子表情呆滞，低头看着地面,我在他家里待了半小时,他只在中间听见胡刀的名字时抬起头来看了我一眼。"

我说:"幼年时失去了父爱,少年时没了母亲,只怕对这孩子的性格养成,以及今后的人生道路,有很大的影响啊。"

官飞又道:"不仅如此,现在他妈死了,没人负担私立学校高昂的学费,只怕他要面临转学甚至辍学的危机。"

文雅马上说:"反正他要念初中了,我认识梓州中学的校领导,明天我和那边联系一下,给他争取一个名额。"

说完这事,二哥走进了会议室,告诉我们徐忠厚已经审讯完毕。

"怎么样?"我迫不及待地问。

二哥把审讯材料递给文雅,回答我说:"徐忠厚承认了嫖娼和在超市安监控偷窥女店员的事实,但与张艳和柳如烟的死应该没有直接关系。"

文雅仔细地看着材料,看完后又拿给我看,并说:"二哥问得很详细,徐忠厚前后的供述中也没有矛盾的地方,目前看来,他只是一个变态色狼,还不到杀人的程度,就按《治安管理处罚法》对他进行顶格处理吧。"

结果在我的意料之中,如果徐忠厚就是凶手,这起案子也不会让梓州警方如此头疼了,不过,我还是问了句:"店里的几处监控都查看了没?徐忠厚有没有特殊的表现?"

二哥说:"超市和厕所一共九个探头,为了保证不漏掉信息,侦查员们只用了两倍的播放速度,这样的话,花费的时间比较长,所以最终的结果还没有出来。"

说完,二哥就离开会议室去完善相关手续,趁早把徐忠厚送去拘留所。我本来想跟着一起去的,二哥说他一个人就够了,还有值班民警帮忙。

这时已经快八点了,我们还没吃晚饭,官飞说县局外不远新开了家饭馆,味道很不错,要带我们去尝尝。大家忙活了一天,早已饥肠辘辘,也就欣然前往。

从会议室出来,我们看到局长办公室的灯还亮着,官飞说去给局长汇报一下案件进展，文雅也跟着去了。

这样一来，只剩下了我一人，我站在院子中间，看着院门方向，想着今天的收获。

目光所及之处，我看到一个人影站在关着的铁门外，从身形上来看，是个男人。

我本来没觉得有什么，纯粹是出于好奇，往前走了两步，想看清一些，岂料我这一走，那人影马上就转身离开了，我心里纳闷，却也没追上去。

这时，二哥带着徐忠厚从审讯室出来，两个值班民警把他押上了警车，随后，警车开出了院子。

过了一会儿，文雅和官飞出来，我们一起往外走，路过大门时，我看了一眼，门卫在屋子里看电视，我想了想，还是走进去，问他有没有注意到刚才门外站着个人，门卫摆手说没见着。

官飞问我怎么了，我想或许是自己看花眼了，就笑了笑说没事。

路上，我问文雅，专案组另外一个人什么时候到，文雅说刚才已经打过电话，马上就进梓州县城了，等会儿直接开车到我们吃饭的地方，二哥送完人后也会赶过来。

进了雅间，官飞作为东道主，直接点了几个饭馆的招牌菜。菜刚刚上齐，从门外进来一个年轻小伙子，平头，皮肤黑黑的，个子估摸着有一米八高，穿着警用短袖T恤，臂膀上的肌肉很明显。

当时文雅是对着门坐的，他最先看见文雅，笑着喊了声："文雅姐。"

随后，他又招呼了官飞。

我当下释然，看来，这就是专案组最后一个成员了。

文雅起身，向我介绍道："段小武，二十三岁，十七岁入伍，服役于新疆武警特战部队，军事素质过硬，在部队学过三年专业侦查技能。一级士官期满后，小武因家庭原因申请退伍，被梓州公安局特招进县特警大队，一年后又被刑警队要了过来，这段时间正在省厅参加快速射击学习。"

听完段小武的履历，我明白了文雅的用意。

刑警擅长侦查破案，却由于熬夜的时间多，身体都拖垮了，稍微上点年纪，在抓捕嫌疑人时，跑得气喘吁吁不说，还容易让嫌疑人跑掉，对抗时自己也容易受伤。专案组有了小武的加入，在这方面就不用愁了。

随后，文雅也向小武介绍了我的情况，我俩握手后，大家都坐了下来。

我们边吃边等着二哥，其间文雅给小武大致说了一下案情。半个小时后，二哥推门走了进来，一进门就说："官飞，你们局长怎么回事？"

13
队员齐聚·下

二哥的语气有些冲，听得这话，不仅是官飞，我们其他人也蒙了。

愣了几秒，官飞问："二哥，出什么事了？"

二哥这时也意识到自己刚才着急了些，缓和了脸色说："我们刚把徐忠厚关进拘留所，你们局长就给和我一起去的民警打电话，让我们暂时不拘留。"

"为什么？"文雅皱眉问。

"我哪里知道，他又没说原因，不过那时我们把手续都弄好了，人也关进去了，我就没理会。民警给局长回了话，局长还是不依，非让他想办法，还让他在拘留所等着，说是要联系所长。"二哥气呼呼地点了支烟。

我了解他的脾气，向来讨厌这种徇私枉法之事，就问："然后你就一个人走了？"

二哥猛吸了口烟说："那可不，你们梓州的警察怕他，我不怕！"

官飞解释道："局长很少干预下面的民警办案，这次应该是迫不得已。"

"是啊，局长不是这种人，我打个电话问问。"文雅说完就出去了。

雅间里的气氛一时有些尴尬，我就介绍了小武给二哥认识，又劝他先吃点东西，等文雅问了情况再说。二哥是个直性子，不满归不满，却不会亏待自己，当即拿起筷子开吃起来。

几分钟后，文雅回到雅间，微微摇头说："是市委一个领导给局长打招呼要求放人的，局长实在抹不开面子。他其实也很不好意思，所以都没有给我们说，只让自己局里的兄弟去办。最后是折中处理的，在法律条规之内，象征性地减少了拘留天数，也算是和那边有个交代。"

"看不出徐忠厚的关系还挺大的！"我说。

按规定，对违法人员执行处罚前，都会对其家属进行告知，想来，是二哥他们告知徐忠厚儿子后，他儿子找的人来说情。

文雅继续说："中国人都逃不过'人情'两个字，徐忠厚二十多年前当过兵，那个时候义务兵年限是三年，他给一位首长当了三年通讯员，深得首长喜爱，后来这位首长转业到我们市，现在做到了市委常委一级。"

"徐忠厚这种变态竟然当过兵！丢人！"小武也是从部队出来的，很是愤慨。

二哥语气好了些："在法律规定的范围内减少天数，这还差不多，他要敢直接放人，我立马去找他理论一番！"

我们的住宿被安排在县公安局的招待所，吃完饭，官飞把我们三人带了过去，和前台交代后就离开了。

我与二哥一个房间，文雅单独一个房间。房间在五楼，拿了房卡，我和文雅就上楼了，二哥说去买包烟。

在电梯里，文雅愁眉道："这两起案子真棘手。陆扬，我压力好大呀。"

以前一起办案时，文雅从没说过苦和累，这次市局让她带队，又是处理这么复杂的案子，她的压力可想而知。

相处这么长时间，我俩在工作中成了默契的搭档，在生活中成了好朋友。她在我面前是比较随性的、坦然的，所以才会说出刚才那句话。

我笑着安慰她："别担心，你可以的，我们其他人也会全力帮助你。你看，我们才来第一天，就发现了许多线索，我相信破案指日可待！"

听了我的话，文雅微微抬头看着我，轻声道："谢谢。"

她今天没有穿警服，长发是披在肩上的，一丝头发散落到了脸旁，她伸出手来,轻轻把头发捋到耳后。

这个动作看得我有些出神,加之我们当时是四目相对,距离又近,我突然就觉得自己的心跳快了许多。

"叮!"

电梯到达五楼,门缓缓打开,文雅轻拍了我一下:"发什么愣呢,走啦。"

我尴尬地笑了笑,和她一起走出电梯。

我们的房间是挨着的,先到文雅的房间,她打开房门,转过身来,冲我一笑:"明天见。"

我回道:"嗯,晚安。"

直到进入房间,我还觉得自己的心跳有些偏快。我躺在床上,闭着眼睛,脑海里马上切换到了电梯里的画面,细细回味着文雅刚才的样子……

"你小子这么累啊?澡都不洗就躺床上了。"二哥的声音在耳旁响起。

我睁开眼睛,看到他嘴里含着支烟站在我面前,而我由于太专注,连他什么时候进入房间的都不知道。

我回答:"你先去洗吧,我再躺一会儿。"

二哥却没去浴室,一屁股坐在旁边的床上,然后咂巴着嘴说:"刚才我出去买烟,看到一个人鬼鬼祟祟的,显得有点古怪。"

听到这话,我一下坐了起来,瞪眼看着他问:"你也看到了?"

"啥?意思是你也见到过?"二哥惊讶地问。

我随即把在公安局大院里看到人影一事讲了出来,二哥听着皱起了眉头:"是同一个人吗?"

"你看到的人是什么样的?"我问。

二哥说,招待所旁边就有一个副食店,他买了烟后,准备回招待所,就看到对面电线杆下站着一个人,那人的身体被电线杆挡着,只露出了一小部分。

当警察的人比较敏锐,二哥觉得这人大晚上站在那里有点奇怪,就多看了两眼,哪知这人发现二哥在看他,直接转身走了,快步走了七八米远,往左边一拐，进了巷子。

招待所门口是一条大的街道，不时有车辆经过，再加之晚上光线不好，二哥也没看清那人的模样。

不过，从二哥的描述来看，这个过程与我在院子里看到人影的过程相差无几，对方均是隐藏在某处，被我们注意到后，转身快速离开。

这让我有理由相信，我们俩看到的是同一个人。

"难道我们被凶手盯上了？"二哥说出了个大胆的猜想。

我想了想说："按凶手杀人不留痕的手法来看，他不会做送货上门这么愚蠢的事，就算要做，也会做得很隐秘，哪能让我们接连发现两次呢。"

"若真是同一个人，那很明显是冲着我们来的，不是凶手的话，莫不是知情者想要提供消息，却害怕凶手报复？"二哥又说。

这个说法有些靠谱，不过目前没有其他依据，我们还真不好判断。只有等明天给文雅他们说说这事，让大家都提高警惕，下次再发现那人，争取逮住问个明白。

第二天一早官飞就敲响了我们的房门，我一看时间，才七点刚过，心想办案也用不着这么早吧。

我睡眼惺忪地起床去开门，官飞似乎有些等不及了，直接在外面说："有胡刀的消息了。"

乍一听到"胡刀"两个字，我还有些反应不过来，脑子里想着谁是胡刀。正在厕所里洗漱的二哥探出头来，嘴里含着牙膏泡沫问："抓住那个混混了？"

听了二哥的话，我才想起，胡刀是第二个死者柳如烟的男人。我浑身打了一个激灵，快步走过去打开了房门，面带焦急之色的官飞站在门口。

此时文雅的房门也打开了，她穿戴整齐地走出来，问："在哪里？"

官飞回答："五分钟前，技侦那边给我打电话，说胡刀手机开机了，在南河路一带。"

文雅听完，直接说："走！"

当时我只穿了条短裤和一个背心，文雅反应了过来，看着我说："我们在下面等你。"

说完，文雅就走了，官飞对我说："你别慌，我已经让当地派出所民警先安排人过去守着了，小武很快也会到。"

他虽这样说，我还是两三下收拾完赶到了楼下。

去的路上，二哥问官飞怎么接到电话五分钟就到招待所了，官飞说他醒得早，干脆就过来了，接到电话时，他正在招待所旁边吃早饭。

路上，官飞通知了胡刀以前的两个兄弟到南河路与我们会合，一来可以帮着我们辨认胡刀，二来技侦支队定位只能给我们一个范围，等会儿有可能会让这两人给胡刀打电话确定他的具体位置，如果是陌生号码打的话，我们担心他起疑。

虽然目前没有直接证据指向胡刀，但他身上肯定有不少关于柳如烟的信息，所以我们还是蛮期待的。

出发十来分钟后，官飞又接了个电话，说了几句，他的语气突然一变："你确定？"

14 如烟筹钱

官飞的话听得我心头一紧,耳朵也竖了起来,想要听出点名堂。

"行,你帮我盯好。"官飞沉声道。

挂了电话,官飞告诉我们,刚才一个线人给他打电话,说在英才小学外看到了胡刀,有百分之八十的把握。

"英才小学好像不在南河路那边吧?"文雅在梓州上了几年班,对这里的地形比较熟悉。

"的确不在,现在有两处地方要去,怎么办?"官飞征求着文雅的意见。

文雅看了看时间,随后说:"柳如烟的儿子就在英才小学念书,这会儿正是上学时间,胡刀出现在那里是有可能的!"

"可手机信号又是怎么回事?是线人看错了,还是胡刀的手机不在他身上?"我问。

"咱们分头行动吧。"二哥建议道。

时间紧迫,文雅稍加思虑,听取了二哥的主意。

南河路那边有派出所民警和小武,人手充足,由二哥打车过去与他们会合,我们剩下的三人则驱车去英才小学。

此时正是上学高峰期,为了防止意外发生,去的路上,官飞打电话给县公安局指挥中心,请求调派附近警力前往协助。

几分钟后，我们到达了英才小学，来往的学生和家长很多，门口还停了很多送孩子的私家车。官飞给线人通了电话后，带我们走到了校门左侧的一处电动车停放点。

守车的是个老太婆，官飞和她说了几句，她让我们等着。过了一两分钟，来了个老头，他径直走到官飞面前说："校门对面那个穿蓝色T恤，手里拿着一根油条在吃的人就是你让我们找的人。"

听了老头的话，我立马往那个方向看去，搜寻了十来秒，锁定了目标。

当时我们之间有十来米远，我看着那人，回想着官飞昨晚给我们看过的胡刀照片，的确很像。

"应该是他。"文雅也说。

"嗯。"官飞应了一声，然后摸出了五十元钱递给老头。

老头不动声色地接过钱并揣进裤兜，轻声说了句"多谢"就很自然地迎向一个过来停放电动车的人，恢复了守车人的身份。

刚才老头给我们说胡刀的特征时，是完全背对着他的，这会儿拿钱的动作又是如此谨慎，看着他的背影，我笑道："倒退几十年，这个大爷会是一名出色的地下党。"

文雅说："这些都是官飞亲自培养的线人，作用大着呢，靠着线人网络，他这只'地猫'能把地下的'老鼠'全都嗅出来。"

我正想夸赞几句，官飞轻声说："他动了。"

的确，胡刀正往他的右前方走去，我们仨也往那个方向移动。

过程中，我看了看，街道两旁并没有警车过来，文雅知道我的心思，解释说："这一段路上下学高峰期都比较拥堵，警察来得慢。"

增援警力来不了，我就说："飞哥，等会儿要控制他的话，我左你右。"

话音刚落，官飞就说："他当真是来看他儿子的！"

我也看见了，胡刀大步向一个小男孩走去，男孩旁边跟着一个中年妇女，应该就是柳如烟的母亲了。

胡刀走过去，一把拉过男孩就往旁边扯，男孩有些惊恐地想要挣脱，妇女也帮着去拉,并大声喊:"你做啥?"

妇人哪里是胡刀的对手,胡刀用力一推,她就摔在了地上。

"他想带孩子走!"文雅惊呼,我们加快了步子,同时分了方向,文雅从正面迎上去,我与官飞分别从左右绕过去。

妇人一声大喊后,立马吸引了数十人的围观,但多数人没有讲话,只是静静地看,只有一个年轻男子说了句:"你把娃儿弄疼了。"

"关你屁事,老子是他爸!"胡刀侧头恶狠狠地朝男子吼道。男子脸涨得通红,却不敢再吱声。

胡刀回过头看着孩子,大声问:"你妈躲哪儿去了?"

男孩身子微微发抖,嘴里却倔强地说:"关……关你屁事。"

这话一出,几个围观的人直接哄笑了起来,气得胡刀甩手就给了男孩一巴掌。

由于围观的人太多,我与官飞此时才到达最佳的位置,看到胡刀动手打孩子,我俩也顾不得多想,直接上前控制住了胡刀的两只手。

"哪个狗日的!"胡刀嘴里大骂着。

"我们是警察。"官飞沉声说道,同时手上加大了力道,痛得胡刀"哎哟"叫了一声。

"请让一下。"这时,两个穿制服的巡警赶了过来,拨开人群。他们认得官飞,就帮着把胡刀带离了现场。

我们把男孩送到门口的值班老师手中后,叫上柳如烟的母亲一起回了刑警队。

回去的路上,二哥打来电话说胡刀的手机已经找到了,在一家二手手机店里面,是胡刀昨天卖的,只卖了二百元。

"手机都卖了,看来这家伙是真穷疯了。"官飞说。

妇人听了,先是骂道:"穷死了最好!"

随后,她似又想起了柳如烟,捶胸顿足地说:"作孽,作孽啊!我们家都是被这个烂人毁的!"

文雅与她坐在后排，劝说着她，她却压根儿听不进去，不停地咒骂着胡刀。

我想着刚才的事，从表面上看，胡刀是个连自己亲生儿子都不疼爱的渣滓，然而，这却也说明胡刀并不知晓柳如烟死亡一事，排除了他的嫌疑，当然，这是在他没有演戏的设定之下。

而他是否在演戏，我们能从他这几天的行动轨迹上轻松地查实。并且，他事先并不知道我们在附近，也没有演戏的必要。

对胡刀的讯问持续了两个小时，仍然以经验丰富的二哥为主问人。

胡刀交代，他回到梓州后，第一时间就找到了柳如烟，并向她要钱，柳如烟念着以往的情分，每次都会给一些。胡刀见在她这儿要钱容易，更是变本加厉，一次比一次要的钱多，后来，柳如烟说自己没钱了，胡刀就提出要和他们一起住，还要看儿子，柳如烟一再地拒绝，不告诉他地址。

再后来，胡刀见柳如烟是下定决心不会给他钱了，那个时候他在其他朋友处也借不到钱了，他就又想了个借口，对柳如烟说："你帮我找一万块钱，我就离开梓州，再也不回来了，否则的话，我只有搬去和你住。"

柳如烟认真考虑后，答应了他，但说需要五天时间。前几天两人还有联系，到了第五天，柳如烟手机就关机了，后来也一直打不通。

这几天，胡刀把身上的钱用光了，同时也在打听柳如烟的住址，他认为是柳如烟不想给他拿钱，在故意躲他，因此憋着一肚子火。

昨天他没钱吃饭了，只得把手机也卖了，卖得的二百元，留了五十元住店，用剩下的钱请以前的一个兄弟吃饭，并打听到了儿子的学校。他知道柳如烟每天会送儿子上学，所以今天一早到英才小学门口守着。

随后，我们去了胡刀这几天住宿的旅馆，又找了这几日与他有过接触的人，经过一一仔细核对，证实胡刀的确没有杀害柳如烟的作案时间，从动机上讲，他也没这个必要，因为杀柳如烟对他没有任何好处。

同时，胡刀的供述印证了我们之前对柳如烟最近一段时间下班后打车规律的推测，她在玉洁巷口下车，果然是为了把钱省下来给胡刀。

胡刀说柳如烟的电话第五天就打不通了，那是因为她在第四天晚上遇害，手机也被凶手拿走并关机了。

让人不解的是，柳如烟只要了五天的筹钱时间，按官飞之前所说，她每天的收入是三四百元，按最高的四百元算，再加上她打车省的二十元，五天也才两千多，离一万还差得远。

我们去银行调取了她的所有账户，账户上只有五千元左右。

既是如此，她为何不多要些时日？

15 柳家古钱

为了弄清这个问题，我再次找胡刀确认，"五天"的确是柳如烟自己说的，不是胡刀要求的。

这样的话，说明柳如烟有信心在五天内弄到一万块钱，或者，她至少已经想好了找钱的办法。

"会是什么办法呢？"文雅喃喃道。

我转头问官飞："玉洁巷的走访结果出来没？"

官飞说："从派出所抽调的人员昨天就开始工作了，但因为询问量比较大，人手又少，还在进行中，估计要今天下午才能拿到走访记录。"

二哥说："案情重大，这事不能急，一急就容易漏掉线索。"

文雅也表示赞同。

趁着柳如烟的母亲还在公安局，文雅让我和官飞跟着她去一趟柳如烟家中，清点整理一下柳如烟的遗物，看看能不能有什么发现。

临走前，我说了我和二哥昨晚看到的人影一事，小武听了，马上说："今天他要再现身，我一定抓住他！"

文雅也说："我们手上有两起命案，没精力理会他，暂时以静制动吧，大家保持警惕就好。"

随后，我与官飞开警车载着妇人离开了公安局，她告诉我们，柳如烟失踪后,她就把外孙接了过去,外孙那儿有一把钥匙,放在她家里了,我们就先回她家拿了钥匙,再去柳如烟的出租屋。

打开屋子,由于好几天没住人了,空气中有股灰尘的味道。

两间卧室,柳如烟和儿子一人一间,她的房间里物品很少,梳妆台上摆着的一个盒子比较显眼,像是首饰盒。我们走过去,在妇人的见证下打开,里面是些闪亮的耳环、项链等。

其中有一条珍珠项链,我用戴着手套的右手拿起,疑惑地说:"这串项链应该值几千上万元吧。"

官飞凑近看了一会儿,摇头说:"假的,新的也就一两百块钱而已,旧的最多五十元。"

说完,他又翻看了其他几样,竟全是装饰品。

我当下明白,这些应该是柳如烟"上班"的时候用来打扮自己的,不值钱,只是图个样式。

妇人此时做了个惊人的举动,两手端起盒子,直接翻了过来,盒子里的东西都散落在桌子上,有几样还落到了地上。

随后,她翻动了几下,又拉开了梳妆台的抽屉,我看她像在找着什么,就问:"阿姨,你在找什么东西?"

官飞脸上也写着"疑惑"二字,站在一旁,好奇地看着妇人的行为。

妇人没回答我,待翻看完抽屉,又去找柳如烟的床头柜。

我轻叹口气,蹲下身子,一样一样捡起被妇人弄掉的物品,又把桌子上的首饰全都装进盒子。虽然它们不值钱,可毕竟是柳如烟的遗物,对受害者,我向来怀有一份怜悯。

妇人在床头柜那边也没有收获,出了房间,去了外孙那间屋,我们也跟了过去。

五六分钟后,妇人把所有的柜子、箱子抽屉都翻完了,最后颇为失望地说:"看来被她卖了。"

"到底是什么东西?"这次是官飞问的。

妇人撇了撇嘴，最终还是说了出来："我的嫁妆，也是她的。"

这让我有些惊奇，嫁妆是父母给女儿准备的陪嫁物品，当年柳如烟的父母不同意她与混混交往，双方为此闹得很不愉快，她父亲甚至被气死了。

没想到，她父母还是给了她嫁妆。

从妇人的话中得知，她是把自己当年的嫁妆传给了柳如烟，想来，这应该是个有些年份的东西，我更加好奇了，再次问妇人那是什么东西。

这次妇人回答得很快："一枚古钱币。"

"什么样子的？"听到"古钱币"三个字，我的脑神经猛地跳动，大声问。

我的反应把妇人吓了一跳，她看着我，好一会儿才说："它像一把小刀，我也不知道具体值多少钱，是我嫁给她爸时我家里给的，据说是我们家一辈一辈传下来的。"

"六字刀币！"我再次震惊了，并看向官飞，他眼中同样充满诧异。

张艳的尸体被发现时，屁股下有一枚六字刀币，现在柳如烟一案中再次出现六字刀币的身影，莫非这是连接两起案子的一个关键点？

官飞对我微微摇头，示意我冷静一点，然后问妇人是什么时候把古钱币给柳如烟的。

妇人说："当年她与她爸吵得厉害，后来又执意搬出去与混混住在一起，我偷偷去看过几次，她过得很艰难。我曾劝过她，想让她回心转意，但她坚决要和混混过。我也劝过她爸，她爸的性子更倔，说什么都不接受混混。我思虑再三，最后决定把古钱币拿给她，一来这是祖训，但凡女儿出嫁，古钱币就要作为嫁妆传下去；二来在紧要关头，这东西还能卖点钱帮她渡过难关。"

"也就是说，你已经把钱币拿给她十多年了？"官飞问。

妇人点了点头，官飞又问："你可知道她是什么时候把刀币卖了的？"

妇人说："之前我偶尔会瞒着她爸来看她，她爸死了后，我就再也没进过她的家门了。"

我留意到妇人的话，她说没进过家门，这意味着，她很可能偷偷地来看过柳如烟母子。

不进家门,是恨柳如烟气死了她父亲。

躲在一旁偷偷地看,是一个母亲对女儿无法抵挡的思念之情。

官飞轻声道:"这样看来,古钱币有可能是最近才被卖掉的。"

这话把我的思绪拉了回来,也提醒了我,柳如烟卖古钱币,不正好可以给胡刀凑钱了嘛!

官飞给我递了个眼神,然后就出去了。我观察着房间,一堵墙上贴着十多张奖状,奖项名称多是"三好学生""××考试第一名",看来,柳如烟的儿子在学习上还是挺为她争气的。

从这些奖状上,我也知道了柳如烟儿子的名字:柳思孝。

"孩子跟他妈姓的?"我问。

"之前跟那个烂人姓的,叫胡伟,后来改了。"妇人的目光也投向了墙面的奖状,嘴角闪起一丝笑意。

我说:"'思孝'二字,足以说明柳萍心中所愿,她为了追求自己认定的幸福而离开你们,后来,父亲因此事而气愤离世,深爱的男人却又抛弃他们母子,她肯定早就为当年的行为后悔了,若是你们母女早些解开心结就好了。"

我的话让妇人有所触动,她收起笑容,面露忧愁:"你别说了。"

官飞从外面回来,手机屏幕上放着一张六字刀币的清晰照片,他让妇人辨认,看照片上的古钱币是不是她当年传给柳如烟的那一枚。

刚拿到手机时,妇人说:"不是。"

"为什么?"妇人如此快速地否定,让我有些奇怪。

妇人指着六字刀币的刀把说:"我家那枚钱币是完整的,刀把没坏。"

官飞手机屏幕上正是张艳尸体下发现的那枚六字刀币的照片,它的刀把断了一大截。我想着妇人已经十多年没见到这枚刀币了,其间它完全有可能被折断了刀把,就让妇人再仔细看看。

妇人听完,拿着手机好好瞧了一阵子,官飞还帮她放大了看。这次,她有些犹豫地说："很像。"

我和官飞脸上都浮现出几分喜色，官飞看了看时间，然后说："马上到中午放学时间了，我们去找你外孙，让他辨认一下看看。"

柳如烟很爱她儿子，应该不会瞒他刀币的事，那么，柳思孝就能确定这枚断把的刀币到底是不是他家的了。

这个线索很重要，张艳与柳如烟原来是两个完全不相干的人，如果出现在张艳尸体下的古钱币是柳如烟的，那这两起案子就可以并案调查了，凶手极有可能就是从柳如烟这里拿走古钱币的人。

本来房间里的东西我们还没检查完，为了及时查明这件事，只有下次再过来了。

出门后，我刚坐上警车驾驶位，却听得官飞说："等一下。"

16
开私车的人

"怎么了？"我扭头看向他。

官飞绕过警车，往前面走去，我心中越发疑惑了。

他一直走了近三十米，那里有个垃圾桶，桶盖是翻开的，有个环卫工正把里面的垃圾往旁边的垃圾车上放。

官飞走到环卫工身边，像在说着什么。

我想起柳如烟的尸体就是在玉洁巷那边的垃圾桶里被一名环卫工发现的，官飞应该是去询问相关情况。

其间，我看到官飞的表情有些变化，这让我对他们的谈话内容很感兴趣。不过我想官飞应该不希望妇人在场听到一些细节，所以，我按捺住心中的好奇，没有把车子开过去。

过了几分钟，官飞回过头来向我招手，我这才发动车子。

等我过去时，环卫工已经把这个垃圾桶里的脏物清理完毕了，官飞向他道别后上了车，他也笑着向官飞挥手，我瞥了一眼，他的两只手都沾了污渍，额头上浸出的汗水顺着脸颊已经滑落到了下巴处。

环卫工是城市的底层居民，他们干着最脏最累的活，却拿着最为微薄的工资，还要受许多人的白眼。

然而，如果没有他们，我们将会生活在一片腐败与恶臭之中，是他们给了我们干净整洁的生存环境，所以，他们值得我们尊敬。

我们往柳思孝就读的英才小学驶去时，官飞也通知了物证科的工作人员把六字刀币送过去，到时候我们会先询问柳思孝是否知道古钱币一事，如果知道的话，让他讲出钱币的特征，最后才会让他看实物辨认。

路上，妇人问我们，是不是胡刀杀了柳如烟。案件尚在侦破阶段，我们无法回答是与不是。

见我们沉默，妇人自顾自地说："一定是他，一定是他……"

赶到校门口时，已经放学了，柳思孝中午在学校吃，我们直接去了食堂，在班主任老师的帮助下，我们很快就找到了他。

班主任告诉我们，清晨发生在校门口的事已经传遍了整个学校，好些学生对柳思孝指指点点，他受到的影响很大，一上午都在发呆。老师故意抽他回答问题，试图转移他的注意力，他站起来却是三缄其口，一个字都不说。

"发生这种事，对孩子的伤害肯定大。"官飞说。

"作孽啊……"柳思孝的外婆叹息道。

我们去时，柳思孝独自坐在一张餐桌前，餐盘放在桌上，他右手拿着一根筷子，一下又一下地戳餐盘里的一只鸡腿。

走到跟前，我看到他餐盘里的饭菜几乎没有动过，唯有那只鸡腿被戳了十几个小洞。

"思孝。"班主任喊道。

他茫然地抬头看过来，见到我们，眼里总算有了些神采："警察叔叔，你们查到是谁杀了我妈妈吗？"

柳思孝的这个问题让我和官飞都无言以对。首先，我们没想到一个小学生会问如此直白的问题；再者，看着他那期盼的眼神，我们不忍心告诉他还没有确定凶手的身份。

"去我办公室说吧。"食堂里人多嘴杂，班主任把我们带到他的办公室，安慰了柳思孝几句就离开了。

待柳思孝坐下，官飞开门见山地问他有没有在家里见过一枚像小刀一样的古钱币,柳思孝似乎对这事没多大兴趣,只是用很轻的声音回答说"见过"。

"它是什么样子的?"我忙问。

"很旧,上面有几个不认识的字,小时候我在妈妈柜子里翻到它,当成玩具玩,不小心把它摔坏了,妈妈为此还打了我。"柳思孝平静地回答。

与他的平静相比,我和官飞的情绪都很激动。官飞直接从包里拿出在张艳尸体下发现的那枚刀币让柳思孝辨认,他看了一两分钟后,肯定地点头说:"就是这枚。"

我马上问:"你最后一次见到它是什么时候?"

柳思孝想了想说:"上个月,我到妈妈房间里找东西时还见到过。"

说完,他像是想到了什么,就问:"是杀我妈妈的人抢走了它吗?"

我们还没来得及回答,柳思孝的外婆说:"一定是他,是胡刀那个烂人想钱想疯了,在柳萍那里要不到钱,就抢走了钱币,这个遭雷劈的!"

胡刀毕竟是柳思孝的父亲,官飞不想让小孩子心里有阴影,忍不住朝妇人吼道:"你别乱说!"

妇人一愣,声音低了不少,却仍然嘀咕道:"烂人会遭报应的……"

我看向柳思孝,那一刻,他的脸上有着不属于他这个年龄的成熟,眼神也是那样凌厉。

官飞两只手搭在他的双肩上,扳着他转了个身,往前走到窗户边,离妇人远了些,然后轻声问了他几个问题。这些问题多是关于六字刀币的,遗憾的是,柳思孝只知道家中有这样一枚古钱币,却不知道是什么时候不见的,他妈出事前,也没在他面前提起过这东西。

胡刀在梓州时没怎么管过柳思孝,他离开梓州时柳思孝才三四岁,这么多年过去,柳思孝对这个爸爸已经没多少印象了。

这次胡刀回来,柳如烟一直没有告诉他住址,更没有说儿子的学校,所以,今天早上,是两父子时隔数年后的第一次见面。

当被问及对胡刀的看法时,柳思孝沉默了好一阵子,在我以为他不会回答的时候，他却用异常坚定的语气说："我是妈妈养大的，我没有爸爸。"

这句话足以表明他对胡刀的态度。

柳思孝的样子让人有些心疼，我伸出手，轻抚着他的头说："你有一个好妈妈。"

问完话，我们把柳思孝送回了班里，然后离开了英才小学。

刀币这一线索极为重大，我们叮嘱妇人把柳如烟家的钥匙收好，警方会适时再次进屋搜集线索。

回公安局时，车上只有我与官飞，我这才问他之前和环卫工都说了些什么，他回答："那人就是发现柳如烟尸体的环卫工，昨天早上对他做了简单的询问笔录，刚才碰巧看到他，我又去补充问了几个问题。"

"什么问题？"我问。

"首先是问他最近一段时间有没有见到其他人与柳如烟一起出现。"

"他认识柳如烟？"我诧异地问。

"他负责这一片区域的垃圾清理，柳如烟住在这里，自然有打照面的时候，昨天他报警后，就给第一时间赶到现场的派出所民警说过他看尸体的模样有些眼熟。"官飞回答。

"那他最近有没有看到柳如烟？"我又问。

官飞说："柳如烟一般早上七点多送儿子去学校，下午把儿子接回来，晚上九点左右出门上班，凌晨三四点回来，多数时间与环卫工是错开的，所以照面的次数并不多。最近的两次也是在两三个月之前了，而就是这两次，环卫工看到柳如烟不是从出租车上下来的。"

"那是？"

"是一辆私家车送她回来的。"官飞沉声道。

"两次都是同一辆车？车牌号呢？"我赶紧问。

官飞摇头说："环卫工哪知道看车牌，只记得是一辆银色的小车，车牌、车型什么的都认不得。"

"这个人会是谁呢？"

"应该是柳如烟的某个客人。"官飞道。

我有些疑惑:"嫖客送妓女回家?"

官飞回答:"通过对柳如烟的社会关系排查,她没有交好的男性,只有这个解释最合理。"

"那柳如烟失踪后,有没有可疑之人进入警方视野?"我问。

官飞答:"唯一可疑的就是胡刀,可胡刀肯定没有车,柳如烟也不会让他送自己回家。"

柳如烟不会让胡刀送她回家,却让开银色轿车的人送她回家,可见她对这个男人是很信任的,而她出事后,这个男人却没有现身,这样看,此人的嫌疑是比较大的。

我沉默了一阵,想起六字刀币是两起案子的联结纽带,就推测,凶手会不会同时认识张艳与柳如烟,旋即问官飞:"张艳一案,那几个可疑人员当中,谁有一辆银色的轿车?"

听了这话,官飞眉头轻皱,像是想起了什么。

17 监控结果

"李城……"

官飞说出的两个字让我很吃惊,不过他马上又说:"李城有辆车,张艳死后,有次他到公安局来接受询问,我看见他从停车场走出来,不过我不知道他的车是什么颜色。"

我分析道:"李城是个牙科医生,人长得又帅,还谈了个女朋友,不至于去嫖娼吧。说实话,无论是从年龄还是长相上看,张艳都比柳如烟有优势。"

官飞没有反驳,只说等回到局里,把那几个人的资料再筛查一遍。

我们回去时,文雅几个人已早早地等在了会议室,我与官飞外出调查期间,他们这边也出了两项结果,第一项是两名死者阴道内润滑液的成分检测,第二项则是徐忠厚超市里的视频监控。

"六字刀币真是柳如烟家的?"我们一进会议室,二哥就急着问。

我点头说:"确定了,张艳案件中的刀币特征,警方并未向外界公布,她儿子说出的自家刀币的特点却能与之吻合。"

"这下可以并案调查了。"官飞说。

文雅接着说:"嗯,两名死者阴道里的润滑液成分也相同,凶手用的应该是同一品牌的避孕套,这也是并案的一个辅助证据。"

紧接着，官飞说了从环卫工那里得到的信息，小武自告奋勇说他去核实相关人员的车辆情况，说完就走出了会议室。

小武走后，文雅在投影上播放了几段视频，从画面能看出来，正是徐忠厚超市里探头拍摄到的内容。

第一段视频，是李城与杨晓兰，二人站在收银台处，聊了好一阵，时间是在张艳被害之后。因为探头是高清的，能看到李城的表情，是满脸的戚然，他走的时候，杨晓兰把墙角处张艳换衣服的袋子拿给了他。

"没什么异常，接着往后看吧。"二哥说。

文雅又播放了第二段视频，画面一闪，里面出现了一男一女，女的站在收银台内，是陈梅，男的却是何建。我赶紧看视频右下角的时间，同样是在张艳被害之后。

何建去超市做什么呢？

我耐着性子看，只见二人也站在收银台处说话，收银台上摆着些货品，陈梅把它们挨个往袋子里装，何建则拿出钱包在付款。

何建是在超市购买东西，这本来没什么，可此时警方已经找何建问了笔录，他知道张艳死了，再去丽发超市，我就觉得有些不妥了。

果然，文雅马上播放了第三段视频，同样是何建在购买东西，收银员却不是陈梅，而是另一个人。我看了下时间，是在第二段视频之后两天。

"何建与张艳分手后，已经很久没联系了，他却在张艳遇害之后，连续两次去张艳生前上班的丽发超市购物，这太反常了。"我说。

"没错，再来看这段。"文雅继续播放。

这一段视频，仍然是何建在超市收银台，收银台里面站着陈梅，两人似乎有些争执，我又看了下时间，竟是在昨天傍晚。

我有些奇怪，视频资料昨天下午就被拷走了，怎么还会录制有傍晚的图像呢？文雅看出我的疑惑，解释说："视频筛查结果中午就给我们送来了，我和二哥觉得何建的行为有些奇怪，就去找陈梅二人核实，她们说何建去超市是询问张艳的事。"

"什么事？"官飞忙问。

"他在买东西的过程中，故作随意地与陈梅两人聊天，其间问了一些张艳死前几天都与谁接触过、有没有与谁吵过架之类的问题。陈梅还说，昨天我们走了后，他又去超市买东西，打听我们在超市都做了些什么。陈梅那会儿刚知道徐忠厚的为人，心情很差，不想搭理他，两人就吵了几句，还是另一名营业员过来劝住的。"文雅回答。

二哥把手中的烟头扔进烟灰缸，接着文雅的话对我说："所以，我们就顺便把这段视频拷贝了下来，根据何建的行为，我推测昨晚我俩见到的人影就是他。"

二哥的话给了我启发："何建找陈梅问的这些问题，都与案件进展有关，难道他私下在调查张艳被害一事？"

文雅赞同我的话："我的意见是，马上传唤何建，让他对自己的行为做出解释。如果他真的在调查案件，得让他即刻终止，否则，他很可能会给自己惹上麻烦，更有可能会打乱我们的侦破进程。"

官飞却说："不。"

我们都转头看向他，他解释说："我的意思是，这人的性子比较直，有点'一根筋'，我们要用缓和的方式。别传唤了，直接去找他吧，先套他的话，看他的'调查'有没有什么发现，然后再好言相劝，让他终止这一行为。"

从何建用下跪及自残的方式挽回张艳来看，他的性格的确偏激。专案组五个人，目前只有官飞与何建接触过，最了解何建的脾气。我们商议后，觉得他说得有道理，按他的方式去做，或许会取得更好的效果。

说干就干，官飞给何建打了个电话，说是有事要找他了解情况，与他约定了时间、地点。

人去多了容易引起何建的抵触情绪，最后定了下来，由官飞和二哥去，二哥经验丰富，有他在，不愁没收获。

我与文雅留下，一是等小武查车的结果，二是等派出所那边对玉洁巷内住户的走访结果。

官飞他们走后，会议室里只剩下我和文雅两人，她又把那几段视频挨个播放了一遍。

"还有什么问题吗？"我看她的眉头一直微微皱着，就问。

文雅说："丽发超市四名营业员，张艳死后，还有三名，何建找陈梅和另一名营业员都询问过，为何偏偏没找杨晓兰询问呢？他应该知道杨晓兰与张艳的关系最好，从杨晓兰那里才能问到更多的信息啊。"

文雅的观察力还是那么细致，她不说出来，我真没注意到这事。不过，我还是从理性的角度分析："会不会是他的时间不合适，刚好没遇到杨晓兰上班？"

文雅却摇头："今天是张艳被害的第九天了，这么多天，他不可能一次合适的机会都找不出来。"

我顺着文雅的意思："他是故意不找杨晓兰的？"

"可是，这是为什么呢？"文雅喃喃道。

我的眼睛盯着屏幕，文雅刚才按了暂停，画面停留在何建与陈梅争执的地方，我想了想说："要么，他与杨晓兰有过节，知道杨晓兰不会理睬他。要么……"

我的大脑快速运转，极力想着第二种可能，很快，脑子里冒出一个想法，我猛地看向文雅："要么，是他觉得杨晓兰有问题，怕打草惊蛇！"

"难道杨晓兰对张艳并不像表现出来的那么好？"文雅有些惊讶。

"谁知道呢，你还记得半年前我们在青羊镇办理的连环杀人案吧，民风相对朴实的乡镇都有那么多人戴着'面具'生活，更别说县城里了。"我说。

文雅愣了十来秒，这才说道："你给二哥说说我们这个发现，让他在询问何建时，套一下他的话。"

我应了下来，马上打通了二哥的电话。二哥是老刑警，我只说了个大概，他就明白了意思，并说这事没问题。从掌握到的情况来看，以何建的性格，他心里藏不住秘密，只要稍加诱导，什么话都能问出来。

挂了电话，我琢磨着这事，张艳一年多前到丽发超市上班后才认识了杨晓兰，两人年龄相近，关系还不错，她俩能有什么利益冲突呢？

文雅一时也想不明白，我们只有耐心等二哥他们的消息了。

又过了几分钟，小武推门进来，手里拿着几张打印纸，面带兴奋之色，冲我们说："找到一辆银色轿车！"

18 少年失母

"谁的？"我从椅子上站了起来。

"李家的。"小武说。

"李城？"文雅脸上露出了疑惑。

小武把手中资料递了过来："准确地说，是李城他爸李治平的。"

这个答案完全出乎我的意料，因为我们的视线从来就没放到李城父母身上。我接过资料，上面罗列着与张艳相关的所有男性家中轿车的车牌、车型与颜色。

李城的轿车是蓝色的，何建没有私车，平时送货会用到公司的一辆白色面包车，虽然白色与银色有些相近，可面包车与环卫工说的"轿车"不相符，而林天豪是辆黑色的越野车。

因为这几个人的车与环卫工看到的不相符，小武遂发散开去，查询他们几人的家人的车辆情况，意外地发现李城的父亲有一辆银色轿车。

小武办事很仔细，附了一张李治平的个人户籍信息，他现年53岁，户籍地址与李城相同，意味着父子俩住在一起，职业一栏上写着"教师"二字。

"李城母亲呢？"文雅问。

"户籍上只有李城和李治平。"小武回答。

张艳一案案发距今已九天了，之前的调查工作都是由梓州的刑警负责。在他们提供的信息里，李城与张艳是恋人关系，而且多个证人证实二人感情很好，所以我们昨天接手案件后，并没有马上核查李城的笔录。

现在出了这种情况，文雅让小武立即把李城和李治平两人的询问笔录拿来，我们要好好研读一番。

小武走后，我想起杨晓兰曾说过，李城父亲对张艳的态度比较冷淡，似乎对这个准儿媳不太满意，可是，也不至于直接杀了她吧。

听了我的话，文雅告诫说："目前我们只是凭着一个'银色轿车'的特征找到了李治平身上，但这个特征本身太广泛了，针对性不是那么强，所以我们不能先入为主地认定是李治平开车送了柳如烟回家。"

办案中是比较忌讳这一点的，我暗暗记了下来。

小武很快把两人的笔录材料拿了过来。警察询问嫌疑人时，会问及他的个人简历和家庭关系，此案中，虽然李城父子并不是嫌疑人，但由于案情重大，梓州刑警也问了他们这两项内容。

我与文雅翻看着笔录，了解到在李城三岁的时候，他妈妈就离家出走了，至今没有音信。李城的爷爷奶奶在乡下，他是他爸带大的，二人现在住在城郊的一处房子里。

李城出生前，李治平就是城郊乡的一名中学物理老师，后来，因为梓州县城扩建，城郊乡一带重新规划，原先的中学拆了，李治平调入梓州中学，一直干到现在。

我看着户籍地址，问文雅："梓州中学与李城家的住处很远吗？"

文雅说："直线距离四公里吧，不过近几年梓州经济发展迅速，人多车多，每天的高峰时段堵车厉害，从城里过去估计要开二十分钟至半个小时，走环城路绕行的话，或许要快一些。"

我说："难怪他们父子俩一人一辆车了。"

看着李城的成长环境，我不由得想起了柳思孝，他们的童年还真有点相似，只不过，一个是母亲离家出走，一个是父亲抛下他们。

现如今，柳思孝的父亲倒是回来了，不知李城还能不能见到他的母亲。

看着笔录，文雅说："这上面无法看出李城妈妈是为何离家出走的，我们得好好查一下。"

我明白文雅的意思，在单亲家庭中长大的孩子，性格方面或多或少都会与同龄的其他孩子有些区别，甚至会影响他的某些行为。

我们接着往后看，笔录里，李治平倒是坦言对张艳的事并不是很清楚，民警问他是否有些不能接受张艳当自己儿媳妇，他说张艳这人还是不错的，很会处事，他只是担心两人的文化水平相差太大，以后会有代沟。

李治平的回答中规中矩，与杨晓兰的描述相同。他没有在张艳死后刻意掩饰对其的不满意，正常情况下，说明他心中没鬼，而如果他是凶手的话，则说明他的反侦查能力很强。

我又仔细看了李城的笔录，在与办案民警的一问一答中，他流露出的对张艳的爱也还算是真挚。其中有一条，他说他从小没了妈妈，对女性有一种奇怪的感觉，想亲近却又害怕。

在这样的情感之下，他身边一直都没有交好的女性朋友，直到张艳的出现。张艳的主动示好，让李城感受到了女性的关爱，他乐在其中，很是享受，所以，即便知道父亲不是很同意这门亲事，他也一直坚持了下来。

得知张艳被害，李城说他很痛苦，像是心都被挖空了一块。民警问其有没有怀疑对象，他提到了何建，但也说自己并没有证据，只是怀疑，在最后民警问其有没有补充时，他说希望警方能尽快抓到凶手，给张艳一个交代。

李城幼年失去母爱，对女性有既渴望又畏惧的情绪是正常的，而一旦他突破心理障碍，享受到那种快乐，自然会沉浸其中，所以，李城对张艳的情感表达是合情合理的。

看完笔录，我与文雅商量着什么时候去见李城和李治平合适，毕竟此次去见他们，我们的目的与以往不同。

之前，他们是作为受害方接受警方的询问，并向警方提供线索锁定嫌疑人，而现在，他们有可能与柳如烟被害一案相关，我们是想对其进行试探。

我们想了一阵，都没想到既能达到目的又不打草惊蛇的合适借口。

"李治平是人民教师，会与柳如烟这种女人在一起吗？"小武突然问。

"对啊！"我一拍大腿，他的话可是提醒了我。

"对什么对？"文雅还没反应过来。

我解释说："我们之所以怀疑李治平，是因为他有一辆银色的轿车，而银色轿车与柳如烟有关，既是如此，我们拿着李治平的照片去华西街，让那些妓女逐一辨认，说不定能有收获！"

文雅听了，迟疑道："这样做有些不合规矩，毕竟他还不是确切意义上的嫌疑人。"

我正要劝说，她却又莞尔道："不过，非常之事，也当用非常之法，事不宜迟，我们现在就去。"

"我就喜欢你这种不迂腐的领导。"我对她竖了个大拇指，笑着说。

"又叫我领导是吧，好，领导命令你今晚请大家伙吃饭。"文雅白了我一眼。

我正欲推托，小武在一旁拍手叫好："陆扬哥，别说话，服从命令！听从指挥！"

文雅听言，两手叉腰，微微扬头，摆出胜利者的姿态。

我见推托无望，遂一本正经地说："是，组长。"

文雅被我逗得扑哧一笑："陆扬，我发现你是越来越贫了……"

出得会议室，小武去打了一张李治平的彩色户籍照片，我们仨驱车赶到了华西街。此时天尚未黑，红灯区的街面没什么人，两边的洗浴按摩场所里，穿着暴露的小姐们或坐或躺在沙发上，悠闲地玩着手机。

停好车，小武说："你们去吧，我在车上等着。"

我疑惑地问："你为什么不去？"

文雅也说："对啊，你去了可以学习一下我们是怎么询问的。"

文雅开了口，小武不好再反驳，可脸上还是有犹豫之色，探头往华西街里面瞧了一眼。

瞧着他的动作，我反应了过来，笑着说："你从来没去过吧，不好意思？"

小武嘿嘿笑着低下了头。

文雅恍然道："原来是这事，小武啊，你现在是刑警，什么人都得接触，这点你要向陆扬学习，他巴不得去看美女呢。"

"怎么扯到我身上了。"我无奈道。

最后小武还是跟着我们去了，我们的目的性很强，直接去了柳如烟生前上班的那家足浴店。老妈子认得我们，小跑着迎了过来，脸上堆着笑："几位警官还有什么要问的？"

"认得这个人吗？"文雅直接把照片递给了她。

老妈子拿着照片，看了好一阵，有些犹豫地说："警官，你这张照片照得太正式，与本人有些差别，我不敢肯定啊。"

"生活照我们不方便拿，你再仔细认认。"文雅说。

老妈子不敢再多言，又看了两三分钟，随后点头道："应该是来过的，我有七成把握。"

"谁接待的？"我忙问。

"好像是如雪。"老妈子回答后，又转身朝小姐那边喊道，"如雪，你过来看看。"

19 节外生枝

如雪走过来，也拿着照片看了好一会儿才说："他本人是戴了副眼镜的，照片上没有。"

老妈子一听，再次看了看照片，问如雪："你说他是那个老师？我就说看着有些眼熟，却又不像，原来照片上没有眼镜。"

"是他，没错。"如雪肯定地回答。

"你怎么知道他是老师？"我很奇怪，一般来说，嫖客是不会告诉小姐自己的身份信息的，何况李治平有正当职业，在这方面会更加谨慎。

"他第一次来的时候，小心翼翼的，像做贼一样，我让他选人，他都没敢细看，胡乱指了指，指到了如雪身上……"说到这儿，老妈子看向如雪。

如雪接着说："进到房间，他的身子都在发抖，脱裤子的时候，从包里掉出个玫红色的小本子，他慌忙去捡起来。在这过程中，我看到本子的封面写有'教师'二字，不过当时我装作没有看见，他应该也不知道被我看到了。"

戴眼镜来嫖娼的人本来就少，又发生了这件事，所以如雪对李治平的印象比较深刻。

我让如雪比画了一下，从本子的颜色和大小来看，她见到的应该是李治平随身带着的教师证。

"这是什么时候的事？"文雅问。

如雪掰着指头算了算说:"快一年了吧。"

"后来他又来过没有?"我问。

老妈子抢话道:"来过来过,如雪给我说他是老师,我觉得是个靠谱的客户,他第二次来的时候,我就让如烟接待。"

听到这个回答,我与文雅对视一眼,眼中都有惊喜,我们本是抱着试一试的想法过来的,没想到李治平当真与柳如烟有瓜葛。

"以后每次都是柳如烟接待的他?"

老妈子说:"后面的确都是如烟接待的,但他总共也就只来过三次……三次还是四次……"

如雪确认说:"四次,第一次是我接待,后面三次是如烟,每次中间会隔一段时间,最后一次距现在有两三个月了。"

"两三个月都没来过了?"我低声念着,环卫工看见银色轿车送柳如烟回家也是两三个月之前,难道自那以后,李治平和柳如烟二人就再没有见过了?

文雅问:"柳如烟接待了李治平后,你们有没有听她提起这个人?或者说,你们知不知道他们两人私下是否在单独联系?"

老妈子回答:"我一般是不准她们给客人留电话的,但如烟家里情况困难,我没有盯那么紧,一切全凭她自己决定,所以我不知道她有没有私下见那个客人。"

如雪说:"如烟的口风很紧,平时我们并没听她提过此事。"

随后,我们又问了店里的其他小姐,她们平时与柳如烟也不熟,对她的事就更不了解了,除了有两人对戴眼镜的李治平有点印象,其他人完全不知道有这么号人。

从足浴店出来,我和文雅分析,如雪接待李治平那次,应该是他初次嫖娼,所以才会处处小心,甚至在慌乱中暴露了自己的身份。

如雪说得没错,当时李治平应该不知道如雪已经看到了他的教师证,不然的话,就算他还要嫖娼,也定然不会再去那家店。

因为后面几次的时间间隔有些长，我们决定到其他店去走访一下，看中间李治平有没有和另外的小姐接触过。

刚才在店里，小武一直站在旁边听，一句话都没有说。这一次，文雅有意要锻炼他，就让他拿着李治平的照片去询问了几个小姐。

年龄上，文雅是姐；工作上，文雅是领导，小武只有硬着头皮上。询问过程中，他的脸都羞红了，看得我是想笑又不能笑。

两小时后，我们把整个华西街的堂子都走了个遍，得到的信息是，李治平去如雪的店之前的一段时间，几次在其他店门口驻留，在老妈子上前搭讪后，他向老妈子询过价，不过都没进去。

这一事实说明李治平的心理压力还是比较大的，一次次去却又一次次离开，直到最后一次下定了决心，进到店里并选了如雪。

我分析着说：“身边二十多年没有女人，三番五次前去红灯区打探，既然迈出了最后一步，李治平就不会轻易停止。然而，最近两三个月他都没来红灯区，只有一个解释，就是他和柳如烟私下有联系，二人进行性交易可以不再到红灯区来。"

"那他们总得有个场所吧？"小武试着问。

文雅回答：“可以在他俩的家里，也可以在车上。"

"你还知道车震啊？"我故意逗文雅。

"别贫，说正事呢。"文雅白了我一眼。

我收起笑容：“从李治平的谨慎来看，他很害怕被人发现自己的丑事，而玉洁巷一带的人流量还是比较大的，他应该不会去柳如烟家中，我看，要么他们是去开旅馆，要么就是在车上。"

李治平是条重要线索，为了不打草惊蛇，我们决定暂时不传唤他，而是先从周边证据着手。

二哥那边对何建的询问还没有结束，此时天快黑了，我与文雅商议后，为了节省时间，兵分三路：小武回局里去调取柳如烟和李治平两人的旅馆住宿记录；我和文雅去玉洁巷走访一些住户；二哥他们问完何建后，开车去李城家附近走访他们的邻居，了解李治平的情况。

派出所民警仍然没把柳如烟租住屋附近居民的走访情况拿过来，我与文雅到了玉洁巷口，外面的街道旁有些卖小吃的，我走上前，先是表明身份，然后拿出照片问他们是否认得李治平，接连问了好几个都说不认识。

见文雅有些失望，我劝道："他们的注意力都在赚钱上面，而李治平一把年纪，应该不会来吃这些东西，他们自然没有印象。"

"嗯。"文雅笑了笑。

最后一个摊贩是卖冰糖葫芦的，我本没抱太大希望，结果老板拿着照片看了一阵后说："我见过他。"

"什么时候？"文雅惊喜地问。

"不超过一个月，当时他和一个女的过来买糖葫芦，由于他和那女人年龄差别大，所以我有印象。"老板回答。

我忙把柳如烟的照片翻给老板看，他点头说就是这个女人。

"她住在这附近，你们平时都没见过她？"文雅好奇地问。

老板摇头说："没见过。"

"你一般几点在这里摆摊？上次他们买糖葫芦是几点？"我问。

老板回答："我一般是下午两点过来卖到晚上十点，他们那天是下午四点过来的吧。"

我心想，难怪他对柳如烟没印象，通常情况下，柳如烟都是晚上九点十点出门，凌晨三四点才回来，刚好错开了。而下午四点这个时间，柳如烟并未上班，却与李治平一起出现，足以说明二人关系不一般，已经不单纯是嫖客和卖淫女那么简单了。

我当即记下了老板的身份信息和联系电话，并通知他第二天上午到县公安局来录一份笔录，他算是柳、李二人非常关系的重要证人了。

询问完巷口的摊主，我们进入玉洁巷，此时天色已黑，巷道里的光线有些昏暗，除了我俩，刚好也没有其他人经过。这样一来，以巷口为界，巷里巷外浑然成了两个世界，一静一闹，一暗一明。

我与文雅并排走在里面，渐渐地，身后的喧闹声越来越远，四周安静了下来。

巷道两旁有些住户，昨天文雅就数了，共有十六户，现在要全部把门敲开询问主人不现实，我决定有侧重点地询问。

走了一段，文雅一直没吭声，刚好这会儿经过的一家住户门缝里有光线传出，我就走上前准备问问，这时文雅却轻声叫住了我。

20 案发现场

"怎么了？"我问。

"你来看。"文雅走到一处阴影里，路灯的光线照不进去，她的身影暗了起来。

我走到她身边，她轻声说："凶手要在巷子里下手的话，这里是最便于隐藏的。"

我观察着，此处的巷道有一个弧度，往里凹了进去，以至于两边巷口的灯光都照不过来，路人从巷口往里走，也看不清这里的情形。

"你是说凶手那晚就藏在这里等柳如烟下班经过？"我问。

文雅说："张艳是被凶手先'骗'上车再被杀害的，而最后搭载柳如烟的出租车司机可以证明她是进了巷子的，那百分之九十是在巷子里被害的。那天晚上，柳如烟三点四十才从华西街打车回来，到玉洁巷口是四点，那么晚的时间，这一带根本没什么人，凶手若单纯是性饥渴的暴徒，必定不会选择这里，而会去更容易找到女人的地方。从我们掌握的情况来看，李治平有很大嫌疑，而鉴于他和柳如烟的关系，他应该是知道柳如烟近段时间下班后都会在巷口下车并步行经过这里，他要在柳如烟回来前就做好准备，必然会找个地方藏好。刚才过来时，我一直在观察，这里是最佳位置。"

我再次前后观察了一番，我们所处的位置的确是整个玉洁巷中最好作案的地方。

虽然案发已经好几天了，可这里的空间比较狭小，柳如烟受到攻击时，会本能地反抗，我就想，这处地方会不会留有凶手作案时的一些痕迹呢。

想着，我打开手机的手电筒功能，在地面照了起来，文雅得知我的用意后说："巷子里每天人来人往，地面的痕迹肯定早就没有了，我们可以看看墙壁。"

文雅的话提醒了我，我把手电筒指着巷壁，仔细看了一阵后，还真发现了几处像是手指甲弄出的抓痕。

文雅从我手中接过手机，凑近了看，然后起身给官飞打了个电话，主要是询问他近几日梓州的天气状况。挂了电话，文雅说："六天前，梓州下过一场雨，你看，这几个抓痕两旁仍有些翻出的泥灰，它们并没被水浸过，这说明抓痕定然是在这六天内形成的，刚好与柳如烟被害的时间吻合。"

"柳如烟尸体的手指甲情况如何？"我问。

文雅说："尸检时应该没有发现异常，否则官飞一定会告诉我们的。"

"难道这些抓痕不是柳如烟弄的？"我有些疑惑，不过我马上想到张艳的双手曾被凶手清洗过，又说，"或许柳如烟的尸体也被凶手处理过。"

文雅皱眉说："晚上回去看看详细的尸检报告再定。"

我又想起个问题："凶手在这里守株待兔，而当天晚上，柳如烟比平常时间晚了半个多小时才回来，凶手就多等了半个小时，也就是说，他是下了决心要在那天杀了柳如烟，多等一天都不行。"

"这个问题的答案，或许在六字刀币上面。"文雅说。

我脑子里把与刀币有关的线索捋了捋，然后说："凶手先杀了张艳，抛尸的时候不小心遗落了刀币，而刀币是柳如烟的嫁妆，对她来说是很重要的东西。她肯定是知晓自家刀币下落的，凶手担心一旦张艳案中的刀币曝光出来，柳如烟会向警方提供线索，于是便杀她灭口。"

文雅点头道："柳思孝说他上个月还见到过刀币，在那之后，柳如烟的账户中并没有平白地多出一大笔钱，说明刀币并未被卖掉。联系到她答应胡刀五日内凑齐一万元钱,她应该是想在那五日内找人卖掉刀币,而凶手就是她委托卖刀币的人!"

"柳如烟的社会关系简单,却与李治平关系匪浅,她又知道李治平是个教师,是正经人,对他有着天然的信任,于是让他帮着卖刀币就顺理成章了。"我与文雅一番分析,几乎就把两起案子串了起来。

"有人来了。"文雅看向前方,提醒我道,我赶紧闭了口,我俩也从阴影里走了出来。

迎面走来的是一对情侣,年龄看着比较小,不超过二十岁,像是学生。两人一路卿卿我我,根本没有留意前方,这会儿看到我和文雅突然"冒"了出来,小女生吓得"啊"地叫了出来。

小男生先是也愣了一下,却不能在女朋友面前表现出自己害怕,马上冲我们吼道:"神经病啊,大晚上躲在巷子里!"

我刚想发作,却被文雅拉住了,她走上前笑着说:"你们是附近的学生吧?"

小女生回答说:"我是。"

小男生又道:"不关你事!"

文雅微微摇头,不理会小男生,看着小女生说:"以后天黑了就别走这些巷子,走大路。"

"为啥?"小男生问,语气里有些不满。我明白他的心思,走小巷子的话,他才可以和女朋友旁若无人地"恩爱"。

我有意吓唬他,就说:"最近城里几条小巷子都发生了杀人案,凶手现在都没抓到,你们不听劝的话,说不定就会遇上。"

"啊!"小女生被我的话吓得再次尖叫,小男生的脸也有些抖动,最后,拉着女朋友,转身快步离开了。

他们走后,我和文雅开始做正事,分别敲开了六户人家的大门。住在这里的人都比较谨慎,我们一再表明警察身份,他们才半信半疑地开了门,还有人说哪有警察晚上来查案的。

走访的结果是，六户人家中有一人见过李治平，有一人见过柳如烟。当日发案的凌晨四点，正是人体进入深度睡眠之时，所以并没有人听到巷子里有异响。

总的来说，这一趟还是很有收获的，一是确定了柳、李二人的关系，二是大致确定了案发第一现场，这对我们还原凶手的作案经过有很大帮助。

走访结束，沿着巷子原路返回时，我问文雅："传唤李治平的条件成熟了没有？"

文雅思虑后说："李治平并不知道我们的调查进度，他要是凶手的话，现在应当保持沉默，不让我们抓住把柄，所以，暂时不会有动静。而我们手中还缺乏他的直接罪证，万一将他传唤过来后他矢口狡辩，对我们的审讯是不利的。我的意思是先回局里，把我们三方的情况汇总后，再决定下一步的行动。"

我想起在办理青羊镇一案时，我们也是怕打草惊蛇，结果差点放掉凶手，所以这次我有些担心。

我正要说出来，文雅也想到了这点，就说："不过，为了稳妥起见，今晚就派人对李家进行暗中监视。"

走到巷口时，文雅接到小武的电话，他分别查了柳如烟和李治平二人的开房记录，只有柳如烟有过三次，还是钟点房，时间皆是在他俩认识之后。

"柳如烟租有房子，不可能还花钱去开个钟点房休息，肯定是在房间里进行卖淫行为。"听文雅说完，我分析道。

文雅点头说："我让小武去几个旅馆调取监控，能拍到二人进出的画面就好办了！"

我说："对方多半就是李治平，他还真是谨慎，开房都不愿用自己的身份证。"

随后，文雅又给二哥打了个电话，他们那边还没有结束。

出了巷子，我看到那些小摊贩的生意比刚才更好了，红红火火的，街道旁的人行道摆满了小桌子。我正要往停车的方向走去，文雅却问："陆扬，你不是要请我吃饭吗？"

我回过头，只见她望着前方的小吃摊一副垂涎欲滴的表情。

文雅的样子看得我乐了："原来你的要求这么低啊。"

文雅却说："你先请我吃小吃，等会儿回局里请大家吃饭的时候我还可以再吃的。"

我笑说："街边摊不卫生，你吃坏了肚子可别怪我。"

"我在梓州的时候经常吃，肠胃早就练出来了。"说完，文雅就往一家卖麻辣烫的小摊走去，选了张桌子坐下，点了份麻辣烫，又要了几串烧烤。

东西拿上来后，文雅就开始大快朵颐，毫不顾及淑女形象，我看在眼里，却觉得她甚为可爱。

受她影响，我也吃了一些，味道还不错。

吃到后面，文雅辣得不行，我见前边摊位有人卖冰粉，就说去给她买一碗，文雅连连点头。

买冰粉的人有些多，排队的时候，我瞥见一个男子独自坐在一张桌子旁，桌上放着一盘花生米和几个烤串，还有个玻璃杯，杯子里是无色透明液体，从男子微红的脸色来看，我猜杯里装的是白酒。

我之所以注意到他，是因为他的桌子与其他桌的距离有些远，他坐在那里，感觉有些格格不入。

21
何建陈述

他看起来四十多岁，头发中有些白色，上唇的胡须比较浓密，穿着一件灰色的短袖 T 恤，下身是条黑色裤子。

面前盘子里的花生米只剩下一小部分了，他夹了一颗放进嘴里，咀嚼一番后，端起酒杯抿了一口，颇为惬意。

当时我并未正对着他，只能看到他的侧面，他目视着前方人群中的男男女女，嘴角动了动，像是在笑。

那一刹，我觉得这人似曾相识。

"陆扬，好了没，辣死我了。"文雅的声音在身后响起，我回头一看，她已经走了过来。

刚好这时轮到了我，我接过冰粉交给文雅，她拿过去猛吸了几口，这才长舒口气道："真美味。"

"这么夸张？"我笑道。

"切，你不懂，梓州是我曾经战斗过的地方，我吃的不仅是味道，更是一种情怀。"文雅一本正经地说。

"我懂我懂，第二故乡嘛。"

说笑了几句，回去结了账后，我们往停车的地方走去。

走了十多米，我突然有种感觉，像是身后有人在盯着自己看，我猛地回过头，小吃摊前热闹依旧，却没有可疑的人。

"怎么了？"文雅察觉到我的异样。

"我也不知道，没来由地心慌了一下。"我回答着，同时想起了刚才那个男子，然而，当我看过去时，那张桌子已经没人了，只剩下桌上的一个空盘子和一个空酒杯。

我再次把目光投入人群，试图找寻男子的身影，却一无所获。

"你在找谁？"我的动作瞒不过细心的文雅。

我无奈地笑了笑："一个似曾相识的人。"

"你是说刚才独自坐在那里喝酒的男人？"文雅的观察力再次让我吃了一惊，即便在享受美味的时候，周遭的一切都没逃过她的眼睛。

"是他。"我承认道。

"你在梓州有朋友吗？"文雅问。

我摇头说："不是朋友，我只看到他的侧面，觉得有些面熟而已。没什么了，我们走吧。"

文雅看着我，小嘴动了动，却没再说话，我们开车回到了局里。

小武已经在会议室等着了，他去旅馆查监控，有一家旅馆清晰地拍下了李治平和柳如烟一起离开的画面，这是一个有力的证据。

小武还找出了柳如烟的尸检报告，里面附有尸体的照片。我和文雅凑过去，发现柳如烟的指甲果然被修剪过，指缝里没有异常发现。此外，除了被扔进垃圾桶里沾染的污渍外，柳如烟的尸体整体来说比较干净，像是洗过澡一般。

"两人遇害后都被凶手清洗过。"相同的作案手法进一步让我们推测凶手是同一个人。

等了十来分钟，二哥与官飞也回来了，两人的脸色都有些兴奋，看来这一趟收获颇丰。

坐下后，二哥先点了一支烟，然后摊开手中的资料，边翻边向我们陈说。

何建的确在私下调查张艳被害一案，动机是他对张艳的浓烈爱意。

与张艳分手后，何建曾数次找张艳挽回，刚开始还好，张艳没有遇到李城，还会理睬何建。待张、李二人相恋后，张艳对何建的态度到了一个冰点，何建为此把气撒到李城身上，才有了殴打他的行为。

那次被拘留，何建差点丢了工作，这让他不敢再贸然犯事。在拘留所里，他也冷静了十天，想明白了许多，因此，打那以后，虽然他对李城仍然没有好脸色，却不再纠缠张艳，只是时常跑到丽发超市外，偷偷地看上张艳一眼，完了再默默地离开。

"还真是痴情。"文雅感叹了一句。

之前听说何建打张艳，又以自残相要挟，我们对他的印象都很差，这会儿二哥讲的新情况的确能给他加不少分。

二哥接着讲，有几次何建不小心被张艳、杨晓兰她们看见了，他都会马上离开，为此，张艳并没制止他的行为。

而就是在这个过程中，有一次，张艳还没到超市上班，里面只有杨晓兰一个人，李城却走了进去，在里面待了十来分钟后又离开，杨晓兰把他送出来，脸上还带着笑意。

还有一次，先是他们三人在超市里，后来张艳出来洗头发，店里就剩下杨晓兰与李城两人，过了好一阵子，李城才出来到隔壁洗发店去找张艳。

何建眼中只有张艳，所以，在张艳出事前，他并没把这两次偶然事件记在心上。张艳遇害后，他想起这事，就猜测张艳的死与杨、李二人有关，因此在暗中调查他们两人。

"为什么他没有向警方交代这件事？"我疑惑道。

二哥回答："他说给一个刑警讲过，但警察没查出什么名堂。"

听闻此言，我和文雅皆看向官飞，官飞有些不好意思地说："我核实了，他的确给老王说过这事，你也知道老王这人，忘性大，一转身就把这话给忘了。"

官飞口中的"老王"应该是梓州刑警大队的一个老同志，所以官飞不好怎么贬损他，文雅心知肚明，也不深究，只问："那李城与杨晓兰到底有没有不正当关系？"

二哥说："我问过何建细节，杨晓兰送李城出来时，杨晓兰脸上挂着笑容，李城却没有笑，板着张脸，也并未与杨晓兰多说什么。第二次他俩是在超市里面独处，由于距今时间太久，而店里的监控保存期只有一个月，也无法查证了。要弄明白这事，只有对他们二人进行单独询问。"

"杨晓兰的个人情况如何？"我转头问官飞。

官飞正色道："二十八岁，未婚，大专文凭，以前在商场里当导购，徐忠厚开了超市后，把她叫过去负责，工作轻松，没有销售压力，徐忠厚开的工资也不低，她就一直做了下来，目前与父母住在一起，父母都是县里事业单位的职工，家庭条件不错。"

"恋爱史呢？"文雅问。

官飞两手一摊："不清楚，毕竟她不是嫌疑人，我们没理由询问她这些方面的内容。"

"二十八岁未婚，也算大龄剩女了。"这话刚说出来，我想到文雅也是二十八岁，忙加了一句，"她的工作又不像我们刑警这么特殊，没有好的恋爱环境，这说明她本身是有问题的，要么太挑，要么滥情。"

说完，我偷偷看文雅，还好，她的脸色没有不悦，我暗自松了口气。

二哥把烟头摁灭在烟灰缸里："杨晓兰不像随便的女人，多半是心高气傲。"

我心里默念着"心高气傲"几个字，像是抓住了什么，父母都是铁饭碗，自己又是大学生，长相也清秀。在一个小县城里，这种条件的确算是不错，杨晓兰倒也有"挑选"的资本。

在这种情况下，高中文化、出身农村的张艳找了个条件极好的男朋友，杨晓兰会怎么想呢？

这里只有文雅一个女生，我把问题抛给她，她想了想说："女孩子或多或少都有攀比心理，李城长得帅气，学历高，工作好，或许正是杨晓兰心目中理想的对象标准，偏偏他是张艳的男朋友，而张艳的综合条件又不如杨晓兰，张艳还喜欢在她面前夸赞李城对自己如何如何好，这很容易刺激到杨晓兰，让她产生极度不平衡的心理。"

官飞惊道："张艳遇害前，最后接触的人也是杨晓兰，这么看来，她的嫌疑挺大嘛！"

一直没说话的小武却问："可是，张艳明明被强奸过啊，杨晓兰一个女人怎么强奸？"

"最好的解释就是，凶手不止一人。"二哥回答了他。

22 深入调查

我回想着昨日在超市见到杨晓兰的情形,她并没有特别明显的"做贼心虚"的表现,难道是她的心理素质太好的原因?

文雅冷静地说:"迅速核实杨、李二人关系,并进一步细化查证张艳被害当晚两人的不在场证明。"

小武再次提了个问题:"从照片上看,我觉得张艳比杨晓兰漂亮啊,杨晓兰仰慕李城,李城不见得就会喜欢她吧。"

他讲得有道理,我想起今天我们调查李治平的收获,就说:"李城与张艳的感情好也不是杨晓兰一个人说的,还有其他人做证,而李治平不满意张艳是客观事实,关键是李治平还与柳如烟一案有联系,所以,他的嫌疑应该比李城大。"

二哥看着我:"说起李治平,我们从李家的邻居处了解到,他对女人有种仇视,根源在于他妻子的离家出走。"

"离家的原因调查清楚了吗?"文雅问。

官飞回答:"基本上清楚了,李城妈妈叫作陈月英,当年经人介绍与李治平结婚生子。在此之前,陈月英有过男朋友,据说她婚后还与前男友有联系,夫妻二人为此争吵了许多次。后面越吵越厉害,陈月英就离家出走了。"

"找前男友去了?"我问。

官飞说:"邻居没人知道她前男友是谁。"

我觉得奇怪,如果单纯是这个原因的话,陈月英没必要这么多年都不现身啊,不要丈夫可以理解,她能舍得儿子?还有她的父母,辛苦把她养大,她忍心二十几年不联系?

二哥说:"既是因前男友争吵,李治平肯定知道她前男友的信息,陈月英失踪后,他应该还去找过前男友要人。"

"现在突然找李家人询问这事不合适,女儿在婆家丢了,陈月英父母肯定要找李治平闹的,明天我们去找她父母问问当年的具体情况。"文雅说。

二哥表示了认同,接着说:"这个李治平,自己恨妻子红杏出墙,在教育李城上面,也加入了这种情绪,平时常说女人靠不住,让李城不要与女同学交往,这导致李城对女人有种天然的敌视与恐惧心理。"

"这种教育方式对孩子的成长极为不利,哪有这种父亲!"文雅有些不满。

官飞却道:"不过,李治平对李城是真没的说,又当爹又当妈,自己省吃俭用,对李城却很大方,买书买玩具买衣服从不亏待他。而李城也争气,从小到大成绩都很好,只是性格稍微孤僻了些。"

在张艳之前,不乏好事者找到李治平,要给李城介绍女朋友,但都被李治平拒绝了,所以,当他得知李城与张艳恋爱一事时,极为生气,那段时间父子俩闹得很厉害,最后,在李城的坚持下,李治平才慢慢松了口,但对张艳一直没什么好脸色,为此,李城很少带张艳回家。

我本以为李治平不待见张艳是觉得她配不上李城,没承想陈月英当年的背叛才是他恨女人的主要原因。

"他是想让李城打一辈子光棍啊!"小武满脸惊讶,极为不理解。

官飞也愤慨道:"不让儿子接近女人,自己却跑去嫖娼,这李老头还真是奇葩!"

我对比了一下前后的时间,分析说:"李城恋爱在先,李治平嫖娼在后,应该是李城与张艳的甜蜜激起了李治平对女人的渴望。"

不管怎么说，调查李治平势在必行！

因为晚上要监视李家，文雅问了问李家的地形。

李家位于郊区，下午二哥他们在附近转了转，外面是个小院子，有道铁门，从缝隙望进去，里面有栋二层小楼，有几棵果树，还有一片菜地。据邻居说，李家一直住在这里，以前是平房，李城毕业后，在牙科医院上班，工资高，这才加了一层楼，又砌了围墙。

那一带比较空旷，住户分散，监视的话不便于隐藏，经请示局长，最后决定把监视的任务交给辖区派出所民警，一来他们熟悉地形，二来也保证了专案组的人手。

第二天一早，官飞和二哥去找陈月英父母，小武留守局里等着昨晚玉洁巷外的小摊老板过来做询问笔录，我与文雅则去了梓州中学，既是从李治平的同事处进一步了解他的为人，同时也帮柳思孝联系就学一事。

"梓州中学作为重点初中，李治平又刚好是这里的老师，会不会柳如烟一开始与他交往就是在为儿子升初中做准备呢？"去的路上，我问文雅。

"极有可能。"文雅干脆地回答。

在梓州中学门口，我们与盯梢的派出所民警碰了头，李治平昨晚下夜自习后直接回了家，天亮后又到了学校。

进校后，文雅打了个电话，对方是梓州中学分管教学的副校长，也是文雅父亲的一个挚友，有这层关系，柳思孝来这边读书，问题不大。

这位副校长姓谢，文雅称其谢叔，我则叫他谢校长。到了办公室，谢校长正与一位老师说着什么，见到文雅，笑着说："小雅出落得越发标致了。"

"谢叔叔过奖了。"文雅腼腆地微笑着。

文雅在电话里已经向谢校长说明了来意，寒暄几句后，他指着旁边的老师说："这位是数学组的林老师，他与李老师关系不错，你们可以在他这儿先了解一下。"

真是来得早不如来得巧，我们当即与林老师攀谈起来。从他这里得知，李治平不爱与同事交流，只是做好分内之事，主要精力放在照顾与培养李城上面。

　　本来他与李治平只是普通同事关系，去年学校派了几名骨干去省城学习，他与李治平住在同一个房间，聊天过程中，二人的许多观点相近，关系也就好了起来，今年他儿子结婚还邀请了李治平。

　　关于邻居说的李治平讨厌女性一事，也得到了证实，他在学校几乎不与女老师说话，对女学生也没什么好脸色，甚至有体罚女学生的行为。

　　随后，我们去教务处调取了案发两天李治平的课程表，课表显示，张艳遇害那晚，并无李治平的晚自习。柳如烟遇害那晚，他最后一节有课，下课时间是晚上十点。

　　从作案时间上看，两起案件李治平的时间都是吻合的。

　　如果预设李治平为凶手，在杀害张艳后，他发现六字刀币遗失，担心自己暴露，一定比较慌张，这种情绪会一直持续，直到第三天晚上杀了柳如烟。

　　由于李治平教的是物理，讲解这门科目，需要很强的条理性与逻辑性，一旦分神，容易出现卡顿的现象。

　　为此，我们让教务处主任从那两天李治平授课的几个班上随机叫了些学生过来，询问他们有没有觉得李老师与往常不一样。

　　这一问，还真有发现。

　　几名学生中，有两个是班上的尖子生，上课听讲极为认真，他俩都反映，那两日李老师讲课过程中的确有走神的情况，特别是柳如烟遇害那晚。在最后一节晚自习上，李老师讲解一道习题，讲到一半，突然停了，然后让物理课代表到讲台上帮他讲完的。

　　那两天李治平的表现大家有目共睹，即便我们在审问他时提到这事，他也不会知道是谁给我们提供的信息。

　　不过，出于保护未成年人的原则，我们还是没有登记这几名学生的个人信息。

　　从教务室出来，我难掩心中的喜悦："李治平的嫌疑是越来越大了，只可惜始终没有相关的直接证据，要是六字刀币上面有他的指纹就好了。"

六字刀币被发现后，就进行了指纹检测，遗憾的是，因其被压在草地中一整晚，浸入了湿润的泥土当中，没有测出有效的指纹。

"或许我们能找到点证据。"文雅说完，径直往校门口走去。

我追上她问："什么证据？"

"我们去看看李治平的车。"文雅轻声道。

梓州中学建有一地下停车场，入口就在校门右侧。昨天我们已经得知了他车的颜色和车牌，在保安的带领下，我们进到停车场，找到了李治平的车。

文雅的意思我明白，两名死者身上特别是头部都无其他外伤，意即凶手是硬生生掐死她们的。在这个过程中，受害者必然会挣扎，玉洁巷里的抓痕多半就是柳如烟留下的；而张艳一案，凶手是先把她掳上车再行凶的，那么，车上很可能会有张艳挣扎时弄出的痕迹。

地下停车场光线暗，车子又贴了膜，我们看不太清。守车员知道我们的身份后，很热心地说他那里有一把大功率的电筒，我忙让他拿来。

电筒拿来后，我把它贴在玻璃上照进去，车里的情形就比较清楚了。

23
传唤李父

车里的座椅套着棕色的皮套,看成色有些旧了,中控的台面上摆着一个袒胸的弥勒佛、一盒纸巾,除此之外,没什么杂物。

看着是皮套,我心里一阵窃喜,这样的话,指甲划在上面比较容易留下痕迹。

这是个细致的活儿,我慢慢移动着电筒光,一处一处地检查着,文雅也凑近看着,我俩的脸都快贴在玻璃上了。

为了看得仔细,我们绕着车子,把几个车窗都看遍了,发现了四处有划痕的地方。

皮质座椅,有划痕也正常,如果要进一步核实其产生时间以及方式的话,就必须打开车门,再由专业的痕检人员进行测定了。

只是,这样一来,势必会惊动李治平。

文雅说仍然没有李治平犯案的直接证据,问我是什么意见,我再次把案件前后的所有信息梳理了一遍,然后回答文雅:"从凶手为两名死者清洗身体来看,他有极强的反侦查能力,不会轻易留下罪证。案发又这么长时间了,要想现在找到直接证据,只怕比较困难,而无论是从作案时间还是作案动机来看,李治平都是符合的,至于他与两名死者的关系,我们也找到了人证,我觉得可以传唤他了。"

听了我的话，文雅嘟了嘟嘴，又转身看了看车里的几处划痕，做出了决定："行，那就传唤他！"

文雅先给二哥打电话通了气，然后立即开始安排。停车场是梓州中学内部专用，守车员那里有每个老师的电话，文雅让其通知李治平过来，就说是他的车被其他车剐花了。

派出所负责盯梢的民警有三人，两人在校门口守着，另外一人到停车场与我们一同埋伏，李治平只要进了停车场就别想出去。

方案我们也定好了，他要配合我们还好说，不配合的话，直接上手铐，强制带离。

十多分钟后，李治平出现在停车场入口处，当他走到自己车跟前时，我们三人呈三角形将其围在中间，由文雅向他表明身份。

"你们……你们是什么意思？"这种情形下，傻子也知道警察是来者不善了。

"李老师别紧张，我们正在调查你儿子女朋友遇害一事，需要你的配合。"文雅让他打开车门。

"你们这是在怀疑我吗？"李治平脸色很难看，不过还是颤巍巍地开了车门。

这时，校门口的两个派出所民警也下来了，我们四人把李治平团团围住，文雅则进一步检测起车里的痕迹来。

"我要投诉你们！"李治平眼中带着愤怒。

"李老师，我们也只是例行调查而已，还望理解。"我勉强露出了一丝笑容。

五分钟后，文雅从车里出来，对我们说："有点像，先回局里，再让痕检员看看。"

李治平跟着我们一起回了局里，文雅也找了合适的理由帮他给校方请假，毕竟他是老师，在嫌疑未证实前，我们不会影响他以后的工作。

二哥与官飞比我们先回来，在会议室碰头后，我知晓了他们的调查结果。

陈月英失踪这二十多年来，的确没有与家中联系。最初，她的父母还四处打听她的下落，三五年后，就渐渐死心了。

"自己女儿莫名其妙失踪了，活不见人，死不见尸，他们却只找了三五年就没继续了？"文雅听了很气愤。

"唉，谁让她是女儿呢，如果是儿子的话，就不一样了。"官飞叹气道。

原来，陈月英还有一个双胞胎弟弟，据陈家的亲戚、朋友反映，陈月英从小就活在弟弟的阴影之中，父亲有重男轻女的封建思想，偏心很厉害，好吃好玩的都先满足儿子，就连陈月英嫁给李治平，也是为了拿彩礼给儿子娶媳妇。

起初母亲对她还是好的，常常给她拿零花钱，后来被父亲知道了，把母女俩一起打了一顿，还说女人都是赔钱货，他能让陈月英读书就不错了。从那以后，母亲虽是心疼她，却也只有偷偷地抹眼泪。

陈月英本来有个男朋友，但对方家庭条件不好，她父亲知道后，一直没同意。李治平是老师，有媒人找到陈月英父母说了这事，她父亲当即下了狠话，让她必须嫁给李治平。

陈月英很怕她父亲，同时也受够了父亲的偏心，想早些脱离那个家庭，也就同意了这门婚事，嫁到了李家。

打陈月英过门后，就很少回娘家，她弟弟结婚后很快有了儿子，她父亲成天围着孙子转，也没工夫管她，只有她母亲去看过她几次，以至于她失踪后，还是李治平跑到陈家去要人，她家里人才知道陈月英离家出走了。

李治平在陈家见不到陈月英，就说她肯定是跟野男人跑了。陈月英父亲觉得她丢了陈家的脸，骂骂咧咧的，根本不想去找她，那几年时间，主要是李治平陪着她母亲在找。

"陈月英前男友的身份核实清楚了吗？"文雅问。

二哥咂巴着嘴道："陈月英当年给父母提过男朋友的事，她父亲就问了对方的家庭情况，听着家里没钱，那人又没正式工作，直接就否定了，并且不准陈月英带回家，所以陈家人对那个人的信息可以说是一无所知。"

"如此，只有询问李治平了，他与陈月英吵得那么厉害，应该是掌握了陈月英与前男友联系的证据。"我说。

官飞却道："从家庭环境来看，陈月英离家后不与父母联系能解释得通了，可我仍然无法理解她能舍得自己的儿子，何况那个时候李城才三岁多，正是最可爱的时候。"

文雅说："飞哥，当爸爸的人就是不一样啊，父爱泛滥了吧。"

官飞讪笑："真是这样啊，自从我女儿出生后，我的生活重心都转移了，时刻都惦记着她，我根本无法想象没有她的日子怎么过。"

小武插话说："每个人的想法不一样，父母根本不在乎自己死活，丈夫也不是自己真心喜爱的，或许陈月英的心已经死了吧，想离开梓州，开始全新的生活，自然不会再与这些人联系。贫困山村里不就经常有女人受不了穷苦，抛夫弃子奔向大城市嘛。"

小武的说法也不无道理，并且这事与目前的两起案子没有太大关联，我们也没那么多精力去查找一个失踪了二十多年的人，只有暂且放一放了，等会儿审问李治平时，顺带着问问陈月英前男友的信息即可。

李治平仍然由二哥来主问，进审讯室之前，我们把与他有关的环节全都梳理了一遍，列好了提问纲要，甚至设想了好几种他狡辩的情形，并制定了应对之策。

可以说，为了让此次审问达到预期效果，我们做足了准备。

因为没有直接证据，同时也为了让李治平放松，我们没有像对待嫌疑人那样铐住他，而是让他坐在一把椅子上，由小武在旁边看着。

整场审讯持续了五个小时，其间，李治平的态度变了又变，从抗拒，到配合，到抵赖，到沉默……

如此反复。

第一个突破口是他与柳如烟的关系，最初他拒不承认自己去过华西街，更是一口咬定不认识柳如烟，哪怕我们罗列出他几次去华西街的时间及细节，他都不松口。

我们一个个抛出人证，老妈子、如雪、小摊老板，他开始支支吾吾的，直到把小武调取到的旅馆监控摆到他面前，他才终于点了头。

在这一基础之上，我们要他详细交代柳如烟遇害那晚他的活动轨迹，他自称下晚自习后就回家睡觉了。

"你下课时间是十点，回到家最多十点半，对于年轻人来说，这个时间并不算晚，你回去时，李城睡了没有？"二哥盯着李治平，眼神凌厉。

"当然没睡，张艳出事了，那几天他心情很差，我还和他聊了几句，让他看开些，早点睡。"回答这个问题时，李治平的表情看着还算镇定，不过，他知道柳如烟一般是凌晨三点才下班，他完全有可能先回家，等到一两点再出门到玉洁巷埋伏着。

"柳如烟家里有枚古钱币，你是否知道？"二哥又抛出了一个关键问题。

李治平愣了一下，疑惑地说："没听她提起过啊，那是什么？"

二哥正欲再问，恰在这时，审讯室外有人敲门。

24 李家往事

听到声音，文雅示意二哥先停一下。

打开门，是痕迹组的同事，他把文雅叫了出去。

房门关上后，二哥这才继续，可李治平又开始绕圈，一口咬定自己没听柳如烟提起过家里有古钱币。

"柳如烟遇害前的那段时间都在筹钱，这事你知道吧？"我问。

"知道，她还找我借钱来着，可我哪会借钱给她这种人呢，我俩没有感情，只是……只是肉体上的关系，每次我都……都付费的。"说着，李治平觉得不好意思，低下了头。

李治平堂堂一个中学教师，看不上柳如烟也正常，然而，他一边做着嫖娼之事，一边又贬损妓女，这就显得道貌岸然了。

因此，他的话一出，我与二哥同时冷哼了一声。

"李老师，据说，你很讨厌女人？"官飞笑着问。

"古人早就总结出来了，红颜是祸水，我不过是赞同这种观点而已。"李治平算是承认了。

"那你还和柳如烟搅在一起？"小武问了句。

他轻笑道："她不过是我解决生理需求的工具。"

"那你当年为何要结婚？"官飞又问。

"我妻子背着我与野男人勾搭,最后又狠心抛弃我和儿子,这么多年都不回来,我是在她离开后才看透的。"说到这事,李治平的脸上有些伤感。

"她跟着别人跑了,你去那人的家里找她不就得了?"我顺口问道。

"找啊,我去了好多次,但都没见着人。"李治平说。

"没见着人是什么意思?是没见到你妻子,还是他们俩都没见到?"二哥接着问。

李治平抬起头,眼中有迷茫之色:"都没见到,那个男的在当兵,后来我还打电话去部队问过,我妻子的确没去找他。"

当年的这些过程,说明李治平还是认认真真地寻找过陈月英。

被问及他为何如此肯定妻子与人有染时,他说那人在部队期间,与陈月英通过书信,这些信是由陈月英的一个女同学转交的。

陈月英把信藏在床板的一条木头之下,那床是他们结婚时找木匠做的,时间长了有些松动,一天李治平拿了钉子、锤子准备修理一下,掀开床垫后发现了这些信。

重提旧事,李治平本来不愿意细说,毕竟对于一个男人来讲,妻子婚内出轨是很不光彩的,他说出来,是想告诉我们,他讨厌女人是有原因的。

对于陈月英,李治平说,他是真的爱她,所以,当发现那些信时,他很气愤与痛心,与她大吵了几次。也因为心里有爱,当她突然离开后,他心里还是空落落的,最初的几年,他花了很多力气寻找陈月英,还经常跑派出所去询问。

当然,他也坦言对妻子有恨意,恨她的背叛,恨她的离开让儿子从小没有感受到母爱。

然而,李治平同时强调,他对其他女人只是讨厌,谈不上恨,所以,我们怀疑他杀害柳如烟是毫无理由的。

"你自己讨厌女人,就不准儿子与女同学接触,你知不知道这会造成他人格的缺失,会害了他?"我问。

"乱讲!我是担心他长大后也会遇上坏女人,与其到时候像我一样对女人失望透顶，还不如从一开始就不与女人接触，这样也不会受伤害，我这是在保护他！"李治平的语调突然高了起来，面目也有些狰狞，看得出来，他是真正愤怒了，我想，他是不允许有人质疑他对李城的爱。

人在生气时，心理防线很容易出现缝隙，二哥抓住机会说："李城小时候都听你的，现在他长大了，有了独立的思想与世界观，他尝试着接受女性，甚至有了女朋友，因此，你觉得自己的权威受到了挑战，自己也不再是儿子的天，你很恼怒，却不会恨李城，便把这份恨意转嫁到了他的女朋友也就是张艳身上，对不对？"

"放屁！你含血喷人！"李治平猛地站了起来，试图冲向二哥。

"你给我老实点！"小武眼疾手快，一把拦下他并按住，自上而下怒视着他。

二哥看着全身都在颤抖的李治平问："张艳遇害那晚，你在哪里，又在做什么？"

"我……我在家里睡觉！"李治平怒气并未消散，却被小武按得没办法再站起来。他一个中年人，哪有小武的力气大。

"那晚李城喝多了，九点多回到家中，你可有照顾他？"二哥继续问。

李治平眉头皱起，似在回忆，之后回答："我那天感冒了，有些不舒服，刚好晚上没课，睡得早，不知道他是什么时候回来的。"

在夜晚发生的案件中，不在场证明这一块，最麻烦的就是嫌疑人说他当时在家中睡觉，因为警方根本就无从查证。

两起案子，李治平都有作案时间，可他为自己所做的辩解也是无可厚非的，只怪我们没有找到有力的证据。

这时，文雅敲开了审讯室的房门，让小武先守一会儿，招呼我们几人出去。

到了会议室，文雅说，痕检人员已经确定，李治平轿车后排的皮质座椅上有一处疑似手指甲弄出的划痕，时间在半个月之内。第二个重要发现是，后排座椅靠近右侧车门的下沿有很小一块白色痕迹，像是精斑。

"精斑？张艳是在车上遇害的，莫非……"官飞说。

文雅点头道："已经提取并送去检验了，若确定是精斑，则会与李治平的 DNA 进行比对，这是一个重要证据。"

"凶手那么谨慎，事后都没处理掉这么明显的痕迹吗？"我觉得奇怪。

文雅说："座椅的多数部位被擦拭过，表面根本看不出来，痕检员好不容易才在缝隙里发现它的，只有绿豆那么大。"

"可是……"我继续说，"就算那白色痕迹被证明是李治平的精斑，他若说是与柳如烟在车里寻欢时留下的，我们也没办法啊。"

听了我的话，他们三人都沉默了。李治平与柳如烟有不正当关系，两人在车上做事完全说得过去。

"这案子始终差直接证据！两名死者都是窒息而亡，如果是其他死亡方式，能留下点血迹在车里，或许就不会这么棘手了。"二哥边点烟边说。

官飞补充道："即便没有直接证据，能有第三方的指证也不错啊，可是这两样都没有。"

我说："张艳被人直接从路边带走，这个过程很快，并且发案地偏僻，估计是没人见到了。而柳如烟的案子，凶手先在巷子里埋伏，之后又在巷子里行凶，最后再把尸体搬走，这个过程至少需要五至十分钟，如果要找第三方指证，应当从这里着手。"

二哥突然问了句："凶手把柳如烟的尸体藏了四天才抛尸，这是为何？"

官飞接着说："是啊！还有，为什么非得要回玉洁巷来抛尸，玉洁巷一带平时的人流量很大，他就这么肯定自己不会被瞧见？"

他俩一说，我也反应了过来，之前我们一直在寻找证据，却忽略了这两点奇怪之处，而这也是柳如烟案与张艳案不同的地方。

"玉洁巷一带的居民走访记录怎么还没拿来？"沉默了好一会儿的文雅看着官飞问，此时她的脸色凝重，目光深邃，看着颇有领导的样子。

"我去问问。"说罢，官飞就出门了。

官飞走后，文雅说："事已至此，我准备按我们之前商量好的，公布部分关键案情，让群众来提供线索。不过，这样一来，势必引起一定程度的恐慌，你们觉得怎么样？"

来梓州的路上，我们三人就达成了共识，一切以破案为重，只要尽快破了案，恐慌自然就消除了，所以，我与二哥都举双手支持文雅的决定。

经过商议，张艳一案，我们选择公布六字刀币的线索，届时会附上图片，看是否有人见过那枚刀币，或者是最近听人提起过它；柳如烟一案，我们则会公布推测出来的模拟作案过程，寻求当晚的目击证人。

官飞这一出去就是二十多分钟，就在我们有些等不及的时候，他拿着一沓资料走了进来："派出所不仅走访了玉洁巷里的十几户人家，还问了两边巷口的好些街坊，所以用时长了些，我打电话时，那边刚弄完，我就开车过去取了。"

"怎么样？"我问。

"我忙着赶回来，还没来得及看，一共有三十户人家，接近五十个人。"说着，官飞已走到了桌旁，把资料递给文雅。

为了节省时间，文雅把资料分成了四份，我们每人看一份。

资料的开头是被询问人的个人信息，后面则是针对案发当晚情况的一些问答。我看了几份，派出所民警还是很负责的，详细问了案发期间被询问人的活动轨迹以及不在场证明。

不过，因为发案在深夜，多数人都说自己在睡觉，至于不在场证明这块，夫妻同住的还能互相辅证一下，一些独居之人则根本没办法查实。

李治平的嫌疑一天没确定，就有其他人作案的可能，为了不漏掉任何可疑之处，我们看得很仔细、很慢。

其间，文雅有些担心小武那边的情况，让我去审讯室看看。我过去时，发现除了小武，还有另一个值班民警在帮忙看守，这就放心了。李治平的情绪已经恢复了平静，脸色正常，看不出在想什么。

回到会议室，我准备接着看资料，这时听着二哥问官飞："他也住在玉洁巷附近？"

25 两人分开

二哥的话让我很好奇，我忙走过去，看向他手中的资料。

官飞就在他旁边，回答说："之前我也不知道，但这名字的确是他，职业也相符。"

"你们在说谁？"我见二哥用手指着的名字很是陌生，完全没有印象，不由得好奇地问。

"柳如烟一案的报案人，环卫工李春。"官飞解释说，"刚才二哥看到他的资料，职业一栏填的环卫工，里面内容也提到他报案一事，二哥就向我确认。我知道每个环卫工的工作区域都是固定划分的，玉洁巷就是他的区域，却没想到他就住在那附近。"

"他住在附近有什么不妥之处吗？"我看向二哥问。

二哥松开皱着的眉头，回答我说："那倒不是，刚才看资料时，我一直在寻找有作案可能的人。其他人都没什么特别的，看到附近住着一个环卫工，我猛然想到，为了让人们在天亮的时候看到一个整洁的城市，环卫工一般凌晨三四点就上班了，这个时间不正好是柳如烟被害的时间嘛。"

"你怀疑他是凶手？"文雅如是问。

二哥摇头说："我是想，既然他负责这片区域的街道打扫，上班时间又与作案时间差不多，那他极有可能会看到些什么。"

待他说完，我们马上把民警对李春的询问材料仔细看了一遍。李春提到，他的清扫区域是玉洁巷以及玉洁巷两边的两条街道，他每天都是从另一条街道（即柳如烟出租屋所在的街道）开始打扫，之后穿过玉洁巷，最后打扫有小吃摊的这条街道。

李春的上岗时间是凌晨四点，因为每天都在打扫，最近的天气也没有落叶，地面不是很脏，所以整个过程需要的时间并不长，一般情况下，早上六七点就清理完毕了。

柳如烟遇害的时间在四点左右，那个时候，他刚开始打扫，离玉洁巷有好几百米远，对玉洁巷里发生的一切并不知情。

前天早上，他也是五点多才打扫到小吃摊这边的街道，并在清理垃圾桶时，发现了柳如烟的尸体。

看完材料，官飞说："从李春的打扫顺序和时间来看，他既错过了凶手作案，又错过了抛尸。这到底是偶然事件，还是凶手提前把玉洁巷附近的情况全都打探清楚了呢？"

"应该是后者，凶手明显对玉洁巷一带极为熟悉。"文雅说。

"如果凶手是李治平的话，他当了二十多年中学理科教师，逻辑能力强，提前摸清作案地点周边情况从而部署周密的计划是说得过去的。"官飞说。

我回想着审问李治平的情况，有些不解地说："可是，从他的表现来看，他的心理素质并不怎么强大，情绪也容易波动，与凶手的缜密并不相符啊。"

二哥笑着说："正因为他当了几十年老师，桃李遍天下，所以很在乎自己的颜面，这从他去嫖娼时的表现就能看出来。所以，纵然他思维再好，一旦杀了人，害怕事情暴露的心理也会让他终日惴惴不安的，在这样的心理之下，被我们盯上，自然就成了惊弓之鸟。我相信，只要人真是他杀的，我们加强心理攻势，一定会有收获。"

二哥的话给了我们信心，随后，我们一起整理了这五十来人的笔录，剔除了那些住在一起的夫妻，留下了八个独居住户，以备在案件没有进展时，进一步调查他们作案的可能。

手里拿着这八个人的资料，文雅喃喃道："如果能证明他们都不是凶手，那李治平的嫌疑就越发大了。可是，我还是想不明白，他为什么要在柳如烟死亡四天后才抛尸？又为什么一定要抛回到玉洁巷这边来？"

这两个问题已经不止一次被提了出来，我们始终没有找到合理的解释。按目前的进展来看，李治平的嫌疑最大，我脑子里把他设定为凶手，尝试着换位思考，站在他的角度来考虑抛尸一事。

想来想去，我只想到当晚在巷子里，凶手应该是在死者身上留下了致命的证据，所以要把尸体搬回去进行清洗等处理，随后几天，由于各方面原因耽搁了，他到第四天才找到抛尸的合适时间。

可是，为何非要冒着被发现的风险把尸体带回玉洁巷外抛弃呢？

为什么呢？

"柳如烟阴道撕裂严重，法医怀疑其死后有过多次性行为，凶手把尸体搬走，会不会是为了满足自己每天的淫欲？"官飞回答道。

"奸尸？"文雅倒吸了口凉气。

二哥却道："可是，既然李治平一直在嫖娼，他完全可以再去华西街找女人，没必要和冷冰冰的尸体做吧……"

我琢磨着他俩的话，淫欲，奸尸……

突然，我的脑神经猛烈跳动，从文雅手中拿过那八个人的资料，逐一查看着他们的个人信息。

"你想到什么了？"官飞问。

文雅"嘘"了一声，示意他们别打扰我。待我把八个人的信息看完后，挑选出了四份，这才说："我想，我们之前的思维受到了限制，杀柳如烟的人与抛尸的人，或许并不相同。"

二哥疑惑地看着我问："你是说，李治平奸杀了柳如烟，随后另一个人扛走了她的尸体，扛回去后每天奸尸，等到尸体开始发臭时抛尸于玉洁巷口？"

我点头说："没错，这样的话，就能解释那两个问题了，凶手应该就住在玉洁巷一带，这样的话，搬尸体回家与抛尸才方便。"

文雅顺着我的思路，接着说："看见尸体而不报警，说明这人胆子极大，不惧死人，他的年龄应该不小；对女性尸体都有'性趣'，说明这人长时间没有碰过女人；宁愿奸尸都不嫖娼，说明这人收入并不高；能搬着尸体来去自如，说明这人力气不小；能把尸体藏于家中而不被他人发现，说明这人是独居，未与他人合租。"

说完，文雅拿过我手里选出的那四个人的信息，笑着说："你刚才挑选他们，也是依据的这几条吧？"

我有些不好意思地说："我没你想得那么细致，第一条没考虑进去。"

文雅笑了笑，没再多说，把这四人又筛选了一遍，最后留下了三人，两个人是附近工地的民工，另一个人即是环卫工李春。

"现在怎么办？要立即去对他们进行二次询问吗？"官飞看着文雅问。

文雅想了想，点头说："事不宜迟。"

紧接着，文雅给官飞说了我们准备公开两起关键案情的想法。官飞说既然文雅是组长，他自然会遵从文雅的决定，并说局长那边应该也不会阻拦。

最后的安排是，官飞负责公布案情，我与文雅去玉洁巷找那三人询问，二哥与小武继续对李治平进行审讯。

去玉洁巷的路上，我想起昨天二哥从何建那里得知杨晓兰与李城的关系似乎不一般，我们本来说要核实此事，却因调查李治平而耽搁了。

听我提起这事，文雅看了看时间说："先去玉洁巷吧，询问完那三个人之后，我们去一趟丽发超市。"

按理说工地工人的收入比较高，我和文雅选出两名工人的原因是他俩自从上一个工地完工后，分别有一个月和两个月没找到活干了，属于坐吃山空，经济上自然拮据。

两人的住处隔得不远，都在卖小吃这边的街道，我们就先去找了他们。本以为他们会在外面找活计，结果都在家里闲着。

因为之前被派出所民警询问问过，我与文雅表明身份后，他俩没什么吃惊的表情。在我们的要求下，他们把当天自己的行踪又复述了一遍，在这过程中，我一直盯着他们，观察着他们的脸色与眼神，没什么异常的。

只是在问第一个人时，他有些不耐烦，说警察干吗一遍又一遍地问。这也正常，因为我们去的时候，他正在家中睡觉，被我们吵醒，心里自然不畅快。我只有笑着解释说这是连环杀人案，案情实在重大，上头领导要求反复走访，尽量搜集可用线索，希望他能理解。

在我询问时，文雅则不时在房间里面走动，观察着物件的摆设，寻找蛛丝马迹。

到第二个人时，对于二次询问，我同样解释了一遍，他听后，说了让我们感兴趣的话。

26
他在撒谎

"凌晨三四点，多数人都在睡觉，并且睡得死沉死沉的，哪里能听到外面的动静嘛，我建议你们去找找前段时间喜欢在巷口屋檐下睡觉的'讨口子'（四川方言，即叫花子、流浪汉）问问。"

"我们几次到这边来，没看到有流浪汉啊。"文雅说。

这人说："讨口子都是到处跑，这里住几天那里住几天，前几天我还见到过一个。"

"玉洁巷这边流浪汉很多吗？"我问。

他回答："因为这边有好多小吃摊嘛，附近的垃圾桶里经常有被扔掉的食物，讨口子喜欢得很，不过最近天气热了，食物很快就会变馊，第二天捡的都不能吃，讨口子都是等晚上小吃摊开张后才过来，白天会去其他地方找吃的。"

破获青羊镇杀人案时，我们到市里的金牛广场一带接触过流浪汉，了解到他们是分地盘的，一般不会乱跑。

我就问："你住在玉洁巷这么长时间，看到的流浪汉都是相同的人吗？"

男子摸着头想了一会儿，摆手说："讨口子都是长头发，黏在一起，上面还有各种垃圾，身上常年穿着一件衣服，衣服上都起油了，脸也黑乎乎的看不清。在我眼里，他们都一个样，哪里分辨得清？再说，这些人身上都臭烘烘的，谁愿意接近了去看啊。"

别说，男子描述得还挺准确的，多数流浪汉的确是这副模样。看来，我们只有通过官飞的线人网络寻找案发期间在玉洁巷一带的流浪汉了。

说完这些，按之前的计划，文雅借故出了屋子，我给工人发了一支烟，随口问："你们外出打工，长时间离开妻子，都是怎么解决个人问题的？"

"啥个人问题？"工人一时没反应过来。

"我的意思是……"我开玩笑似的说，"会不会出去找小姐？"

"你问这个做什么？"男子吸了口烟，露出一副警惕之色。

我拍着他道："别担心，我今天不抓嫖，纯粹是好奇。"

男子听后，吐出一口烟雾，咧着嘴说："嘿嘿，以前倒是去过，不过一次要一两百，最近没活干，都没钱寄回家，哪里还敢去嘛。"

"那不是只有自己解决了？"我脸上始终带着笑，心里却有些恶寒。

老实讲，让我声色俱厉地审问嫌疑人，那是一点问题没有，可让我堆着笑脸与工人谈起"自慰"的事，我真的浑身起鸡皮疙瘩，何况这事还要做三次。

这个主意是文雅提出来的，他们三人身边长时间没有女人，应该会有一些自我发泄方式，她让我对三人进行套话，看他们是否有正常的发泄途径。

刚才问第一个工人时，他说他老婆在市区打工，每个月会来梓州看他一次，这一天里，两人基本上门都不会出。他这么说，我自然明白是什么意思，笑着夸他厉害，他还挺得意。

"哈哈，我手机上有两个G的视频，偶尔会看看……"男子渐入佳境，说起这事，也没刚才那么扭捏了。

"恐怕不是偶尔吧？"

男子听了，笑得更起劲了。

出来后，我有些尴尬地转述了男子的话，文雅说："他应该没说谎，垃圾篓里有很多揉成团的卫生纸……我走近时，还闻到股怪味……"

"你对单身男人很了解吗？"文雅的话让我颇为惊讶，惊讶情绪盖过了先前的尴尬。

文雅瞪了我一眼："你也没女朋友，那事没少做吧？"

她的这话，让我刚刚才放下的尴尬又回到了脸上，我瞬间石化，心里想着，这妮子，说话也太直接了。

兴许是看到了我的窘迫，文雅转移了话题，说她仔细看过，两个工人的房间里都没有异常情况，当然，张艳与柳如烟均是窒息而死，没有流出血液，不容易留下痕迹。

我顺着话题，苦笑道："工人提到流浪汉，我觉得可以试试。"

说完，我又补了一句："没想到这起案子又牵扯到了流浪汉。"

在青羊镇杀人案中，流浪汉就是凶手脱身计划里极为重要的一部分。

文雅说："是啊，上次是流浪汉被凶手所杀，并成了凶手的替身，这一次，希望流浪汉能给我们提供有效线索，让凶手绳之以法！"

文雅随即给官飞打了电话，让他赶紧落实这事。官飞也告诉文雅，局长已经同意了公布案情，他正在与报社和辖区派出所联系，明天就能在报纸上和案发地附近的墙上看到梓州警方向群众征求线索的悬赏通告。

穿过玉洁巷，走到街道对面，又走了几分钟，就到了李春的家门口。这是一栋破旧的三层楼房，李春租住在一楼的角落处，门外放着一辆印有"梓州环卫"字样的三轮车，车里放着一把扫帚和一个撮箕，车龙头上挂着一件橙色的反光背心，看起来很干净，应该是李春清洗后晾晒在此的。

家什都在，李春应该没出去工作，我看向文雅，她点了点头，我走上前敲响了木质的房门。

敲了两次，房间里才响起一个中年男子的声音："谁啊？"

"我们是警察，请开门。"我向他表明身份。

"等一下。"李春回答后，我听到有走路的声音。

房门打开，一股霉味扑鼻而来，让我微微皱眉。

面前站着一个穿背心的男子，他的头发有些灰白。当我看到他的脸时，他的瞳孔猛地收缩。我迅速反应了过来，他正是昨晚在巷口独自饮酒吃着花生米的人啊!

难怪我会觉得他面熟,因为之前官飞在路边询问他时,我见过他,只不过当时他处于工作状态,脸上沾了许多污渍,我又在车上,没有细看,所以晚上偶然见到收拾整洁的他时,没有认出来。

"怎么了?"文雅见我站在门口没有动作,走过来轻轻推开我问。

随后,她也看到了李春,略带惊讶地说:"是你。"

"警官,我知道的都说了,说了几次了。"李春脸上挤出笑容说道。

他笑的时候,两边眼角的鱼尾纹很是明显,与他资料上注明的四十多岁极不相符。环卫工常年在外风吹日晒的,遇到城市卫生检查,其他单位的人是打扫办公室,他们却是加班加点在街道上清扫,很多时候连饭都顾不上吃一口,真的辛苦。

想着这些,我不免对李春多了些怜悯,潜意识里也不愿相信他与杀人案有关,遂笑着说:"实在抱歉,有些问题我们要再确认一下。"

"请进吧。"李春有些无奈。

比起前面两个工人,李春房间里的东西摆放要整齐许多,不过,里面好多物件都是木质的,看起来有些年头了,再加之这里偏阴,阳光照不进来,所以空气中有发霉的味道。

房间很狭窄,靠墙摆放着一张床,被褥是叠着的,枕头放在被褥上。

我俩进来后,李春的表情有些局促,搓着手,不好意思地道:"只有一个凳子……"

文雅笑着说:"没事,我们问几个问题就走,待不了多久。"

我再次重复了先前的那些话,李春的回答同样中规中矩,没什么明显的矛盾,在工作时间和清扫路线上,他的回答与派出所民警提供的那份笔录相同,说是自己刚好错过了凶手作案。

他说完后,我看向文雅,示意她先出去,我要问李春私人问题了,却见她盯着衣柜旁边的一堵墙出神,我顺着她的视线看过去,墙上什么都没有。

我正想出声问她,她转过头来,做出一副惊觉的神情:"你们先谈,我出去打个电话。"

这事已经做了两次，我也有点经验了，照样先给李春发了支烟，点燃后，开始了试探。

让我没想到的是，提到女人，李春直说他没什么兴趣，又说自己条件差，也没奢望能娶老婆，觉得一个人过挺好的，这么多年也习惯了。

李春说得很诚恳，我就没再多问，说了声谢谢就走出门来。

"怎么样？"走到街口，文雅迎上来，一副迫不及待的样子。

我摇着头，把刚才的询问讲了一遍。

让我没想到的是，等我说完，文雅却是眉毛一挑："他在撒谎！"

27 谁的头发

文雅的反应让我极为疑惑，忙问她怎么回事。文雅把我拉到一处看不到李春屋子的地方，这样他也看不到我们。

站定后，文雅说："与床相对的那面墙上，有一些未完全撕掉的纸页，从留下的印迹位置及数目来看，之前墙上至少贴有三幅画。"

在墙上贴海报这事，我小时候也做过，所以，即便李春家里的墙面贴了画，也不能说明什么吧。

文雅接下来的话解答了我的困惑："刚才你与他讲话时，我细细把屋子里都扫视了一遍，床上叠好的被褥下露出了一页纸的一角，偏偏这一角上面，是一团黑色的画像，看着像女人的长头发。"

"你是说，李春的墙上贴的是女人画像，他却告诉我自己对女人没兴趣？"我立即醒悟道。

"没错！"文雅双眼中闪动着凌厉的神色。

"那现在怎么办？"我看向文雅，就算李春的床上真的藏了三张女人画像，哪怕是裸照，事实上也算不得违法行为。

文雅当然也明白这个道理，蹙着眉，一言不发。

"不行，不能错过这个线索！"思虑几分钟后，文雅似下了决心，"我们守在这里，同时通知局里的痕检人员过来，然后再次进入李春家里，找个理由翻看，如果确定他藏有女人画像，就以与凶杀案有关为由，对他家里进行细致搜查，希望能有收获。"

"万一他不配合呢？"我问。

"不配合就先控制起来，如果没有查出什么，我自然会向他道歉，他要不满意，也可以投诉我。非常之事，只有用非常之法，领导怪罪下来，我也认了。"回答时，文雅已经拿出了手机。

对她的决定，我肯定是支持的，她打电话时，我就走过去观察着李春家的动静。

二十多分钟后，痕检人员赶了过来，其间李春的房门一直没有打开过。

我们一行人重新走到门前，仍然由我敲门，这次，李春直接打开了门，看到我时，面露诧异："你们……"

本来我对李春是有好感的，现在为了工作，也只有板起脸道："对不起，我们刚接到线人举报，说是案发当晚看到你带了个女人回家。"

"怎……怎么可能！"李春脸色骤变，并准备把开了一半的门关上。

李春的反应出乎我的意料，我忙伸手抵住，旁边的同事也帮着用力，我俩一起推开了门。

事出突然，我们即时发力，爆发力强，弄得李春一个趔趄，一屁股坐到了地上。

"冤枉啊！"李春拍着地面，哭丧着脸喊道。

文雅抓紧机会，快步走到床边，一把掀起被褥，李春看到文雅的动作，慌忙用两手撑地想要起来阻拦，却哪里还来得及。

我扭头看去，被褥掀开后，床面上果然露出了一张女人画像，画里的女人穿着一身比基尼，斜靠在一扇窗户旁，一根手指放在嘴边，舌头微微伸出舔在指头上。

"那不是我的。"李春已经站了起来，喊着往文雅身边走去，被两名痕检的同事拦了下来。

文雅拿开这张画像，我才看清下面还有两张，它们是重合着放在一起的。这两张画像的主体仍然是女人，与第一张一样，里面女人的打扮和动作都极富挑逗性。

"不是你的，那会是谁的？"文雅看向李春，目光如炬。

"是……是……我搬进来就有……是房东的。"李春结巴着说。

"搬进来就在你床上？"文雅往前走了一步问。

"没……在墙上……我看不惯……就撕了下来。"李春的语气有了明显的波动。

"什么时候撕的？"文雅根本不给李春喘息的机会。

"撕了很久了。"这次李春回答得很快。

文雅却笑道："撕了很久了，那么，你每晚都和这些女人画像一起睡觉？你不是说对女人没兴趣吗？"

李春忙改口说："我……我记错了……是今天上午才撕的。"

在文雅的连番攻势下，李春的话已毫无逻辑可言，文雅进一步攻击着他的心理防线："今天上午才撕的？你不是看不习惯嘛，那还每天对着看，看了这么些年才想着撕了？"

"我……我……"李春半天没说出一句话来。

文雅不再浪费时间，收起三张画像，与我一道把李春带出屋子，让痕检人员对他的房间进行全面细致的搜查检测。

按我们的推测，柳如烟是先被人奸杀，再被另一人搬走了尸体，而第二人搬尸体时，柳如烟身上的财物已经被第一个人拿走了。如果李春是第二个人，那么，他屋子里是不可能有这些东西的，我们主要是想查找柳如烟尸体上本身的物件，比如头发、体液什么的。

检测的重点部位是李春的床，既然这人有恋尸癖，就不会随意放置尸体，而李春的房间里，只有床最合适。

距柳如烟被抛尸已经三天了，这些细微的痕迹也会受到损毁，因此我以为痕检工作会进行得异常缓慢。

让我们没想到的是，仅仅过了半个小时，一名痕检员就在床与墙面的缝隙中发现了一根长头发，无论是从长短还是色泽来看，这头发都不会是李春的。

当被问及床上为何会有长头发时，李春结结巴巴地说不出话，额头上也冒出了细汗。他的如此反应，让我们更加确定了心中的猜测。

这根头发丝被及时放入证物袋，等回到局里，技术人员会对它做DNA测序工作，并与柳如烟的DNA进行比对。

又等了一个多小时，对李春房间的检测工作结束，除了那根长发，还分别在床上和厕所的门背后发现了几根卷曲的阴毛，它们同样被装进了证物袋。

自发现长头发后，我们就加强了对李春的看管，防止他突然发力逃跑。事实上，他似乎也没有逃跑的打算，一直蹲在地上，两手环抱着腿，头埋在膝盖处，整个身子都在抖动着。

检测完毕时，我让他锁好房门，随我们一起回局里，等待DNA查验结果。

我们回去时，二哥刚好也审完了李治平，看着他手中足足有十页之多的材料，我惊喜地问："他承认了？"

二哥却摇头道："材料多是因为我问的问题多，如果他是凶手，他说得越多，就越是容易出错。"

"那他到底有没有出错或是前后回答不一致的地方？"文雅问。

"有，但是与案件没有很直接的关联，你们那边有没有什么发现？因为他是老师，在嫌疑未确定的情况下，我也不敢对他用特殊的手段，怕到时候影响不好。"二哥说得很隐晦。

我把我们这一趟的收获告诉了二哥，他听后，脸上露出喜色："从李春的表现来看，他的问题很大，能从他这儿找到突破口的话，必定能极大地推动案件进程！"

文雅点头道："说不定流浪汉那边也能传来好消息。不管怎么说，线索在一条一条地冒出来，形势很好。"

在我们讨论李治平的去留时，检验室传来消息，之前在李治平车上发现的白斑已经被证实是精斑，正在做 DNA 测序。

虽然我们早就预见到李治平有可能对此结果做出的辩护，即是他与柳如烟在车上寻欢时留下的，但它仍然让我们高兴了一阵，因为这同时也有可能是他在车上强奸张艳时留下的，后来清理痕迹时不小心遗漏了。

文雅安排技术人员立即对李治平进行生物取样，便于与精斑的 DNA 比对。

这件事让专案组决定，暂时不释放李治平，等到了规定的最长传唤时间再说。

李春房里找到的毛发已经被送去检验，还得等一段时间才会出结果，二哥说先去审讯室会会他，我们也跟着一起。刚走到审讯室门口，县公安局门卫室值班的一名协勤员就跑了过来，说是有人在那里闹事。

28
李城闹事

"谁在闹事？"文雅皱眉问。

"他来了就往里走，我拦下后，他吵着要找一个叫李治平的人，说是今上午被带过来的，我想着上午只有你们带了人，就来问问。"这协勤员看着有三十多岁，应该在这里干了好几年了，认得文雅。

"找李治平？对方是不是一个年轻小伙子？"我首先想到了李城，父亲上课期间被警察带走，当儿子的肯定要来过问。

协勤员点头说："是，看着挺斯文的，就是脾气倔，非要往里冲。"

"我们去看看。"二哥说着，已经迈步往门口走了。

到了门卫室，李城坐在凳子上，满脸的气愤神情，看到我们，一下站起来问："你们警察可别乱抓好人！"

"李医生，我们只是找你父亲了解了解情况，你不要这么激动。"文雅笑着说。

"了解情况？我可是听说我爸上午刚到学校一会儿就被你们抓走了，现在已经过了五个多小时，也该了解完了吧，为什么还不放他出来？"李城仰头看着文雅，毫不退让。

"小李，你怎么知道这事的？"二哥走上前，右手搭在李城肩膀上，把他往门口带着走了两步，轻声问。

"我刚才吃了午饭从梓州中学过,打算顺路去看看我爸,打电话却一直没人接,进去一问才知道是被你们带到这里来了。"李城回答。

进入审讯室后,李治平的电话就被我们暂时保管并调成了静音状态,给他打电话,当然没人接。

"是这样,关于你父亲的一些情况,我们需要进一步核实,在结果没出来之前,他暂时不能离开,希望你理解。"二哥继续给李城做着思想工作。

"我爸犯什么事了?"李城皱起了眉头。

听闻这话,文雅让门卫室的其他人员先出去一下,然后关上了门,这样,门卫室就成了一个临时的问话间。

随后,文雅看着李城道:"既然你都问了,我们正好向你求证一下,张艳被害那晚,你回家后可与你爸有过接触?"

李城回想后说:"那晚我喝多了,后来从朋友那儿得知他们送我回去的时间是九点多,我进屋就睡了,第二天醒来时,我爸都走了。"

"也就是说,整个晚上,你都没见到你父亲?"文雅问。

"是。"李城回答后,反应了过来,马上又说,"第二天我问过,他那天感冒了,睡得早,我回去时他已经睡着了,这很正常啊。"

"柳如烟出事的那晚呢,他有没有回家?"问了这个问题后,我留意着李城的反应。

"柳如烟是谁?"李城极为诧异,他果然不知道自己父亲有这个相好的存在。

二哥没有回答,又问:"你母亲离家这么多年来,你父亲身边可有过其他女人?"

李城摇头道:"我爸一心只想把我培养成人,没心思做那些事。"

"你爸不是没心思,是没兴趣吧?对于他把自己的观点强行加在你身上一事,你有没有过抵触或是反感?"二哥冷不丁地提起这个问题,李城脸上的表情明显迟滞了一下。

近一分钟后,李城叹了口气,这才缓缓说道:"我三岁的时候,我妈就走了,我是我爸带大的。小时候,他就是我的天,他说什么就是什么,他说女人不好,我就真的觉得女人很坏,从来不与女同学接触,对女老师也唯恐避之不及,所以,虽然我成绩好,但是班上同学私下里却叫我'怪人'……"

说起这些事情,李城的情绪不似刚才那么激动,语气中夹带着一丝苦楚。

二哥掏出烟盒,自己从中抽了支烟,正准备放回去,又问李城:"你抽吗?"

"来一支吧。"李城勉强笑道。

"喀……喀……"烟点着后,李城咳了好几下才适应,看来他平时并不怎么抽。

"然后呢?"文雅问。

李城接着说:"在学校时,我不与女生交往,她们也不理我,我成天扎在书堆里学习,倒也相安无事。工作后,到了牙科医院,里面有很多女同事,给病人做口腔手术时,单靠我一个人是无法完成的,需要和同事配合,不得已的情况下,我开始与女人交流,慢慢地,我发现她们也不是那么讨厌。"

"直到我遇到了一个病人,也就是我女朋友张艳后,她更是让我感受到了女性的关爱,甚至让我隐隐回想起了两三岁时与母亲在一起的那种感觉,当然,我不是把张艳当成我母亲的替代品,怎么说呢,就是很奇妙,想经常与她待在一起。"李城如是描述着。

"所以,你不顾你父亲的反对,有了人生的第一个女朋友?"二哥笑着说。

李城也笑了:"是啊,那段时间,父亲很生气,每天都给我脸色看。但我知道他是爱我的,想着他肯定会尊重我的选择,所以一直坚持着,并且,我还打算以后帮他找个老伴。毕竟,我也会有自己的家庭,不希望到时候他一个人孤苦伶仃。"

"不错,你是个孝子。"二哥赞扬道。

文雅附和说:"最难能可贵的是你没有愚孝,有自己的是非观。"

"你父亲与张艳可有过直接的冲突？"我问。

李城想都没想就摇头说："没有，他虽然讨厌女人，但与张艳见面的几次，从来没有当面给张艳难堪。"

李城说完，我们几人都没再提问，房间里一时沉默了下来，李城想起刚才的事，看着我问："你还没说柳如烟是谁呢？"

我看了看文雅，她轻轻点头，示意我可以告诉李城，我便回答说："柳如烟是个卖淫女，你父亲是她的一个客户，而她前几日遇害了，现在你父亲有嫌疑，所以我们暂时不能放他回去。"

"不可能，我爸那么讨厌女人，怎么可能去找这样的女人！"李城的情绪再次有了波动。

"他自己已经承认了。"我说。

"你们打他了？"李城的第一反应竟是我们刑讯逼供。

二哥冷哼道："公安机关没你想象的那么黑暗，再说，审讯全程有录音录像，你若有质疑，可以到检察院去举报。"

李城受过高等教育，听闻此言，冷静了些，想了想说："希望你们能秉公执法，别冤枉好人。"

"那是自然。"文雅说。

经过这番谈话，李城也接受了他父亲暂时不能回家的事实，准备离开。

这时，我想起他与杨晓兰的事，就叫住他问："李医生，杨晓兰这个人你熟悉吗？"

李城回过头看着我，疑惑地说："她是张艳的同事，怎么了？"

"你先说你俩关系如何？"文雅在旁边问。

李城说："谈不上好坏，在超市，她与张艳上一个班，我去超市找张艳时，她一般都在，我们也就会说几句。"

"她对你可有表现出爱慕之意？"二哥问得比较直白。

李城顿了顿，回答道："没有，她俩关系很好的，她也知道我和张艳的感情很好……"

"真的吗？"二哥上前一步。

"我骗你干什么。"李城面露不悦。

"可是，为什么有人见到你和杨晓兰单独在一起？"文雅问了句。

何建只是两次看到李城与杨晓兰在超市里，并不知道他们在里面做什么，所以我们也无法确定他俩到底有没有感情纠葛，而文雅这话问得比较有技术，如果李城心中有鬼，突然听到这样的提问，表情上应该会有异样。

"不可能，我只有去超市找张艳时才会见到她，我们从来没有单独见过面！"李城回答得很快，也很干脆。

文雅正欲再问，她的电话却响了起来，接起后听了一阵，她沉声道："行，我们马上过来。"

29 审问李春

"怎么了？"见文雅挂了电话，我忙问。

文雅没回答，却看着李城说："今天就这样吧，如果你父亲没问题，明天就能回去了，谢谢你的支持。"

"行吧，如果我父亲是被你们冤枉的，我希望你们能够道歉，同时，我保留向检察院举报你们行为的权利。"说完，李城转身离开了门卫室。

待他走后，文雅才告诉我们："李春向看守他的民警说有情况要交代。"

虽然毛发的检测结果还没有出来，但房间里的女人画像、床上的长头发这些迹象表明，李春身上肯定是有问题的，他在这个时候选择主动交代，倒还算是识相。

往审讯室赶时，二哥提醒我们："关于李城与杨晓兰的关系，我们现在只问了李城，得抓紧时间找杨晓兰核实，以防他俩串供。"

我说："可是案发这么久了，他俩要串供的话，应该早就串好了。"

二哥说："也对啊，不过按理讲，我们还是应当尽快询问杨晓兰。"

文雅道："这样，我让官飞去一趟。"

说罢，文雅就给官飞打电话安排了这事。

当我们赶到审讯室时，里面烟雾缭绕，李春面前的烟灰缸已经装了七八个烟头了，都是看守民警发给他抽的。

"警官，我，我没杀人。"看到我们，李春说了这样一句话。

我关上了审讯室的大门，二哥又给李春点了一支烟，然后道："别急，慢慢讲。"

在李春断断续续的陈述中，我们之前的推测得到了证实。

柳如烟遇害那天晚上，李春凌晨四点出来打扫街道，根据以往的习惯，他先是打扫了他住的那条街道，之后进入玉洁巷。当他走到巷子里的一个拐弯处时，发现地上有一个女人，女人的下身是光着的，旁边放着一条裤子。

李春这么多年一直单身，从没碰过女人，每个夜晚，他都梦想着自己能娶上一个漂亮的老婆。所以，那天凌晨看到柳如烟的尸体时，虽然他的第一个念头是报警，但是最后却被另一个念头占据了，那就是把柳如烟扛回去，让她当自己"老婆"。

在这种念头的支配下，他把柳如烟带回了家中，还用湿毛巾擦拭了她的全身，让她干干净净的。那几天里，他除了清扫街道，其余时间都在家里的床上，抱着裸身的柳如烟，感受着女人肌肤的触觉。

其实人死后，皮肤的颜色、温度和肌理都会发生很大变化，对常人来说，摸死人的肌肤根本不会有快感，可李春不一样，他在意的其实已经不是手上的触感，而是心理上的满足，是完完全全拥有一个女人的满足，这是他一直渴望却从来不曾有过的。

想来就是在这个过程中，柳如烟的长头发掉落了几丝在床上，李春用毛巾给柳如烟擦拭，用完的毛巾挂在厕所门背后，在那里找到的阴毛应该也是柳如烟的。

"你真的只是抱着她？"二哥有些不相信地问。

"我……我……"李春表现出难为情。

柳如烟的阴道撕裂严重，法医推测其近期有过多次性行为，李春对女人如此痴迷，好不容易能得偿所愿，肯定不会只是摸和抱这么简单。

"既然你都想好了要坦白，就一五一十地交代清楚吧，我们才好在领导那儿帮你争取从轻处理。"二哥说。

"我……我用手……"

李春接下来交代的情况让在场之人无不大吃一惊，他竟是用手指"强奸"了柳如烟。而他这样做的原因是，年轻时，长时间高频率的自慰，导致性功能受损，无法正常勃起。

这一事实也解答了我心中的一个疑惑。环卫工的工资虽然很低，却也不是所有女人都瞧不起这个行当，否则的话，岂不是所有环卫工都讨不到老婆了。

原来，这才是李春没结婚的原因，性功能有障碍，讨了老婆也只能干看着，还要被老婆瞧不起，最后的结果很可能是老婆离他而去，与其这样，还不如不找。

可李春的雄性激素分泌是正常的，心里仍然会渴望女人，长久以来，这种渴望会越来越大。他喜欢在玉洁巷外的小吃摊处吃点东西，边吃边看人群里的女人，这是他的一种自我满足方式。

然而，看得见摸不着却让他心底的火更旺，所以，当突然遇到一个不会骂自己无能、不会"离开"的女人时，李春把她扛回了家。

"变态！"身旁的文雅轻声骂了句。

李春听到后羞愧地埋下了头。

之后，我们仔细询问了李春发现柳如烟尸体前后的情况，他去的时候，玉洁巷里只有柳如烟的尸体，他扛尸体的时候，也前后观察过，一个人都没有，也就是说，整个过程，他并没有看到疑凶。

尸体搬回去后，他仔细地给她清洗，随后关灯上床。

我们看到的尸体已经是被李春破坏过的了，为了寻找第一手证据，我们逐步、详细地询问李春每一过程。李春提到，当晚他用手猥亵了女尸后，心里极为满足，还把手放到鼻子前闻了闻，却闻到一股子腥味，像男人的精液味道，为此，他又再次清洗了女尸的阴道。

"精液味？"我及时叫停了他。

柳如烟阴道里有润滑液成分，按理说凶手强奸她时是戴了避孕套的，那为什么还留有精液呢？

李春肯定地回答是精液味，不过他也说，在清洗阴道时，里面并没看到大量的精液。

二哥说："应该是凶手射精后没有停止侵犯行为，以至于漏出了少许。"

我点头认同了这个猜测。

"因为你的变态和愚蠢，我们错失了最直接的证据！"文雅怒视着李春。

被文雅一吼，李春更是不敢抬头了。

的确，凶手一时疏忽，遗漏了精液在柳如烟阴道处，那是最直接、最有力的证据，只要把它与所有疑凶的DNA进行对比，这起案子就不会如此麻烦了。

李春与尸同眠了三四日，我很好奇他的胆子为何这么大，听了我的问题，他说："死人不可怕，死人不会嫌弃我，也不会害我，活人比她可怕多了，我打扫街道时，经常有人直接把垃圾往我身边扔……"

这个回答让我无言以对。

被问及抛尸那天的情形时，李春交代，那天夜里，他闻着"老婆"身上的气味很大，再放下去的话，气味会飘到外面，很快就会被人发现，他不得已，这才决定抛尸。

李春最后一次给女尸清洗了身子，等到凌晨四点，他照常开始清扫家门口的街道，四点半左右回到家中，把柳如烟的尸体抱到三轮车上放好，然后穿过玉洁巷，到达巷口的垃圾桶处，打开桶盖，把尸体放进去，弄好后，再打了电话报警。

正因为是李春报的警，加之他又是个不起眼的环卫工，接警后，梓州的警察压根儿就没怀疑他，向他询问情况时，也比较简单，才让他蒙混过关。

昨天派出所民警对他进行走访，让他加强了警惕，回家后匆忙撕下了墙上贴了好些年的女人画像，却又舍不得扔掉，就压在床上。没想到，这被细心的文雅看出了端倪，随后又被我们从他床上搜出了女人的头发，他这才慌了神。几经考虑，又在看守民警的劝导下，他决定坦白从宽。

李春的行为已构成侮辱尸体罪，对柳如烟的母亲和儿子造成了极大的情感伤害，案件公布后，社会影响肯定也相当恶劣，所以，虽然他现在主动交代了案情，但是否从轻，却不是我们专案组能够定夺得了的。

小武还在另一间审讯室里审李治平，整理完笔录，由我和二哥送李春去看守所。

回来的路上，谈论起这件事，我仍然有些震惊："没想到一个人的心理竟可以变态到这种地步，与尸同眠，把女尸当老婆，李春真是让我大开眼界。"

二哥也颇有感触："人若是不能正视自己的弱点，就容易产生自卑心理，这种自卑长时间压抑在心底，会让人对与自身弱点相对应的东西产生强烈的渴望。李春今日的行为，与古时候被阉割的太监用手指玩弄女人下体以追求精神上的满足相差无几。"

快到梓州公安局时，二哥突然指着前方说："在那里靠边停一下。"

30 人性泯灭

"怎么了？"我减速的同时问道。

"我去买张彩票。"二哥笑着说完，就打开车门下去了。

看着他走进彩票店，我想起了同样喜好买彩票的同事"神棍"，神棍买彩票永远只买一个号码，那个号码是由他们一家三口的生日编排而来的。

神棍的妻女皆死于艾滋病，我曾问他中了五百万后想拿这钱做什么事，他说要找一个超级杀手，杀死世间的艾滋病病毒。

在办理"女尸杀人"案时，神棍为了护住疯哥，光荣牺牲了，他没有等到自己中五百万的那天，就早早地在天国与妻女团聚了。

"想什么呢？"二哥拿着彩票在我面前晃了晃，疑惑地问。

我回答："看到你买彩票，就想起痴迷彩票的神棍了。"

"唉，那小子不错，是个好警察，可惜了。"二哥摇头叹息道。

我勉强一笑："是啊，他说他想当个好警察，他做到了。"

回到局里，官飞已经回来了，他去找了杨晓兰，杨晓兰只说李城是个优秀的人，却不承认自己对他有什么想法。

对于这个结果，我们决定暂不深究，等李治平这条线调查结束再说。

这天晚上，由小武和官飞分别带一个值班民警，分两个组对李治平进行看守，我、文雅和二哥则回招待所休息。

从公安局大院走出来，我们步行走向招待所，刚走了两分钟，我就觉得不对劲，几乎与二哥同时扭头看向对面的街道，果然，那里站着一个人。

"他怎么又来了！"二哥说着，冲对面招了招手，那人看到后，埋头走了过来。

此人正是何建，也就是前面我与二哥两次看到过的"人影"，之前二哥向他求证时，他承认盯着我们的是他。至于目的，他说他想从警察这里得到一些关于杀害张艳的凶手的线索。

二哥当时明明和他打了招呼，让他别再私自查探此案，更别再"跟踪"我们，看来他并没听进去。

何建往这边走时，一直没敢看我们，足见他心里还是有些打鼓的，怕被我们训斥。

"你在这里做什么？"待他走到跟前时，二哥问。

"听说你们把李城的爸爸抓起来了？"何建回答。

"是。"

何建眼光有些炽热："是他杀的张艳？"

旁边的文雅回答："案件还在审理当中，我们不能告诉你细节。"

"警察的效率真慢，张艳头七都过了，你们还没抓到凶手！"说到这事，何建的声音大了许多，眼神也没有先前那么闪躲了。

"昨天我就给你讲了，这案子我们刚刚接手，有许多线索都在进一步查实。现在形势很好，你只需耐心等着就行，我们效率慢，难不成你效率快？"二哥瞪着他说。

二哥的年龄应该与何建的父亲差不多，他一发怒，何建气势顿弱："我……我只不过是想早些让张艳入土为安。"

"我们理解你的心情，也请你理解我们的工作。"文雅劝着他。

何建点了点头，又像想起了什么，看着文雅问："你们调查李城与杨晓兰的关系了吗？"

李城与杨晓兰这条线索是何建提供给二哥的，他比较关心也算正常。文雅回答:"调查了,暂时没发现异常。"

"哦。"何建似乎有些失望。

二哥拍了拍他的肩膀,让他早些回去休息,他就沉默着离开了。

第二天上午,我们都守在局里,等待官飞发出去那两条线索的反馈,陆续接到好几通电话,却都没有太大价值。

快到十二点时,我们都有些灰心了,官飞的电话再次响了起来,说了几句,他脸色有变,挂了电话告诉我们:"胡刀又去找柳思孝了。"

"他找他儿子做什么?"我问。

"拿柳如烟家中的钥匙,想进屋里找钱,两人在校门口争执起来,他打了柳思孝,被门卫拦下并报了警。派出所民警把他们带回去做笔录,发现胡刀与我们手中的案子有关,就通知我了。"官飞回答。

"哪有这么对待自己亲生儿子的,这人真是个畜生!"文雅愤慨地道。

"咱们去看看吧,好好教训他一番,不然的话,柳思孝以后的日子可不好过。"二哥摇着头说。

官飞昨晚审了李治平,文雅让他留下休息,我们三人驱车赶到派出所。民警告诉我们,刚来时,胡刀比较横,说他是在教育自己儿子,警察管不着,还说他与柳如烟是夫妻关系,现在柳如烟死了,他有权分得柳如烟的遗产。

"现在他还这么嚣张吗?"二哥问。

派出所民警隐晦地说:"那小孩的腿都被他踹得发乌了,我实在看不过去,教训了他几下,现在老实多了。"

"活该!"文雅说。

我们先去看了柳思孝,他坐在询问室里的椅子上,目光呆滞,脸上、手上、脚上都有被打的伤痕,嘴角还挂着一丝血迹。陪着他的民警见到我们,无奈地摇了摇头。

"他外婆呢?"我问。

"已经通知了,还没过来。"民警回答。

147

我们几个爷们都干不了宽慰小孩的活儿,这事就落到了文雅身上,她走上前,蹲下来,轻声问柳思孝:"小朋友,你想吃东西吗?"

柳思孝无动于衷。

"你要喝水吗?"

柳思孝仍然没有反应。

"告诉阿姨,你爸爸今天找你做什么?"

"他不是我爸爸!"柳思孝突然大声说道。

我心说,胡刀这个人渣还真是不配为人父亲。

为了让柳思孝感到轻松一些,我和二哥退了出来,到旁边的讯问室去看胡刀。见到我们,胡刀把脸别向了一侧。

见他这副桀骜不驯的样子,二哥气不打一处来,上前骂道:"虎毒尚不食子,你他妈连畜生都不如!"

胡刀毕竟是混混出身,脾气大,刚才被派出所民警教训了一顿,这会儿又被人这样骂,心里很是不服气,猛地扭头,瞪着二哥,眼里快喷出火来。

"你再瞪!"派出所民警冲他吼道。

胡刀听了,这才埋下头,看向地面。

通过对胡刀父子的询问,我们还原了近两日的情况。原来,那日胡刀被放回去后,几次找到柳思孝,询问柳如烟出租室的地址,还让柳思孝把钥匙给他,刚好这几次柳思孝的外婆都在场,他就没得逞。今天中午,柳思孝外婆有事,没有到校门口接柳思孝,胡刀就对柳思孝大打出手。

对于自己的行为,胡刀仍说他有权分得柳如烟的遗产。讯问过程中,我从胡刀口中听不出他对柳思孝的疼爱,更听不出一丝一毫对柳如烟被害的难过与惋惜,似乎在他的生命中,就只剩下钱了。

人性,竟可泯灭至如此地步。

我突然有种荒诞的想法,如果当初柳如烟嫁的人是李春,虽然物质上会很拮据,至少李春很爱她、很珍惜她,或许,她会比现在幸福许多,而柳思孝,也会享受到应有的父爱与美好的童年。

柳思孝的外婆赶来后，跑到讯问室把胡刀狠狠骂了一顿。看得出来，胡刀被骂得很窝火，只不过迫于我们在场，没有发作。

临走的时候，二哥给胡刀发了狠话，让他不要再去骚扰柳思孝，否则的话，就对他进行严肃处理。单凭他殴打柳思孝这事，就够关他半个月了。

文雅那边安慰了柳思孝好一阵子，还告诉他已经帮着联系好了梓州中学，等他从英才小学毕业后，就能直接过去念，到时候还会帮他争取助学金。柳思孝外婆听后，不停地感谢文雅，柳思孝却并没表现出多么高兴。

想来接二连三发生的事情，已经对这个年仅十二岁的孩子造成了不可磨灭的心理阴影，只怕短时间内很难恢复。

这一阵忙完，已是下午两点多，我们在派出所外面找了个餐馆吃午饭，点的菜刚端上来，官飞打电话说，昨天让线人帮着寻找前段时间混迹在玉洁巷一带流浪汉的事有眉目了。

31
流浪汉辨认

常在玉洁巷一带"混"的流浪汉共有三人,两男一女,他们都在玉洁巷周围住了好几日。

其中一名男性流浪汉反映,六七天前的一个晚上,他曾在玉洁巷靠小吃摊的巷口看到一个男人。因为没有手机、手表,他无法告知我们具体时间,只说那时他已经睡一觉了。

这事让我们都很兴奋,随便吃了几口饭,就开车往局里赶。

"那边的路口有灯光,流浪汉极有可能看到了凶手的模样。"二哥说。

"真要是这样的话,破案就简单了!"我说。

得到消息后,官飞就把那名流浪汉接到了局里,我们直接到了询问室。流浪汉正在狼吞虎咽地吃着一碗面,是官飞让公安局食堂给他煮的。

看着流浪汉的样子,我笑了,夹带着垃圾的黏糊糊的长头发,穿得油光的衣服,像是没有洗干净的"炭色"脸面,与我们昨天到玉洁巷走访的一名独居工人所描述的一模一样。

见到我们,官飞走过来,轻声说:"已经是第三碗了。"

不过两三分钟时间,流浪汉就吃完了这满满一大碗面,连汤都喝光了。

"这下够了吧?"官飞问。

流浪汉打了个饱嗝,点了点头。

因为流浪汉平时很少与人说话，长时间下来，他们的语言能力受到了影响，所以我们与他交流有些困难，需要慢慢地问。

官飞告诉我们，在线人的帮助下，找到玉洁巷的三名流浪人员很容易，只是与他们沟通花了很长时间。直到半个小时前，线人才从他口中问出了那条重要情况，这才联系了官飞。

"沟通慢不是问题，我有的是耐心，只要能指认就行！"二哥已经摩拳擦掌了。

这次办案，有了二哥的加入，在问材料方面，我们省了很多事，多数时间只需要在旁边做做记录就行了。

专案组五个人，也只有二哥有询问流浪人员的经验，我们也就乐得在一旁"坐享其成"。

在二哥与流浪汉的一问一答当中，我们大致了解了当晚的事情经过。

玉洁巷口的小吃摊一般从傍晚六七点就开始摆了。那天，小吃摊开张一阵后，附近的垃圾桶里便有了些客人吃剩的食物，流浪汉翻出了一些，胡乱吃了，然后找了个相对安静的角落睡觉。

一觉醒来时，流浪汉有些饿，就又到垃圾桶里去找吃的，这个时候，小吃摊已经全部收摊了，附近一个人都没有。

之前我们了解过，玉洁巷的小吃摊收摊时间一般在凌晨一两点，等到周围一个人都没有，至少也是凌晨三点以后了。

因此，我们推测流浪汉醒来的时间也在凌晨三四点。

流浪汉走到玉洁巷口的那个垃圾桶处（经证实，与李春抛尸的垃圾桶相同），打开桶盖，翻了一大堆垃圾出来，在里面找了些吃的。

偏偏这天垃圾桶里的食物很少，他吃了后，仍然觉得很饿，就站起身来四处张望，想看看周围还有没有被人扔掉的食物。这一看，就看到一个人从玉洁巷里走出来。

当时流浪汉站的方位刚好是正对着玉洁巷的，所以，他算是与那人打了个照面，也看到了那人的脸。不过那人看到流浪汉后，马上往右转身并向前走去，由于步子很快，他还摔了一下，流浪汉也没在意，继续去找吃的。

二哥问流浪汉是否还记得那人的长相，流浪汉想了好一阵才回答说看着像四五十岁的人，模样却记不清了。

我们本来指望着流浪汉能指认李治平，现在他却记不清那人的模样，这可急坏了我们，还是二哥比较沉稳，一遍又一遍地帮着流浪汉回想。

十多分钟后，流浪汉再次说出了一条重要线索，那名男子从玉洁巷走出来时，两手在拉着裆部的拉链，这与凶手强奸柳如烟的行为正好吻合。

随后，二哥又问出了男子当晚的大致衣着。根据流浪汉的描述，官飞立即找了几件相似的衣服过来，由与男子岁数相近的二哥逐一穿上，以帮助流浪汉回忆。

找出最相似的一套衣服后，二哥穿上它，模拟着男子的动作，试了十多遍后，流浪汉终于点头说："是，是这个样子。"

经过这一番努力，流浪汉脑子里的记忆细胞被激活，他想起了男子的面容，我们立即给他做了辨认笔录。具体做法是找来二十个四五十岁的男性的照片，再把李治平的照片混入其中，如果流浪汉从中找出的当晚男子的照片正是李治平，这就是一项最为直接的证据。

为了不节外生枝，我们找来了二十个确定与此案无关的中年男子的照片，再把李治平的近照混进去。

流浪汉辨认的时候，我的手心捏出了汗。辨认会有三种结果：要么，他直接选中李治平，这是最理想的；要么，他一个都不选，说明当晚他看到的并不是李治平，那么，我们会重新考虑嫌疑人员；我们最担心的是他选中其他人，因为这就说明他根本没有辨认能力，那么，他之前所说的一切都不能被用于案件侦破了。

流浪汉看得很仔细，时间一分一秒过去，十多分钟后，他还没说出结果，我们也不敢催他，生怕影响他的判断。

在第十九分钟时，流浪汉终于抬起了右手，伸出食指，慢慢往照片上移动。

"是……他。"流浪汉迟缓地说出这两个字的同时，手指也落了下去。

随着他的手指落下，我的心也跳到了嗓子眼儿处，他指的人，正是李治平！

这可以说是我们接手此案以来最为激动人心的时刻了。

"还真是李治平，亏他还是个老师！"官飞啧啧道。

我说："这是现实版的披着羊皮的狼啊。"

"哼，这下我看他还怎么狡辩！"二哥一拍桌子说。

文雅也松了口气："咱们再好好制订一份审讯计划，这次争取一举拿下！"

制订计划前，我先打电话向小武询问了李治平的情况，得到的回答是，经过一夜的煎熬，李治平的精神有些颓废，只时不时地问我们什么时候才能放了他，还说出去后一定要投诉我们。

听到这个结果，二哥笑道："很好，就是要等到他身心俱疲的时候，才容易击溃他的心理防线。"

在我们制订审讯计划时，检验室那边传来消息，经检测，李治平车上的精斑正是他自己的，而李春房间里找到的长发与部分阴毛也属于柳如烟。

这两个结果为我们还原案情起到了很好的促进作用，一时间，专案组成员皆是斗志昂扬，一扫之前的疲惫神色。

其间，谢校长给文雅打了个电话，问李治平什么时候能够回学校。因为李治平教了几个班的物理，他不在的这两天都是由其他物理老师在帮着代课，如果时间长的话，校方需要做出适当调整。

虽然流浪汉只看到李治平凌晨三四点从玉洁巷出来，没有看到他作案的过程，但这已经与李治平先前的交代完全不相符，却与柳如烟被害的时间、地点高度吻合。我们有理由怀疑他正是杀害柳如烟的凶手，因此，文雅告诉他李治平应该很长一段时间都不能离开了。

谢校长同时说了件事，昨天我们带走李治平后，学校里就有一些传言，说是李治平与他儿子的女朋友被害有关，现在李治平无法及时回学校上课，只怕这种传言会越来越厉害。谢校长的意思是，如果到时候证实李治平是冤枉的，希望我们警方能到学校给李治平正名，否则的话，他以后开展教学工作会有很大困难。

"这是自然，只不过，恐怕他再也教不了书了。"文雅如是回答谢校长。

昨天带走李治平时，为了不对他造成无法挽回的影响，我们还找了个冠冕堂皇的理由，没想到仍是出现了这种传言。

幸好现在他的嫌疑越来越大，我们也就不用考虑会对他造成负面影响了，并且第二天，这个传言还给我们带来了一个意外之喜。

32 治平认罪·上

在我们准备进入审讯室时,县公安局值班室接到了110指挥中心转过来的一个电话,电话是李城打的,仍然是询问他爸什么时候可以回家。

值班员问清情况后,跑到会议室来找到了我们。听闻这事,我笑道:"李城今天倒是理智了些,知道打电话询问,而不是直接跑过来闹。"

文雅让值班员回复说李治平的问题还要进一步查实,他暂时不能离开,一旦有了结果,我们会第一时间通知他的家属。

我们进入审讯室时,李治平正趴在面前的桌子上,小武见我们来了,上前叫起了他。

这一天多时间,主要是小武在守着李治平,文雅遂让他去休息一会儿。

"我是不是也可以走了?"李治平看着我们,无精打采地说。他的黑眼圈很严重,眼睛里也布着血丝。

"恐怕不行。"官飞摇头说。

"来,提提神。"二哥掏出支烟递给他。

烟点燃后,李治平贪婪地吮吸了一大口后说:"根据法律规定,口头传唤的时间不得超过二十四小时,虽然你们收走了我的手机,我还是知道你们已经超时了。"

"不愧是中学老师,挺懂法的。"二哥搬过一把椅子,笑着坐到李治平的对面。

"你们也是为了工作,如果现在能放我出去,我可以不投诉你们。"李治平缓和语气道。

"李老师,你刚才说的是一般情况,在特殊情况下,经县级公安机关批准,传唤时间可以延长至四十八小时,所以,我们并未违规。"文雅没有买账。

听了这话,李治平的脸一下就拉了下来,凝视着文雅说:"我教了几个班的物理课,你们这样,会耽误学生课程的。"

"这个你不用操心,学校方面已经做好了相应的安排。"文雅的话堵死了李治平的路,也打破了他的侥幸心理。

二哥沉声道:"李老师,我们还是来说说柳如烟遇害那天晚上,你都做了些什么吧。"

"还要说多少遍?我下晚自习后就回家睡觉了,我儿子可以证明!"李治平很不耐烦。

"我说的是,凌晨三四点的时候。"二哥似笑非笑地看着他。

"在睡觉!"

"是吗?那为什么有人看见你出现在玉洁巷口呢?"二哥说出这话时,李治平的眼皮快速跳动了两下,他正欲辩解,二哥的声调猛地提高,"你是会分身术,还是会瞬移术!"

"我……谁……谁看见我了?"李治平看向二哥,眼神却并不坚定。

"你甭管是谁看见的,我们已经做了辨认笔录,确定是你无疑,这事你赖不掉,你还是好好回忆一下那晚都做了什么吧,什么时候想好了,我们什么时候开始。"二哥站起身,俯视着李治平说。

沉默稍许后,李治平低头说:"这是诬陷。"

"你车上为何会有精斑?"我转移话题。这是我们之前商量好的,轮番上阵,从多个方面着手讯问李治平,让他猝不及防。

这个问题似乎让李治平抓住了救命稻草,他猛地抬起头,神色坚定地说:"我与柳如烟经常在车里做,偶尔漏一点很正常。"

"她儿子是否见过你?"文雅问。

"没有,我和她只是金钱交易,不会有其他瓜葛。"

文雅却说:"你在撒谎,柳如烟明明是喜欢你的。"

"不可能!"这句话让李治平的反应很大。

不仅是他,我也有些疑惑,文雅为何有此一说呢,从我们目前掌握到的情况来看,两人的确只是嫖客与妓女的关系啊。

"她若是不喜欢你,怎么可能把如此贵重的古钱币交给你,让你帮他物色买家?"文雅瞪着李治平,目光坚毅。

这时我才明白,文雅是在诈他,这不禁让我为她捏了一把汗,如果李治平真是那个凶手,只怕没那么容易糊弄。

"我不知道你在说什么!"果然,李治平的语气也很强硬。

文雅却笑了:"古钱币上的指纹虽然受损,但我们将其送至省公安厅由专家进行恢复,明天就能拿到结果,到时候和你的指纹一比对,看你还能说什么。"

这一条同样是文雅诈李治平的,其实刀币上的指纹根本没法恢复了。

不过,六字刀币作为一个重要证据被遗留在张艳抛尸现场,肯定是凶手疏忽所致,不在他的计划当中,那么,凶手就不可能事先把上面的指纹抹去。

同时,凶手不知道刀币上的指纹已经损毁严重,无法恢复,在两个原因之下,凶手必然会担心这一关键证据的出现。

"不是我的。"李治平嘴上虽然还很硬,语气却明显不如之前了。

官飞说:"你忘了一件事,柳如烟虽然是风尘女,但风尘女也是人,也会有朋友,她们也有倾诉的欲望。而柳如烟的一名'姐妹'就反映,柳如烟有时不会收你的钱。作为一名靠出卖身体而赚取钱财的女人,她这样做的原因很明显,就是对你有了感情。"

官飞的话同样是在诈李治平,没想到效果很好,他听后很不甘地说:

"她那是在利用我!"

"你有什么值得她利用的?"官飞乘胜追击。

谁承想,李治平却不再说话,埋下了头。看来,他是觉得自己刚才那句话说得有些冲动了。

"利用"二字让我想起了先前我们曾有过的猜测,就说:"她是想通过你的关系,让她儿子念梓州中学吧?"

李治平没有回答,我故意说:"我当你默认了。"

李治平仍然不说话,埋着头,动也不动。

"你误会她了,那枚古钱币是她的嫁妆,对她很重要,她却愿意交到你手中,她这么信任你,肯定对你是有感情的,你真不该杀她。"二哥进一步刺激着李治平,其实这种问法是不符合规定的,因为李治平尚未承认他杀人的事实。

但是,在面对拒不交代的重犯时,常规的讯问手段是起不了作用的。现在的执法环境又不允许刑讯逼供,办案警察只有在问话技巧上下功夫了,主要目的是让嫌犯的情绪发生大的波动,进而心理防线出现裂缝。

当然,并不是每个嫌犯都适用这样的技巧,我们有三条依据:李治平与柳如烟特殊的关系、李治平车上的抓痕与精斑,最主要的是,有证人在柳如烟被害的时间和地点看到李治平。

果不其然,一直沉默的李治平突然大喊道:"我没有杀人!"

喊话的时候,他额头上青筋暴露,两眼睁得很大。

"你为什么要杀她?"二哥不理会他的辩解,上前一步追问道。

"我没杀人!"李治平一扫先前的颓废,猛地站了起来。

对于他有可能出现的暴躁,我们早有准备,我和二哥当即伸出双手,把他按回到了座椅上。

被按下后,李治平还没来得及喘口气,文雅突然问:"当晚在玉洁巷,你躲在中间那处凹面,一直等到柳如烟下班经过,你行凶的时候,她有没有喊叫?"

"我怎么可能让她发出声音！"李治平扭头看向文雅，仍然带有怒气。然而，这句话却出卖了他。

人在发怒的时候，智商果然为零。

等李治平惊觉自己说错话时，为时已晚，我们四人盯着他，摆出胜利者的姿态。

当然，我们不会天真地认为李治平会马上交代出一切，这只是我们给他施压的一种方式。随后，以二哥为主，我们三人为辅，又进行了四个多小时的审问，一旦心理防线被撕开口子，李治平的话就接二连三地出现矛盾，我们心中也是越来越有底了。

审讯过程中，李治平的精神状态越来越差，到晚上十点的时候，他终于承认了他杀害柳如烟的事实。自妻子离开后，李治平开始对女人产生偏见，虽然彼时他血气方刚，按理说对女人的需求很旺，不过，他把精力都用在培养李城上，倒也算成功地转移了注意力，一个人过了这么二十多年。

直到李城与张艳在一起后，对李治平的心理产生了强大的冲击：一来李、张二人的甜蜜燃起了他心中对女人的渴望；二来他突然觉得，他这么多年以儿子为重心却没换来儿子百分之百的顺从。他在有些失望的同时，也决定以后的日子要为自己活一活。

在这样的背景下，李治平首先想到了释放自己的性欲，去了红灯区。

第一次接待李治平的是如雪，激情过后，李治平有些后怕，担心被警察查到会影响自己的工作，于是向如雪索要电话号码，希望以后能私下联系，在外面交易，如雪没有给。

这次过后，多年未尝到云雨滋味的李治平春心荡漾，在忍了一个多月后，再次去了华西街，这次，是如烟接待的他。按李治平所说，与如雪的"走形式"相比，柳如烟在过程中与他的互动则让他找到了"爱人"的感觉。

所以，尽管柳如烟的外貌不及如雪，他还是更喜欢与柳如烟上床。

李治平一共去了四次足浴房，第一次点的如雪，后面三次皆是柳如烟。在第三次的时候，他终于说动了柳如烟，要到了柳如烟的电话，之后，他俩都是私下联系。

　　二十多年没有与女人交往的李治平，对柳如烟平日里有意无意表现出来的关爱极为享受。他隐约觉得自己似乎喜欢上了这个女人，但迫于柳如烟不光彩的身份，他没敢把这事告诉李城。

　　两人渐渐熟悉后，柳如烟提过两次，想等柳思孝小学毕业后去梓州中学念初中。柳思孝的户籍地并不归属于梓州中学的学区，但梓州中学每年会拿出一部分名额，让非本学区生源以考试的方法进行竞争。

　　柳如烟对柳思孝的成绩没有信心，因此想让李治平帮着想点办法。李治平在详细询问了柳思孝的各科成绩后，觉得没太大问题，遂答应了下来。

　　二人的关系在胡刀回来后出现了转折。

33
治平认罪·下

综合胡刀与李治平二人的口供，我们还原了事情经过。

那个时候，柳如烟与李治平的关系已经不一般了，每次见面后，李治平都会开车送柳如烟回家，俩人偶尔还会在玉洁巷外吃些小吃。

所以，最初胡刀找到柳如烟时，她没有告诉李治平，每次都是偷偷把钱给胡刀。直到有一次，李治平无意间听到柳如烟打电话，听出了端倪，一再追问，才知道胡刀已经回来了。

但柳如烟仍然没说自己在给胡刀拿钱用，只说是胡刀在骚扰她，她也没办法。

李治平是喜欢柳如烟的，但他嘴上不愿意承认，所以，即便他当时有些生气，也没有表现出来，反而说"一日夫妻百日恩，只要他不太过分就行"。柳如烟出入风月场所，阅人无数，定是听出了李治平的不满，自然更不敢告知他实情。

后来，为了彻底与胡刀断绝来往，柳如烟答应帮他筹一万元钱，并决定卖掉母亲给她的嫁妆——那枚古钱币。

柳如烟把古钱币交给了李治平，恳请他帮着卖，因为她自己的圈子很小，没有途径。

李治平喜欢看电视里的寻宝节目，长时间下来，对古董也有一些了解，他从古钱币的色泽推断出其年份比较长,遂问了一下来源,得知竟是柳如烟家里代代相传之物。

李治平问柳如烟有什么事要急着用钱,柳如烟支支吾吾的,说不出个所以然。李治平收下古钱币的同时,心中也有了疑惑。

猜忌的种子在李治平心底生根发芽,随后两天,李治平没课的时候,就到柳如烟出租屋外盯着,结果柳如烟真的去见了一个男人,临走前给男人拿了两百元钱,那男人还笑着捏了她的屁股。

这事让李治平极为恼火,事后他找柳如烟求证,柳如烟终于承认她卖古钱币是筹钱给胡刀,但同时也说这是最后一次。

岂知,柳如烟的坦白却激怒了李治平,让他再次觉得女人都是犯贱的。十多年前胡刀抛弃了她,她现在却还要给他拿钱,甚至不惜卖掉嫁妆。更重要的是,李治平觉得自己的感情再一次受到了伤害。

不仅如此,这件事还像个导火索,重新激发了被李治平埋在心底的对妻子的恨意,那一刻,他便动了杀心。

杀害柳如烟的过程与我们之前推测的几乎相同,那晚李治平下晚自习后先回了趟家,凌晨两点再次出门,藏身在玉洁巷里,等待着为了省钱给胡刀而会步行穿过玉洁巷的柳如烟经过。

当他突然从黑暗中蹿出并告诉柳如烟自己刻意等在这里接她下班时,柳如烟并没意识到危险已经来临,所以直到被扼住喉咙,柳如烟都没来得及呼喊一声,只是在最后挣扎的时候,挥舞的手臂在墙面上留下了抓痕。

杀了柳如烟,按之前的计划,李治平戴套强奸了她,并拿走了她的所有物品,这样做,一则是解恨,二则是做出抢劫杀人的假象。

虽说那个时候夜深人静,玉洁巷里没人,可毕竟是开放场所,李治平一点都不紧张是假的,所以完事后,他没有时间检查自己是否留下了证据,匆忙离开了现场,并在巷口碰到了流浪汉。

随后几天,李治平一直留意着新闻,却并没发现有此方面的消息,这让他一度很纳闷。

他哪里会想到，螳螂捕蝉，黄雀在后，李春会把柳如烟的尸体给搬回家去了。

他更不会想到，自己本来在柳如烟阴道口留下了精液这种致命的罪证，却因李春的加入而毁坏了，要不是专案组齐心协力几番查证，还真有可能让他逃脱。

关于柳如烟一案，李治平的交代就是这样，他的供述与我们手中掌握的线索互相印证，我们合议一番后，觉得他应当没有撒谎。

我们本以为这样一来，张艳的案子也会随之破获，然而，当被问及为何杀张艳时，李治平却矢口否认，说张艳不是他杀的。

"你没杀张艳，张艳尸体下的六字刀币怎么解释？"二哥问。

"柳如烟把古钱币给我的第二天，我就把它弄丢了。后来我回想过，应该是我跟踪柳如烟的过程中，从裤包里掏烟的时候不小心把它带了出来。当天晚上我就发现了，不过那时我对柳如烟已经有厌恶之意，在屋子里找了一阵没找到，也没在意。"李治平噼里啪啦地说了一大段。

二哥冷声问："张艳也是在那天晚上遇害的，你当天有没有到发现张艳尸体的那一带去？"

李治平想了想，摇头说："没有，不过我从张艳上班的超市门前那条街经过了的，钱币也有可能是被张艳捡了去，她被杀后就掉落了出来，虽然这事有些巧合，但也是讲得通的。"

我本想质问他世上哪会有如此巧合之事，不承想他自己把这话说了出来，还做出一副确有其事的模样。

审问进行到这种地步，我有些看不懂李治平了，按理说，他已经承认了谋杀柳如烟一事，知道自己会有什么样的后果，反正都是一死，如果张艳真是他杀的，他没必要再狡辩才对。

难道张艳真不是他杀的？

李治平掉落的刀币碰巧被杀张艳的凶手捡到，凶手奸杀了她后，抛尸的过程中把刀币遗落在现场。

或者，真如李治平所说，刀币是被张艳捡到的，她被杀后，凶手抛尸时，刀币从她包里掉落，因当时是夜晚，所以凶手并未察觉。

如果说张艳与李治平毫无瓜葛，这两种猜测还比较可信。然而，在张艳与李治平这特殊的关系之下，我一时间真的无法接受这只是巧合。

我回想着张艳案中的细节，最初我们就推算出，把张艳带走的应该是个熟人，他知晓张艳的下班时间以及回家的路线。而李治平作为李城的父亲，要搞清这两点并不困难。

因精力有限，之前我们由刀币的线索把注意力着重放在李治平身上，对其他人员未过多细查。经过这两天的攻克，李治平也终于承认了杀害柳如烟的事实，却否认杀了张艳。

若是把李治平排除的话，张艳身边的男性里似乎就只有现男友李城和前男友何建有嫌疑了。

当天晚上，何建与李城在星月饭馆里见过面，李城喝多了，九点多被朋友送回家，何建独自吃完饭后也回家睡觉。

也就是说，张艳被害时，这两人都没有让人信服的不在场证明，那么，从作案动机上来看，李城与张艳的感情很好，这点不仅杨晓兰可以证实，李城的朋友和同事也能证实，二人最近也并无争吵。

反倒是何建，自上次殴打李城被拘留后，虽说一直没再与他们发生正面冲突，却到丽发超市外看张艳，说明他对张艳余情未了。偏偏那天晚上他又在星月饭馆偶遇到李城这个情敌，双方还有争吵，会不会是他一时想不开跑去找了张艳呢？

这样来看，何建的嫌疑比李城大多了。

可刀币又是怎么回事？李治平没理由把刀币交给儿子的情敌，就算给了，为了证明自己的清白，只怕他早就供出何建了。

"你最后一次看到古钱币是什么时候？"官飞问。

李治平要了支烟，边抽边想，抽了好几口才回答说："是那天中午，我在学校食堂吃饭的时候，还拿出来看了。"

"你确定？"文雅问。

李治平重重地点头："不会错。"

"李城知不知道古钱币的事？"文雅又问。

"我一直没想好怎么给他说柳如烟的事，为了不引起他的追问，我也就没告诉他古钱币的事。幸好他不知道，要不然，你们警察给他看那钱币的时候，他肯定会以为是我杀了张艳，早就和我翻脸了。"李治平有些后怕地说。

我马上抓住他话里的漏洞："若张艳真不是你杀的，你又何至于担心？"

"你们都不相信我弄丢古钱币是巧合，李城自然也不会相信，我不想让他怀疑我并与我争吵。在这世上，我最在乎的人就是他了。并且，我那时已经决定要杀柳如烟，不想因这事出岔子。"

这话勉强讲得通，我继续问："你是什么时候知道张艳尸体下的古钱币就是柳如烟给你的那枚？"

"张艳尸体被发现的第二天，在家里吃早饭时，我问了李城这案子的一些事，他提到警察在现场发现了一枚古钱币的事。当时我刚好弄丢了钱币，就问了他钱币的详细特征，没承想还真是那枚。李城不知道钱币与我的瓜葛，还一个劲地说那钱币是破案的重要线索。"说到这里，李治平脸上露出一丝苦笑。

当日在张艳出租屋里，李城还询问我们调查刀币有没有结果，那样子看着是挺迫切的。

一时间，这起看似拨云见日的连环案竟又扑朔迷离起来，我看向他们几人，文雅和官飞都皱着眉头，二哥却突然开口："你和柳如烟最多算情人关系，却仅仅因为她给胡刀拿钱你就对她下了杀心，而你的妻子陈月英，当年你可是掌握了她背叛你的证据，那么，你一定更想杀了她吧？"

34 再发一案

"你怎么能这么说！"李治平很是不满。

"按你的逻辑，这么说没错啊。"二哥道。

"乱讲，明明是先有我妻子抛夫弃子在前，我才会对女人有那么大的恨意，在这种情况下，柳如烟瞒着我拿钱给那男人，我才想到杀了她而后快！"李治平解释说。

他不愧是理科老师，自身的逻辑分析能力也是很强的。不过，二哥提出陈月英的事情，也引起了我的思考。按理说，她既然念着前男友，还一直有书信往来，那么，她离家后最应该去找的就是这个人，即便这人当时在部队，陈月英见不着人，双方也该有联系才对。

可她就像是突然人间蒸发了一般，二十多年来，之前的亲戚、朋友、同学竟没有一个听闻过她的消息。

难道，陈月英真的已经不在人世了？

如果真是这样，她是死于意外，还是被人杀害了呢？

我看向李治平，他看着二哥，眼神坚定，似在表达着自己的清白。

"哼，当我没问。"二哥刚才突然提起这茬，想来也只是一个试探，并未打算深究，毕竟我们从未详细地调查过此事。在手中没有证据的情况下，我们不可能像对柳如烟的案子一样诈李治平。

随后，二哥看了一下李治平的笔录，确认没有问题后，按下了打印键。

虽然李治平看着比较斯文，但他现在是杀人犯的身份，出不得岔子。因此，从审讯室出来后，我们叫上了小武，由专案组四名男警察押送他去看守所。一辆车只能坐五个人，文雅就不去了，她也正好可以打电话给局长汇报一下审讯结果。

当我们坐上警车时，已经快到夜里十二点了，李治平坐在后排，被我和小武夹在中间，他的双手被铐在后面。

官飞开车，二哥坐在副驾驶位。

出审讯室后，李治平便没再说过话，也比较配合我们，只在车子启动时，他向二哥讨了支烟抽。

二哥回过头，把一支烟塞进他口中，又帮他点燃，顺便说道："我们已经按规定把你的处理结果通知了你的家属，也就是你儿子李城。但是，在判决书下来前，他不能去探视你，你有什么话要交代，我可以帮你转达。"

李治平咬着烟头，猛吸了几口，这才用平缓的语气说："让他别再想着张艳了，不值，以后最好也别对女人动感情，最终会伤害自己的。"

"到现在你还这么极端。"我说。

"你这么年轻，还没结婚吧？"李治平扭头看向我，一股烟味扑了过来。

我不满道："这与我是否结婚没有关系，世上对感情、对婚姻忠贞不渝的女人多的是，你不能以偏概全。再说了，就算别人背叛了你，也罪不至死，你敢说你不极端？"

李治平皱眉看着我，好几秒后才说："反正我也活不长了，懒得和你争！"

说完，他回过头看向前方，默默地吸着烟。

本来我都做好了与他辩论一番的准备，他却生生把我一肚子话都憋了回去，让我很是窝火。

有李治平在场，我们也不方便讨论案情，车里一时陷入了安静，直到快出城时，我的手机铃声突然响起，让我的神经绷了起来。

电话是文雅打的。我接起后，她先是问我们走到哪儿了，我说了地点，她却直接让我下车，我心里一惊，以为是案子出了变故，要我们带李治平返回。

文雅却说："他们仨押送李治平应该没问题，胡刀刚刚死了，你和我去看现场。"

"啥？"我极为震惊。

"我也是刚接到派出所的电话，地点在五星楼柳思孝外婆家里。不多说了，我马上过去，你也赶紧打车过来吧。"说完，文雅匆忙挂了电话。

事出突然，官飞听我说了电话内容后，当即靠边停了车。下车前，二哥叮嘱我们注意安全，他们送完李治平会尽快与我们会合。

我对梓州县城不熟悉，上车后，出租车司机告诉我，五星楼是梓州的一处比较旧的多层小区，那里以前是好几个企事业单位的福利分房集中地，十多年过去，现在居住的人员就比较杂了。

文雅并未告诉我柳思孝外婆家的门牌号，我想着她在开车，也没打电话再问，准备到了五星楼再说。

"那里闪警灯的地方就是五星楼了。"行驶了十多分钟后，出租车司机指着前方一百来米的地方对我说。

我看到警车周围已经围了好些人，有几个警察穿梭其中，下车后，我直奔过去，没见着文雅的身影。

警车停放的位置处于五星楼的小区入口，附近摆了好些烧烤摊，看热闹的估计都是正在吃夜宵的人，警察已经拉起了警戒线。

我拉住一个警察，亮出证件表明身份。这人叫方良，是巡警队的，帮着在外围维持秩序，他刚好认识文雅，说文雅已经上楼去看现场了，并说带我过去。

我们刚准备进入小区，却见人群中一名女子与警察吵了起来。我见那女子的侧面有些眼熟，就走了过去，发现她竟然是杨晓兰。

"你怎么在这儿？"我疑惑地问。

杨晓兰看到我，脸上也有诧异之色，回答说："陆警官，我住在里面的，刚才与朋友在门口吃东西，听说发生了杀人案，我爸妈还在家里，我得回去看看，可他们不让我进。"

官飞曾介绍过，杨晓兰父母都是事业单位员工，她与父母住在一起，原来便是在这五星楼中。

"我给你说了，凶手已经抓住了，死的人也不是你们那栋楼的，你不用担心。刑警正在勘查现场，外面的人暂时不能进去。"拦住她的那个警察说。

"陆警官，凶手……凶手是谁啊？"杨晓兰转而看向我问。说这话时，她焦急的语气中也带着些害怕，自己住的小区发生了凶杀案，正常人都会有这种情绪。

我根本不清楚情况，无法回答，遂看向方良，他微微摇头。我只得劝杨晓兰说案件刚发生，警察还在调查，不能透露案情。

随后，我又劝了她几句，她答应不再闹着进去，我便与方良离开了。

进入小区，方良才告诉我，凶手是一个未成年小孩，并且还没满十四岁，所以他刚才没当着那么多人的面回答我。

根据中国法律，未满十四周岁便不具备刑事责任能力，就算他杀了人，也不会被判处死刑，以后还要重新进入社会。从保护未成年人的角度来讲，警方的确不能向公众透露他的信息。

作为一名刑警，我自然明白这个道理，让我吃惊的是这话本身透露出来的信息，胡刀在岳母家被一个未满十四岁的人杀了，而柳思孝最近几天不就是和他外婆住在一起嘛。

"凶手是死者的儿子？"我近乎惊骇地问。

方良却说他是临时被指挥中心调派过来维持秩序的，不清楚具体案情。

此时我们已经到了案发楼下，楼道口守着两个派出所的警察，不让小区里一些看热闹的住户进去。

文雅他们在三楼，我们赶到时，现场已经基本勘验完毕。这是一间两居室的房子，进门后是客厅，地面铺着好些年前流行的小块瓷砖，房间内的摆设很简单，一张老式的皮沙发，墙角是一个木制电视柜，上面摆着一台二十一英寸大小的彩电，胡刀的尸体在靠近电视柜的地面上，胸口已是血肉模糊，脸上也有刀痕，血液染红了一大片地板。

屋子里弥漫着让人作呕的血腥味，夹杂着一股酒精气息。

"文雅呢？"我问现场的一个警察。不仅是文雅，柳思孝和他外婆也没在。

警察指了指旁边一间关着的屋子，里面隐有人声传出。

我又看了一眼胡刀的尸体，迈步往那间屋子走去。

35 途中使坏

一个多小时前，喝得醉醺醺的胡刀摇晃着进入五星楼，找到丈母娘家门，不停地拍打。当时，柳思孝与外婆（外婆姓邓，以下称邓氏）已经入睡。

柳思孝出生的时候，柳如烟曾带胡刀回过自己娘家。十多年过去了，五星楼里几乎没有什么变化，所以，胡刀凭着记忆仍能找到这里。

邓氏对胡刀恨之入骨，见到他就没什么好脸色，咒骂几句也是常事。在这点上，胡刀或许是不屑于与一个老太婆较真，倒一直没对邓氏动过粗，也没到邓氏家中来闹过事。

柳如烟出事后，胡刀基本上断了金钱来源，这些天他可谓是山穷水尽、走投无路，今晚在酒精的作用下，跑到邓氏家里来，嚷嚷着要拿走属于他的那份遗产。

楼上楼下都住有邻居，邓氏也不怕胡刀，开了门，劈头盖脸对他又是一通骂。胡刀一把推开邓氏，到屋里翻箱倒柜地找钱。

邓氏跑过去拖他，边拖边喊："来人啊，来人啊，抢劫啊！"

此时，柳思孝听见声音也起了床，神情厌恶地看着胡刀，眼里充满愤恨。邓氏拉不动胡刀，就冲柳思孝说："这坏人害死了你妈，快把他赶出去！"

邓氏哪里知道，柳思孝听了这句话后，转身走进厨房，提了把菜刀就跑到胡刀的身后，猛地砍向他的后背。

171

当时胡刀上身只穿了一件T恤，刀子直接没入了肉中。胡刀吃痛，转过身来，柳思孝抽出菜刀，胡刀想上前夺刀，却因当时已经处于轻度醉酒状态，步履踉跄，根本没有反抗能力。柳思孝也不给他机会，大步上前，对着他的胸口接连砍了四五刀。

直到把胡刀砍得瘫软在地，柳思孝仍不解恨，在他脸上又划了几刀，这才颓然地坐在带血的地板上。

柳思孝砍第一刀的时候，邓氏与胡刀一样，都是背对着他的，所以并不知情。等她转过身来，胡刀的胸前已是鲜红一片，她惊骇得瞪大了双眼，嘴却抖动得不听使唤，连喊叫一声都不能。

邓氏就这样看着柳思孝亲手杀了他的父亲，她站在一旁，看看面目全非的胡刀，又看看自己的外孙，身子不停地发抖。过了好一阵，还是柳思孝对邓氏说："外婆，叫警察吧。"

这些都是文雅告诉我的。我进入房间时，她正和两名男刑警一起，宽慰婆孙二人的同时，也一点点地还原了案发经过。

与上次见面相比，区别不是很大，柳思孝仍是沉默寡言，沉着脸。邓氏却一反之前骂胡刀的泼辣形象，看柳思孝的眼神都有些心有余悸的感觉。

不只是她，这件事带给我的震撼同样很大，眼前这个还在念小学六年级的孩子，刚刚亲手杀了他的父亲。

然而回想起来，这起悲剧的发生其实早有苗头，十二年来，柳思孝对母亲的依赖、对母亲的爱，让他无法容忍别人伤害母亲。这个别人，当然包括他的父亲，更何况，他曾不止一次地说过，胡刀不是他爸。

柳如烟死后，柳思孝一直表现得比较沉稳，这种沉稳与他的年龄极不相符。唯一可能的解释是，他把失去母亲的悲痛和对母亲的思念都深藏在了心底。

这么多年柳如烟与邓氏互不相认，导致柳思孝与邓氏之间也无太多感情，他没有地方可以倾诉、可以发泄。

这种沉默是很可怕的，今晚，邓氏的那句"这坏人害死了你妈妈"引爆了柳思孝蓄积的情感，又或者他早就把母亲的死归咎到了胡刀这个烂人的头上，杀念也是早就萌发了的。

只是胡刀再坏，终究也是柳思孝的父亲，从古至今，无论有多么正义的理由，弑父的罪名都是不能承受之重，再加上前有丧母之痛，就算柳思孝能不受法律制裁，只怕他的余生都难再有欢笑了。

先行赶到的派出所民警在初步了解情况后，得知当事人与城里最近的两起杀人案有关，而文雅以前在梓州的名声很响，这次她带专案组回来，梓州的同行都知晓，派出所民警便直接给她打了电话。

结果呢，这起案子案情简单，事实清楚，它由柳如烟的死引起，却与柳如烟和张艳的案子没有直接关联，也没有给专案组带来新的线索。

因此，在文雅将柳思孝与邓氏交给县刑警大队的民警后，我们便离开了现场。

这件事让我俩的心情都有些压抑，一路无话。出五星楼时，门口的人群已经散了，方良见着我们，过来打招呼，我问他杨晓兰到哪儿去了，他说已经让她进小区了。

"她也住在这里啊？"文雅疑惑地问。

我趁机告诉了她这事，方良接着说："住在里面的人好些都互相认识，知道家庭情况。刚才我送了你回来时，有几个人不知从哪儿听来的消息，说是姓柳的小孩杀了自己老子，那个杨晓兰听了，吓得不行。"

"女孩子嘛，胆子小也正常。"我说。

与方良道别后，我们上了车，二哥打来电话说李治平途中使坏，差点出了事。

在我走后，二哥坐到后排，与小武一起把李治平夹在中间。连续几个小时的审讯很耗费精力，二哥年纪又大了，自然疲惫，再者李治平一路上都比较配合，他也就稍有松懈。

不承想，在快到看守所时，李治平突然从驾驶位与副驾驶位中间的空隙中跃向开车的官飞，头撞到了方向盘上，让警车往左侧偏离了一个大角度。

173

当时的车速有六七十迈,虽说路的两侧都是农田,不过与路面有一米多高的距离,要是真摔下去的话,受伤是不可避免的。

李治平跃出后,身体还在不停地扭动,他的脚正好蹬在二哥的腰部,二哥疼得两手使不上力,官飞又要极力稳住方向盘。关键时刻,是小武一把拉住李治平上衣,让他的头抬了起来,再将手伸至其脖子下方,往上一用力,被扼住喉咙的李治平瞬间失去了抵抗能力,给官飞调整车速与方位争取了时间。

描述经过时,二哥的语气很平缓,我却是听得心惊胆战,若是发生车祸,无论是伤了专案组的三人,还是李治平出了事,都够我们伤神好一阵子了。

出了这么一档子事,耽搁了些时间,他们刚刚才到看守所,二哥讲完后,让我们不用担心,又问我们这边情况如何了。

我简要地和他讲了讲,让他们不用过来了,完事后直接回招待所休息,我们也准备回去了。

挂了电话,我给文雅说了这事,她拍着胸口道:"还好有惊无险,这次的案子真是一波三折。"

我点了点头,把车往招待所方向开去,文雅却说:"再转转吧。"

她的声音听起来疲惫中有些沉重,我放慢车速,轻声问:"怎么了?"

她叹了口气:"虽然杀柳如烟的真凶是李治平,胡刀也是死不足惜,可柳思孝却要因此背负一生的魔障。这孩子为何要选择如此极端的方式呢?"

这同样是让我心情压抑的问题,我唯有劝道:"所谓子非鱼,焉知鱼之乐,我们不是柳思孝,无法切身体会到他心中的痛与恨,或许,他觉得这是最好的方式吧。"

"陆扬。"文雅唤了我一声。

"嗯。"我应道。

"你别看我平时工作起来很认真、很卖力,可有些时候,我也是挺厌倦这个职业的。我们接触的全是社会的阴暗与人性之恶,好几次办完一个案子，我心情压抑得久久都回不过神来。"

纵然此刻我正在开车，无法分神去看文雅的面容，我也知道，她的表情是忧伤的、让人怜惜的。

我安慰她说："正是由于我们不停地把这些阴暗面曝光于太阳之下，世上的悲剧才会越来越少，放心吧，一切都会好起来的。"

稍许，文雅喃喃地重复道："嗯，一切都会好起来的。"

随后，我俩都没再说话，车厢里的气氛却并不尴尬。警车缓缓行驶在街道上，夜风穿过车窗徐徐吹来，吹走了车里的压抑，让空气都轻松了几分……

36 林老师的线索

回到招待所时,已经凌晨一点过了。

这一天大家都很劳累,文雅让我给他们几人发短信,让大家多睡一会儿,上午十点再到会议室开会。

人员齐聚后,先由二哥给我和文雅讲了昨晚李治平突然发难的原因,到看守所时,李治平的情绪差不多稳定了,二哥问他为什么要那样做,他说他教了一辈子书,现在却成了杀人犯,他觉得颜面无存,反正都难逃一死,索性早点自我了断。

我气愤道:"哼,现在知道没脸见人了!"

"他说,没被抓住前,心存侥幸,还能坦然面对,现在案情即将大白于天下,他就忐忑了,尤其不知该如何面对李城,让他一个体面的牙科医生成了一个杀人犯的儿子。"二哥说。

小武皱眉道:"当时他是真想死啊,用了狠劲去撞方向盘,我拉着都有些吃力。"

官飞愤慨地说:"妈的,他杀了人,他该死,却差点拉着我们陪葬了!"

二哥也有些后怕:"幸好那里两边都是田地,就算车子冲了下去,性命应该无忧,若是他在先前经过的那处山坡发难,车子摔下去,那我们就真的全报销了。"

这事说完，文雅让我们根据李治平的口供，谈谈自己的看法，柳如烟的案子没什么好说的了，主要是讨论张艳的死。

"反正我觉得刀币刚好被张艳或是杀她的凶手捡了去这事太扯淡了，怎么会有这么巧的事？"小武最先开口，他年龄小，案侦经验不足，一般很少发言，这次也忍不住了。

昨晚李治平交代这事的时候，我就有些疑惑，却被李治平一句话堵了回去。

"他车上的抓痕尚无合理解释，我觉得他仍然有杀张艳的可能。"官飞说。

"可是，杀一个是死，杀两个也是死，他为什么不承认呢？"我当即问道。

官飞被问得语塞，文雅分析说："大家现在都怀疑是李治平杀了张艳，如果这个假设成立，那么，他不承认此事，一定是在顾忌什么。从他在意的东西来看，我觉得他是怕李城恨他，毕竟，李城是爱张艳的。"

文雅的话提醒了我们，几人纷纷附和说一定是这样。

我猛然想起，昨晚送李治平去看守所，二哥问他有什么话要转达给李城，他说让李城别再想着张艳了，不值。

他为什么要说"不值"？

"他还是觉得张艳配不上李城吧。"听了我提出的问题，小武说。

"人都死了，还谈什么般配，我倒是觉得，他是不是知道张艳做了什么对不起李城的事。"官飞若有所思。

我也偏向于官飞的推测，可是，张艳与李城感情好，与李治平的关系却并不融洽，二人平时也无交集，到底是什么事情，连李城都不知道，他爸却反而知晓呢？

就在这个时候，文雅的手机响了起来，接通后，她笑着称呼："谢叔叔，您好。"

原来是谢校长，他应该又是来询问李治平的情况的。

然而，文雅下一句却说："是吗？那您让林老师和我说吧。"

我心里"咯噔"一下，想起这个"林老师"是李治平的同事，他算是梓州中学里为数不多的与李治平交好的人了，不过，他找文雅做什么呢？

177

"林老师,你提供的这条线索非常重要,能不能麻烦你到公安局来做一份详细的询问笔录呢?"最后,文雅问。

对方应该是同意了,文雅又说:"好的好的,实在是太感谢你了,我马上叫人去接你。"

挂了电话,看着四双好奇又期盼的眼睛,文雅讲了林老师反映的情况。

原来,这个林老师竟是张艳第一个男朋友林天豪的父亲。昨天,李治平杀了自己儿子女朋友的消息在学校不胫而走,晚上,林老师与林天豪通话时也就此事感叹了几句。

林天豪结婚时,李治平只是作为林老师的同事前去参加,所以林天豪对李治平并不熟悉,也不知其与张艳的关系。现在听说他竟是张艳现任男友的父亲,又涉嫌杀害张艳,林天豪觉得有些蹊跷,就让他爸向警方反映这事。林老师思虑了一晚上,决定先征询校领导的意思,谢校长得知这一情况后,当即给文雅打了电话。

讲完后,文雅安排小武驾车去接林老师过来问笔录,我们四人根据这个新线索,重新分析起了李治平与张艳一案的关系。

"这条线索真是来得及时啊。"二哥啧啧道。

官飞一拍桌子说:"在林天豪婚礼那天,李治平极有可能看到了张艳,却没见到李城的身影。凭他对张艳的态度,自然不会主动上前打招呼,待他回去后,一询问李城,发现李城并不知道这件事,后面又查出林天豪是张艳的前男友,他认定这是张艳对李城的背叛,动杀机就顺理成章了!"

我赞许地点了点头,这也刚好解答了我刚才的疑惑,张艳参加前男友林天豪的婚礼这件事,便是李治平知道而李城不知道的。

这样一来,李治平车上皮座椅的抓痕和他遗留的精斑以及张艳尸身下的刀币都能解释得通了,他在车上奸杀了张艳,抛尸过程中掉落了刀币。

"你们说,李城若是知道李治平杀了自己心爱的女人,会不会有杀了他的冲动呢?"官飞问。

"像柳思孝杀了胡刀那样?"我看着他。

官飞说："对啊，你们没觉得这两起案子中的两对父子很相似吗？"

文雅却微微摇头："不一样，胡刀从来没有关爱过柳思孝，柳思孝对他根本没有感情，可以说，他们只是生物意义上的父子；而李城是李治平一手带大的，二十多年的父子感情不会如此轻易地输给张艳。"

我折中地说："的确是这样，不过，李城与我们不同，他从小受到父亲的教育是，疏远女人，对女人没有好感。张艳是继陈月英后，再次让他感受到女性关爱的人，张艳在他心中的分量应该也不轻，所以，他们最相似的一点就是都失去了生命中重要的女人。"

提到柳思孝，文雅的眉宇间又有了几分忧色："当初柳如烟给儿子取了'思孝'二字，就是希望他常念孝道，不要像自己一样让父母难过，甚至气死了父亲。如今柳思孝手刃胡刀，倘若柳如烟泉下有知，不知作何感想。"

这话一出，引得众人皆沉默了，还是久经世事的二哥及时转移了话题："正好今天要去对李治平进行二次讯问（注：根据《刑事诉讼法》的规定，犯罪嫌疑人被刑拘后，需在二十四小时内进行二次讯问），争取把张艳这案子给破了！"

我说："若他真是凶手，他昨晚要死了的话，张艳这案子就死无对证了，只怕会成为一起悬案。"

"是啊，他是想让真相永远无法揭露，这样，李城也就不会恨他了，妈的，好深的心机！"昨晚李治平突然跃起扑向官飞，肯定把正在开车的官飞吓得不行。听得出来，他的怒气到现在都没有完全消除。

"堂堂一个中学老师，内心竟如此变态与歹毒，也不知他平时对待学生有没有什么过火的行为。"二哥不无担心地说。

文雅沉着地道："这样看来，我们有必要详细调查一下陈月英失踪案件了。"

昨天审讯时，二哥突然提出这事，质问李治平是否杀了他妻子，当时我就觉得不是完全没有可能，现在看来，文雅心中也有此猜测。

给林老师做完笔录时，已经到了中午，在公安局食堂吃完午饭后，我们分成两组，二哥、官飞和小武拿着林老师的笔录去看守所讯问李治平，我和文雅则去李家户籍地所在的派出所了解陈月英失踪一案。

37 前男友

派出所位于城郊，我们讲明来意后，值班员打电话帮我们叫来了负责陈月英失踪案的民警何放。

何放是个老同志，五十多岁，他告诉我们，这起案子从最初开始，就一直是他在负责。

陈月英离家后，李治平先是到她的娘家要人，找了两三天没有结果，这才到派出所报了案。

二十多年前，互联网还没有如今这么发达，无法实现信息共享，何放也只是做了个登记，在以后的工作中特别留意陈月英的消息。

后来，随着互联网的普及，全国公安资源库也建立了起来，何放又把陈月英的资料录入失踪人口信息库，可这么多年过去，仍是毫无回应。

这是很不科学的，因为现在公民的很多社会活动都需要使用身份证，比如住旅馆、买火车票和机票、办理驾照和护照，等等。

通常来说，出现这种情况只有两种可能，要么，对象已经死亡；要么，对象以他人的身份存活于世。

陈月英刚失踪的那几年，李治平隔三岔五到派出所找何放询问消息，看得出来他很在意妻子，这一点平添了何放对他的好感。

一来二去，两人熟络了起来，何放问他，明明是妻子背叛了他，他为何不生气，反而这么积极地找陈月英。李治平的回答是，他当然生气，但李城还小，需要完整的母爱。

我问何放有没有找陈月英前男友询问她的情况，他说他去那小伙子户籍所在地派出所核实过，小伙子当时在西藏当兵，天远地远的，部队也有严格规定，陈月英不可能去投奔他。

"后来呢？退伍后二人是否有联系？"文雅问。

"我一直惦记着这事，小伙子在部队混得不错，是首长身边的通信员。退伍回来后，首长让县武装部出面，给他找了份工作，虽然比不上公务员，却比当时很多人的收入都高。我让当地派出所民警帮我盯着他，结果他没过多久就结婚了，新娘子并不是陈月英。"何放摇头道。

"这人现在在哪里？"我还是觉得有必要找他当面问问。

"他结婚后，我去找过他一次，他再次证实陈月英失踪后没有联系过他，同时也坦言，他在部队时与陈月英互通书信，其实有很大部分原因是部队生活太过枯燥，他是想找份精神寄托，并不是因为与陈月英的感情有多么深厚。打那儿以后，我就没再留意他了，你们要找他的话，我可以问问那边的户籍民警，就是不知道他现在有没有搬家。"何放回答。

"麻烦你帮我们问一下吧。"文雅笑着说。

何放出去打电话时，文雅感叹道："陈月英也真是可怜，先是遇到一个重男轻女的父亲，又稀里糊涂嫁给李治平，而深爱着的男人，到头来只是把自己当成精神抚慰品。"

我说："是啊，可悲可叹，或许，对她来说，死亡反而是天堂。"

"如果她已不在人世，我只希望她是自杀的……"

这时，何放走了进来："问到了，他搬了家，不过户籍还在原来的派出所，现在退休了，开了家超市，地址写在上面。"

说着，何放递了张字条过来。听到"超市"二字，我与文雅皆是带着震惊的神色去看纸条上的信息：××路丽发超市，徐忠厚。

"是他！"我俩异口同声地惊呼。

"他犯什么事了吗？"何放满脸疑惑。

我带着尚未平复的心情，大致把徐忠厚与我们手里案子的关系讲了一遍，何放听后，直说："梓州还真是小啊，谁能想到，二十多年过去了，这些人又牵扯到一块儿了。"

"这也太巧了！"文雅仍是有些不敢相信。

我苦笑着说："现在看来，李治平在丽发超市外掉落刀币，随后被杀张艳的凶手捡去，像这种巧合的事还真是有可能发生的。"

不过，相比于徐忠厚是陈月英的旧情人一事，何放更吃惊的是李治平竟成了杀人犯："陈月英刚失踪那些年，我与李治平接触蛮多的，他学识渊博，虽然是物理老师，但其他学科也有涉猎。那个年代，知识分子是很受尊敬的，我觉得就算只是与他闲聊，都能获益不少，没想到妻子离家一事对他的打击这么大，让他如此痛恨女人，甚至拿起了屠刀。"

"家庭因素对一个人的影响的确很大。"我附和着说。

"冒昧问一句，你有没有怀疑过是他杀了妻子呢？"文雅凝视着何放问。

何放坐在椅子上，微微点头："当然有过，毕竟他与妻子是有矛盾的，不过，他报案之时，就坦白地把与妻子吵架的事全都说了，后面寻找妻子也是尽心尽力，完全看不出异样，加之陈月英娘家人也没有从这方面指控他，更没有旁证证实，慢慢地，我也就淡了那念头。"

几次打交道下来，我觉得李治平是个智商很高的人，逻辑能力也强，只是似乎心理素质一般，杀柳如烟的那天晚上，他给学生上晚自习时还走了神，后面在我们的审讯中，他的情绪也几次暴躁失控。

我就想，他杀了陈月英的话，平时少与外人交往，伪装一下倒也不易察觉，可他每天面对李城之时，会不会因愧疚而表现出什么呢？

"你认识李治平的儿子吗？陈月英失踪时，他多大？对这事有没有印象？"我问。

"那时候李城还小，才三岁多，之前因李治平要上班，孩子都是陈月英带着，母子俩感情很深。陈月英失踪后，李治平又要上班又要找陈月英，就把儿子送回老家让父母带着，我只见过一两次。三岁多的孩子已经懂些事了，我逗弄他时，他嘴里总念着'妈妈'。有一次直接哭了出来，问我妈妈到哪儿去了，我只有骗他说妈妈去了很远的地方，等他长大了就回来了，他还嚷着要和我拉钩，让我不要骗他。唉，听得我心里是一阵发堵啊。"何放叹息道。

文雅问："李城长大后，你见过他吗？有没有听他说过对父亲的看法？"

何放摇了摇头："没见过，不过，父子的感情应该是很好的，特别是李治平对李城，那是真没的说。李城上初中时，有次体育课上做剧烈运动被器械伤到了大血管，出血不止。当时县医院的条件比不得现在，血库血量也不足，李治平一个不善言谈的人，到处打电话求人给他儿子献血，这才保住了李城的性命。"

李治平对儿子的确是父爱如山。对于这一点，我与文雅都是认可的。

从派出所出来，我们准备去找徐忠厚了解当年的事情。

行驶了一阵子，文雅指着个岔路口让我左转："这里离李城的家不远，拐过去看看吧。"

"这个时间他应该在上班吧，李治平又关在看守所，家里没人，我们去做什么？"我很疑惑。

文雅说："杀柳如烟那晚，李治平先回了家，半夜再开车离开，我们去看看他们家的地形，有助于还原这个过程。另外，不是说他们院子里有果树和菜地嘛，我很好奇这一老一少两个单身汉能否把菜园打理好。"

在文雅的指挥下，十来分钟后，我看到了一个用围墙围起来的小院子，院门是关着的，院里有栋两层小楼。

停好车，我们走到院门前，从铁门的缝隙往里望去，院门后是条小路，一直通到楼房跟前的一块水泥地，那里搭了一个雨棚，想必父子俩的车子每天就停放在此处。

路的左侧有张石桌和几个石凳，应是父子俩的休闲区域，路的右侧是一片菜地，菜地分成几个区域，种着当季的一些蔬菜，此外，还空着一块地方，那里的泥土被翻动了起来，像是农村里被犁头犁过一般，应该是刚刚收获了某种蔬菜，准备重新播种。

院墙四周分布着七八棵小树，从叶子来看，桃树、梨树、枇杷树皆有，枝繁叶茂，说明主人经常浇灌与修剪。

总之，院子里的一切被打理得井然有序，丝毫不像没有女主人的样子。

38 害怕的人

"你觉得怎么样?"我问文雅。

"很不错,出乎意料。"

我微微一笑:"父子俩还挺会享受生活的。"

文雅伸出手,拉了拉铁门,发出"哐啷"的声音,她又走到铁门与围墙的连接处,在那个地方试着拉动铁门。

"你在做什么?"我疑惑地问。

"我在想,柳如烟死的那晚,李治平半夜离开家,必定会打开铁门,如果开门的声音比较大,或许会惊醒李城。"文雅凝视着油漆有些剥落的铁门道。

"现在李治平被认定为杀害柳如烟的凶手,可李城与柳如烟并无什么关系,只怕就算他当晚听到父亲离家开铁门的声音,也不会愿意做证的。"我皱眉说。

"可是,张艳也有可能是他杀的,李城若知道这件事,态度又会如何?"

"试一试就知道了。"案子发展到现在,我们有必要与李城来次正式见面,听听他口中的李治平是个什么样的人。

文雅点了点头:"等会儿问完了徐忠厚,就去找他。"

我们又在院门口站了一阵,文雅还没有迈步的意思,我盯着一片生机盎然的院子，有些感慨，一个如此亲近自然、对花花草草都这么有爱的人，没想到会是个杀人犯。

在这样的念头之下，我脑子里突然蹦出一个可怕的想法，陈月英失踪了二十多年，活不见人，死不见尸，如果她真是被李治平所杀，她家门前的这片地用来埋藏尸体还比较合适，或许她早已成了这些植物的肥料……

"我真想掘地三尺看看这下面有没有埋什么东西！"这时，凝视着院子的文雅说了句，看来她与我想到了一块。

我四下看了看，这一带的住户比较分散，隔得远，放在二十多年前，就更空旷了，要挖个坑埋人而不被发现，是很容易做到的。

我们当然不能无缘无故地找人来挖李家的院子，只不过既然对此案有了怀疑，我们就会深入调查，一旦有了证据，挖地便是水到渠成的事了。

离开李家，我们去丽发超市找徐忠厚。他嫖娼的事被我们查实，本来按文雅的意思是要顶格拘留十五天的，结果有人求情，局长最后给他弄了个从轻处理，只拘留了两天，现在已经放出来了。

我们去的时候，碰巧又是杨晓兰在上班，还有另外一个不认识的女孩。见到我们，杨晓兰愣了一下，然后勉强笑道："两位警官是来买东西的吗？"

我摇头说："你们徐老板呢？"

"在你们上次找到他的那家茶馆打牌。"杨晓兰回答。

我和文雅准备出门时，她叫住我问："陆警官，杀张艳的凶手找到了吗？"

我说："快了。"

"昨晚在五星楼发生的案子，真是当儿子的杀了他爸啊？"她又问。

柳思孝杀胡刀一案，案情明了，并且他们小区里好多人都知晓，我没必要瞒着杨晓兰，便点了点头。

"这案子也与张艳被杀有关吗？"她看着我，脸色有些不好。

杨晓兰知道我们是张艳被杀一案专案组的成员，昨晚我出现在五星楼，她自然就有了这个猜测。

我笑了笑："有，也没有。"

杨晓兰被我的话弄得满脸疑惑，文雅上前问："你是不是有什么线索要告诉我们？"

杨晓兰忙摇头说："没，我就是关心张艳……"

见文雅仍盯着她，她又说："最近梓州总发生杀人案，好吓人呀，我晚上都不敢出门了。"

我想起昨晚方良说杨晓兰听闻柳思孝杀父一事后，吓得不行，就劝说："晚上尽量别出门，实在要出门的话，找几个伴一起，这样就不会出事了。"

"这个杨晓兰今天怪怪的。"出了超市，文雅说。

我想了想说："是有一些，不过，先是上班的超市死了人，接着又是自己住的小区死了人，女孩子害怕也是正常的。"

进入茶馆，徐忠厚见到我们，趾高气扬的，根本不搭理，比上次的气焰还要嚣张，似乎是在说：老子上面有人，你能奈我何！

我本想发作，文雅拉住了我，笑着说："徐老板，你在超市厕所安装探头录制的视频有没有销毁？我们需要检查一下。"

其实那些视频早就被警方删除了，文雅这是在唬他。徐忠厚的一个牌友听见这话，探头问："老徐，你在自家厕所安监控，都拍了些啥啊？"

"你这么做有些不好吧……"另一人说。

徐忠厚顿觉脸上有些挂不住，忙说："我那是防小偷呢！"

说完，他瞪了我们一眼，却也起了身，与我们一道走出了茶馆。

上了警车，文雅笑着说："徐老板，不好意思，刚才你不配合，我也是不得已而为之。"

"行了行了，我是民，你们是官，我惹不起。说吧，还有什么事？"徐忠厚极不耐烦。

"此事说来话长，我们还是找个安静的地方慢慢谈吧。"

本来我们是准备把徐忠厚带回公安局在询问室里问话的，见徐忠厚态度不友好，为了不引起他的反感，怕他不配合我们问话，文雅最后把地点定在了城里一家茶楼的雅间里，徐忠厚对这个安排相当满意。

"徐老板，你还记得陈月英吗？"坐下后，文雅直接问。

"她……怎么突然提起她了？"徐忠厚眉毛一挑，颇为诧异。

"是这样，我们调查张艳一案时，牵扯到了她的事情，听闻你当年与她有过一段感情，所以来问问。"文雅笑着说。

"张艳和陈月英牵扯到一起了？张艳是她女儿吗？不对啊，我记得陈月英生了个儿子……"徐忠厚自顾自地说道。

在我们简单地解释了一番后，徐忠厚才明白了过来，并讲了二十多年前他与陈月英的情感纠葛。

那个时候，徐忠厚家里条件差，他自己也没正式工作，陈月英父亲不同意他俩的事。不过，徐忠厚坦言，他当时对陈月英的感情并不是很深，就是觉得有个女朋友挺好玩的，加上年轻人自尊心强，听闻陈月英父亲瞧不起自己，也就慢慢淡了与陈月英的联系。

"她爸瞧不起我，她却挺喜欢我的，偷偷找过我好几次，谁让我是她的第一个男人呢。"说起这话，徐忠厚脸上闪过一丝得意之色，我却恨不得扇他两耳光。

后来，徐忠厚去外地打了一年工，那个年代电话还没有普及，他又居无定所，不方便写信。所以，这一年多时间，他与往日的朋友都没怎么联系，包括陈月英。

再后来，他去部队当兵，在和同学通信时，随口问了句陈月英的情况。那同学也是多事，把这信给陈月英看了，这一下又燃起了陈月英心中的小火苗，二人便开始以这同学为媒介，互通书信，直到被李治平发现。

陈月英失踪后，徐忠厚从这同学处得知了消息，起初他还担心了一阵子，让同学们都帮忙找一找，毕竟那是自己曾经的恋人。

李治平去他家要人的事他父母也和他说过，他本也以为陈月英会来找自己，结果并没有。

其实徐忠厚在部队期间，并非只与陈月英一个人通信，在父母的安排下以及战友的介绍下，他同时与另外三个女孩交往。

半年后，徐忠厚退伍回到梓州，此时陈月英失踪一事已经淡了，他只象征性地问了问父母，得知仍然没有结果，也就没再理会。

有了首长的帮忙，他找到了一份固定工作，很快，与那三名女孩中一个叫姜丽发的结了婚，生育了一对儿女。

姜丽发很顾家，照看儿女在行，这给了喜欢玩的徐忠厚很大自由，让他偶尔有机会出去偷偷腥，日子过得也算惬意。

刚开始的几年，同学聚会时，大家还会提起陈月英，却始终无人知晓她的下落，慢慢地，也就没人再提了。

"上学时，除了你，陈月英可还与其他人有男女关系？"我问。

徐忠厚很肯定地说："没有，我是她第一个男人，她对我一心一意。"

这话听得我很不舒服，陈月英对徐忠厚的爱，竟成了他炫耀的资本。

"这么些年，你从来没去找过陈月英老公吗？"文雅问。

39 背叛与失去

"我为什么要找他？"徐忠厚反问。

"因为你与陈月英联系，导致他们夫妻二人吵架，紧接着陈月英离奇失踪，你就没怀疑过她老公有问题？"文雅皱眉。

"能有什么问题？总不会是她老公杀了她吧？"徐忠厚后知后觉地说。

还未等我们回应，他又说："不会，她老公找她很上心，当时我在部队，他没办法找我，就跑到我家里要了几次人，还把我们以前的同学都问了个遍。"

"你还挺会替他着想。"文雅苦笑道。

"我是实话实说，如果非要说她被杀了，我倒是觉得她爸的嫌疑更大。"

"为什么？"这话引起了我和文雅的兴趣。

"我与陈月英谈恋爱那阵，听她说了她家里的情况，她从小就生活在她弟弟的阴影当中，她爸根本就不喜欢她，每次她和弟弟争吵打架，她爸都是不分青红皂白地把她暴打一顿。这老东西还特爱面子，说不定就是觉得她丢了陈家的脸，一怒之下把她杀了。"

徐忠厚的这番话说得手舞足蹈，唾沫星子飞溅，我却听得出来，里面带有很大的情绪，表达着他对当年陈月英父亲瞧不起他的不满。

"不合理。"文雅当即否定了这一猜测，"首先，陈月英家里住有几个人，她爸不可能在其他人毫不知情的情况下杀了她并处理掉尸体；其次，她爸若是因好面子而杀她，那么，他会更想杀了另外一个人。"

"谁？"徐忠厚好奇地问。

"你！"文雅沉声道，"是你导致了陈月英夫妻关系破裂，你是整件事的导火索。"

"关我啥事！是她主动联系我的！"徐忠厚有些不乐意文雅的说法。

"她联系你，你为什么不拒绝？要知道，那时她已嫁作人妇。"我问。

"我……我……"徐忠厚想不出正当的理由，一时语塞。

"你是觉得，送上门的女人，不要白不要对吧！"文雅很是不屑。

或许是说中了徐忠厚的小心思，他讪讪地笑了笑，没有反驳。

我们从徐忠厚这里没有查到任何有利于指证李治平杀了陈月英的线索，话题便回到张艳的案子上，我问："你见过李城吧？"

"你是说张艳的男朋友？见过几次。"徐忠厚坦言。

"你并不知道他是陈月英的儿子？"

徐忠厚摇头说："肯定不知道啊。我就说他怎么看着有些面熟，原来他与陈月英长得很像，梓州真的太小了，这都能撞上。"

文雅插了句话："听说你有给张艳介绍男朋友的想法，老实说，你自己对她有没有动过什么心思？"

"你说啥呢！她和我女儿差不多大，我能对她动心思？"徐忠厚一脸气愤状。

对此，我嗤之以鼻，就凭他在厕所里安装监控探头一事，就能看出他不是什么好鸟，内心里无比肮脏龌龊。在他眼里，怕是只有女人和男人的区别，并没有年轻女孩与中年妇女的概念。

不过，目前我们手里没有指证他的证据，文雅便也没有过多试探。

出了茶馆，我们去了李城上班的牙科医院，被告知他吃了午饭就走了，文雅遂给他打电话，他说他在帮他爸找律师，答应晚点见我们。

趁着他人不在，我们顺便找他的同事了解了他的为人，得到的反馈与之前了解到的差不多。李城最初到医院时，沉默寡言，不与女同事交流，对女病人也很抗拒，后来慢慢才好了起来。

等到李城与张艳确立了恋爱关系，像是突然变了一个人似的，脸上笑容多了起来，也爱说话了。

爱情的力量，还真是大。

"虽然我们都觉得李医生女朋友配不上他，但他真的很喜欢那个女孩，为了那女孩改变了很多。"

"我们医院本来有两个女医生心仪他，他却根本不多看一眼，好可惜……"

"我觉得那女孩并不是真心喜欢李医生吧，多半是看李医生条件好，这才硬往上贴的，只是李医生不谙人情世故，没看透她的心思。"

"李医生刚来医院时不喜欢与我们说话，给人的感觉很高冷，但很敬业，经常主动加班，帮其他医生瞧病人，却从来没听他抱怨过。"

"他们俩，表面看起来很幸福，可文化和社会地位差异太大，我刚开始就觉得他俩不会长久的，没想到是以这种方式结束恋情，真是苦了李医生那么舍不得她，不知要多久才能从伤痛中走出来。"

"李医生爸爸？没见过，但父子俩关系挺好的，经常听到李医生给他爸爸打电话，叮嘱他爸按时吃饭。"

"他妈妈啊？听说他很小的时候，妈妈就离家出走了，真是可怜。我有两个单亲家庭的同学，因为少了父母的关爱，不仅成绩差，品行也坏，李医生却完全不同，不但没不良习惯，而且还是学霸。"

"他不抽烟的，只是偶尔和朋友喝点酒，男人嘛，工作累了喝点酒很正常，不算什么。"

"杨晓兰？不认识，她是谁？从来没听李医生提起过。"

…………

这一番调查下来，我们得知，李城在医院里的人缘很不错，同事们对他的评价很高。

然而，我心里却始终觉得有点不对劲。从医院出来，文雅见我一直微皱着眉头，问我怎么了，我迟疑着说："从一个不善与女人交往甚至仇视女人的人，变成现在的样子，李城似乎转变得过于顺畅自然了，张艳一个超市营业员，真有这么大的魅力？"

"他自己都说在张艳身上找到了久违的感觉，让他想起了妈妈。久旱逢甘霖，枯木尚且可以重生，何况是人呢，这也能说得过去。"文雅客观地分析。

我点了点头，没再出声反驳，脑子里却没停止思考。上车的时候，我想起张艳瞒着李城参加林天豪婚礼一事，像是抓住了什么，便说："久旱逢甘霖自是极好，可这甘霖若突然被人收回，或者被抢走，那枯木会是什么感受？"

这次，被我的话一提醒，文雅恍然大悟："得而复失，比从未得到还让人难以忍受。所以，你怀疑张艳是李城杀的？"

在这个念头的驱使下，我脑洞大开："若李治平真在林天豪婚礼上看到了张艳，凭着他对张艳的不喜，定然巴不得把此事告诉李城，从而让他心生不满，进而与张艳分手。"

"仅仅是参加初恋的婚礼，却没有其他接触，李城会这么狠心与极端吗？何况，在我们的调查中，那段时间他与张艳并未有过争吵啊。"文雅作为专案组负责人，自然要谨慎一些。

"李城条件这么好，又全心全意对待张艳，眼里肯定容不下沙子，一旦扭不过那根筋来，冲动之下做出傻事也不是没可能。事实上，很多激情杀人的凶手都是为了一些鸡毛蒜皮的小事而动邪念的。"我继续说。

文雅点了点头，却又问："倘若你的假设成立，那刀币就是李城遗失在抛尸现场的，李治平最清楚刀币的下落，必然能从此事想到张艳是被李城所杀。既是如此，他已经承认了杀害柳如烟的事实，横竖都是死，凭着他对李城的爱意，为何不把张艳案也揽下来呢？要知道，张艳案没结的话，我们就会继续调查，很可能查到李城头上的。"

这个问题问住了我，我想了十来秒，没找到合理的解释，便两手一摊，笑着说:"我这也是突然冒出来的念头,缺乏事实依据,目前来说,是站不住脚的。"

文雅却没笑,很认真地说:"不,我反而觉得你的想法并不荒唐,'背叛'与'失去'对人的打击很大,二者合在一起的话,效果更甚。只要我们足够理性,不因为新的想法而否定先前的判断,那么,多一些怀疑与猜测便是好事,我们需要的,是不断寻找与挖掘出足够支撑某一想法的证据!"

她的话给了我信心,她的眼神带着坚定与鼓励,我点了点头,凝视着她说:"嗯,希望二哥对李治平的二次审讯能有突破!"

40 带爱前行

说起来，二哥他们去看守所也有几个小时了，现在还没打电话过来，应该是审讯还没有结束。

也不知林老师提供的线索对李治平有没有冲击，如果他来个死不认账，说自己当日并未看见张艳，那这条线索就失去作用了。

"如果他因此承认张艳是他杀的，你会怎么想？"文雅问我。

"你的意思是……"我看着她。

"按你刚才那个想法，若李治平承认张艳是他所杀的，那他是否有替李城顶罪的可能？"

我有些犹豫："若林老师没有给我们提供线索，那我们就不会有底气去讯问李治平，并要其承认与张艳案的关系。这样张艳案就会悬着，我们必然会进一步调查寻找真凶，再慢慢注意到李城。这必然不是李治平想要的结果，除非林老师提供线索一事，是李治平刻意安排的，至少也是在他的算计当中。"

文雅说："林老师不可能会听从李治平安排，可你要我相信这件事早就被李治平算计到了，我也觉得匪夷所思。"

我说："是啊，所以，他在这个时刻承认杀张艳的事实，我们还真没有理由怀疑他是在替李城顶罪，我更倾向于张艳的确是被他所杀。"

"我们在这儿分析半天也没用,还是看二哥那边有什么审讯结果吧,到时候咱们再见招拆招。"文雅耸了耸肩。

一时无事,我们开着车慢慢在城里转着。

到梓州已经有四五天时间了,总的来说,案件的侦破进展还是喜人的。市局领导与文雅通话时,对我们的工作也给予了充分肯定,并表了态,等回去后要给我们庆功。

这本来是值得高兴的事,可昨晚新出的案子,让专案组成员的心头都蒙上了一层阴郁。

"去看看柳思孝吧。"文雅说。

虽然柳思孝犯的是杀人罪,但他未满十四周岁,正常情况下,刑警把他带回去问一份笔录就完事了,现在已经过去一天时间,他应该已经回家了。

这样想着,我便往五星楼方向开去。

为保险起见,文雅还是打电话询问了刑警大队的办案民警,得到的回复却是柳思孝仍然在刑警队。

"怎么回事?"我好奇地问。

"问完笔录后,邓氏不愿意再带柳思孝回家了……"文雅叹息着说。

"为什么?"

"还能为什么,你没看邓氏昨晚被吓成了那副样子,肯定是对这个杀人犯外孙心有忌惮了呗。"

别看邓氏嘴上骂胡刀骂得起劲,还说他不得好死,可她毕竟只是个妇人,哪见过这种血腥场面,何况还是发生在自己家中。加之她与柳思孝的感情并不深,一时间无法再接受柳思孝也在意料之中。

昨晚我们走后,刑警清理完现场,便把他们婆孙二人带过来做笔录,问完已经天亮了。

因为此案的特殊性,笔录出来后,刑警队的领导迅速做了合议,再把案情上报给局领导。中午的时候,领导的意见就传达了下来,让监护人邓氏将柳思孝领回去,多加教育,再由刑警队帮着联系心理医生,对柳思孝进行义务心理疏导，帮助其尽快回到正常的学习与生活中来，同时，要求办案民警及相关人员对此事严格保密，不得在外议论。

可以说，县公安局从领导至民警，对柳思孝今后的生活及其他方面都考虑得很周到，完全不会给邓氏带来负面的影响，可她就是一个劲地摇头，说不敢和杀人犯同处一室。

针对这种情况，民警也不敢强迫她把柳思孝带走，现在二人的精神状态都有些不稳定，强行放在一起，只怕会出问题。

队里暂时安排了一个民警专门守着柳思孝，同时联系了他的其他亲属，看是否有人愿意收留他，实在不行，只有送到社会福利机构。

我们在刑警队的备勤室见到了柳思孝，他坐在床上，憨憨的样子，听到开门声音，只看了我们一眼，便又埋下了头。

"思孝，你以后有什么打算？"文雅走上前，轻声问。

柳思孝的反应让我们有些想不到，他抬起头，盯着文雅："阿姨，我妈妈是被那人杀的吗？"

他口中的"那人"，指的自然是胡刀。

"你拿刀杀他，就是因为这个吗？"文雅皱眉问。

"我最爱我妈妈，我要给她报仇。"柳思孝的语气非常坚定，眼神亦是如此。

"你脑子里对昨晚那人有印象吗？"

"没有。"

"你妈妈有没有对你提起过他？"

"妈妈说我爸走了，再也不会回来了，我信我妈妈的话，所以那人不是我爸。"提起妈妈，柳思孝脸上的神采都多了几分。

柳思孝一直不承认胡刀是他父亲，想必这也是导致他能对胡刀下得去手的一个重要因素。现在看来，他这样想，对他的心理康复以及今后的成长应该是有利的，会少一些愧疚与自责。

文雅继续问："你杀了人，你害怕吗？"

柳思孝眼神黯然了许多，沉默稍许后，嘴里才吐出一个字："怕……"

那一刻，他的表情是受到惊吓的，这种正常的反应也终于让他看起来与他的年龄相符了一些。

我心中放下了一块巨石。

胡刀本身很可恶，死不足惜，柳思孝因为对母亲的爱而杀了胡刀，这件事容易理解。可是，如果一个孩子对杀人都无所畏惧的话，那是非常可怕的一件事，他就像一颗定时炸弹，随时有可能伤到旁人。

柳思孝说出那个"怕"字，说明他还有救。

文雅也长舒了一口气，她蹲下身子，看着柳思孝的眼睛说："是胡刀杀了你的妈妈，现在你已经替你妈妈报了仇，阿姨希望你能就此放下仇恨，带着对妈妈的爱，好好学习，好好生活，行不行？"

"我真的为妈妈报仇了？"柳思孝疑惑地看向站在我身旁的刑警。

柳如烟当然不是胡刀杀的，我却明白文雅的用意，她这么说，是想让柳思孝放下心中的包袱，让这件事在他那里翻篇，从此开始新生活。

昨晚柳思孝应该也问了审讯他的刑警这个问题，刑警不知道柳如烟一案的进展，无法回答他。

这样想着，我悄悄拍了拍旁边的哥们儿，并说："是的，你做到了。"

刑警这才反应过来，附和说："对，对，这两位警察是专门负责调查你妈妈被杀的案子的，他们说你报仇了，就一定不会错。"

柳思孝两手合十放于胸前，闭上眼睛，轻声说："妈妈，下辈子你嫁个好人吧，别再受苦了。"

他把柳如烟悲惨的一生归结为嫁错了人，认真想来，的确是这样的。我拍着他的肩说："你妈妈在天上看着你，别让她失望。"

柳思孝重重地点了点头。

这个心结了了，柳思孝不再像先前那么冷漠与抗拒，通过交流，我发现他其实什么都明白。

他说，他手上沾了人命，他会好好学习，长大了当一名医生，救死扶伤，以洗脱手上的鲜血。

他说，他知道外婆现在很害怕他，他不怨外婆，以后还会好好孝顺她，因为她是自己唯一的亲人，也是妈妈的妈妈。

他说，他以后娶了老婆，会全心全意地对她，不让她像妈妈一样受苦，他要和她一起抚养自己的子女，给子女完整的家、完整的爱。

前面两点还好，听到最后一点，我猛然想起了李治平，他也是一心一意对待老婆，却因陈月英的背叛而恨尽天下女人，并波及了柳如烟。

柳思孝可别成为第二个他。

我问："如果你发现自己的老婆喜欢上了别人怎么办？"

一听这话，文雅就瞪了我一眼，认为我不该在这种时候刺激柳思孝，我却不理会，仍然盯着他。

"那样的话，我就让她去找那个人啊。"柳思孝很快就回答了我。

"你确定？"我很惊讶。

"确定。"他一脸的认真，"爱一个人，就要努力让他幸福，这是我妈妈教我的，妈妈也是这样对我的。"

"爱一个人，就要让他幸福。"文雅重复着这句话，一时有些失神。

我终于放心了，带着爱意前行，柳思孝今后的人生一定会是幸福的。

41 承认罪行

从备勤室出来，文雅给刑警大队长打了个电话，大致意思是让他们帮着圆一个善意的谎言，对柳思孝统一口径说是胡刀杀了柳如烟，大队长爽快地答应了。

车子驶出刑警队大院时，文雅感叹说："看到柳思孝这个样子，我心里好受多了，没想到柳如烟还挺会教育儿子的。"

我释然道："古时青楼多出奇女子，柳如烟也算是现代版的青楼奇女了。"

"古人总说红颜薄命，在她身上也应验了。"

此时天色已暗，我们准备先回局里，等二哥他们回来再一起吃晚饭。

刚到公安局门口，二哥就打来电话说审完了，他们正从看守所往回赶。

"怎么样？"我迫不及待地问。

"李治平嘴很硬，我们软磨硬泡，反复盘问，他总算是招了。"二哥言简意赅。

听到这个消息，我在松了口气的同时，仍然有几分不安，担心李治平为李城顶罪。可转念一想，二哥经验那么丰富，一定会把各方面的细节都问清楚，李治平若有说谎，二哥肯定能察觉出来。

为了方便商讨案情，我与文雅在外面买了些饭菜，提到公安局会议室，并让二哥他们直接过来，到时候边吃边说。

对李治平的二次审讯主要有两方面内容，首先是继续对其杀害柳如烟一事进行补充讯问，其次才是讯问他是否因对张艳心有不满而杀害了她。

第一个环节，李治平还是很配合的，把他作案的动机及过程都重新交代了一遍，讲完，还不忘向二哥他们表达歉意，说昨晚自己一时鲁莽，差点害得他们出事。

当官飞提起张艳案时，李治平脸上露出茫然的表情，坚持说张艳被杀与他无关，那枚刀币是被人捡了去的。

套了好一阵话，李治平就是不上钩，二哥这才抛出林老师提供的线索。

"他听到这事时，眼神一下子就变得有些不对劲，低头看向地面，似乎不敢直视我们。"小武描述着当时的情形。

"但他还是不承认，说他那天并没看到张艳。"官飞说。

"那他后面是如何招了的？"文雅好奇地问。

二哥解释说："中途我出去给林天豪父子分别打了电话，确定了当日张艳与李治平的座位，他们的桌子挨得很近，中间只隔了三桌。刚好，张艳是背对着李治平坐的，李治平则是面对张艳的方向，所以，他能看见张艳，张艳只有回头才能看见他；另外，张艳的桌子在靠近厕所的一方，李治平去上厕所的话，会从旁边经过。张艳与同学坐在一桌，都是年轻人，眼力好，记忆力也好，我逐一打电话询问他们婚礼过程中的情形，并把李治平的外貌特征和穿着告诉了他们……"

"有人记得他？"我插了句。

二哥摇头道："谁会留意一个不认识的老头啊，我不过是施了个计，故意说有人看到他站起身盯着前面一个女孩子在看。"

"万一他当时没做这个动作，岂不是知道你在诈他？"我担心地问。

二哥笑着说："事情过去一个多月，几乎没人记得当时的情景了，这也是没办法的办法。好在我歪打正着说对了，加之我又准确地讲出了他当时所坐的位置，让他明白我们是做了细致调查的。"

官飞补充说："我们推测他不愿承认的原因是担心李城恨他，就唬他说我们肯定会找李城了解这些事的，到时候他还是会知道的，而如果他配合的话，我们可以考虑帮他隐瞒一些关键细节，这对他是极大的诱惑。"

二哥点头说："对，最后，他总算是承认了。"

这件事的起因的确是林天豪的那场婚礼。

李城不顾李治平的反对，坚持与张艳在一起，二人的感情也越来越好。

李治平虽然对李城的"不听话"很是有气，可毕竟是自己最爱的儿子，他没有办法，总不能拿根棍子打散他们吧。他慢慢改变心态，从明着反对，到既不反对也不支持，自己也尝试着找女人，随后还与柳如烟有了交往。

在李治平这样的态度之下，李城与张艳的感情是急速升温，两人除了上班，其余时间几乎是形影不离。

所以，当李治平在林天豪的婚礼上看到张艳单独出现时，心里就有了疑惑，当时他就打听到了，张艳是林天豪的同学。

回到家里，李治平问了李城这事，得知李城并不知晓。不仅如此，李城还说，那天他本来打算中午去丽发超市找张艳吃饭的，张艳没答应，说老板安排她去购货了。

李治平以此劝说李城与张艳分手，李城当时没同意，说等他找机会问问张艳再定。

结果，当李城质问张艳时，她坦率地承认自己欺骗了李城，但解释说林天豪结婚请了很多同学，她只是想去和同学聚会而已，因为林天豪是她初恋，她怕李城胡思乱想，这才瞒着他。

李城很单纯，轻易就相信了张艳，并让李治平以后也别在张艳面前提这件事了。这让李治平心里很不舒服，觉得张艳是狐狸精，把李城迷得团团转，连老子的话都不听了。

仇恨的种子就此埋下，随后的日子里，在仅有的几次见面中，李治平是怎么看张艳都不顺眼。慢慢地，他心中开始萌生一个念头：杀了她吧，杀了她，儿子就会回到自己身边了。

最初，这个念头把他自己吓了一跳。他是物理老师，平时是个很理性的人，他试着压制心中的邪恶想法。可任他怎么转移注意力，每当夜深人静时，脑子里都会蹦出它来，他甚至不由自主地开始筹划时间、地点、方式……

无奈，李城与张艳走得太近了，他丝毫没有机会。

在这个过程中，胡刀回到了梓州，并开始找柳如烟要钱，这件事的发生，让李治平心中对女人的恨达到了一个顶点。

那个时候，他就决定把这两个女人都杀了，从此以后，父子俩便可以回归到以往的安静生活当中，种菜、品茶、晒太阳，好不快哉！

不过，杀张艳的机会来得有些仓促。

那天，他的确是感冒了，早早就上床了，李城九点多被朋友扶回来时，他醒了过来，本来想出门看看的，却突然想到李城回来了，那张艳岂不就是一个人了？

为了杀张艳，李治平早就摸透了张艳的上班规律，他知道那晚张艳正在上班，要十点才会下班，下班后会步行回自己的住处。

所以，当李城的朋友离开后，他悄悄打开门，发现李城睡得很死，他便开车离开了家，到张艳回家必然要经过的那条偏僻的小巷子外等着。

估摸着张艳快到了，他把车停在路边，人走进巷子，看到张艳过来时，从巷子里走出来，故意说："李城喝多了，一直叫你的名字，我打你电话又打不通，只有过来找你了。"

李治平的突然出现，吓了张艳一跳。她当时穿着高跟鞋，这一吓就崴了脚，李治平便让她把鞋子脱了提在手中，扶着他走到车边。

张艳知道李治平一直对她有意见，现在李治平主动去接她，让她受宠若惊，还有些感动，丝毫没有防备心理。李治平拉开车门，让她先进去，然后一下扑在她身上，把她扑倒在后排座椅中，死死地掐住脖子，直到张艳断气才松手。就是在这个过程中，张艳的手指甲抓坏了后排的皮座椅。

杀了人，李治平关好车门，拉着张艳的尸体到了抛尸地附近，那里人迹罕至，李治平为了发泄恨意，又奸淫了张艳的尸体。

完事后，他把尸体抱下车，放在路边草丛中。在躬身的时候，上衣口袋里的刀币掉落了出来。

　　做完这些，李治平回到家里，发现李城还睡得很沉。

　　杀人后的紧张与恐惧让李治平很兴奋，他脱了衣服，洗了澡，迟迟没能入睡，在房里看了一晚上电视，直到第二天早上，像往常一样与李城吃了早饭，便去了学校。

　　也是在这个时候，他才发现刀币不见了。可天色已亮，他也没办法回到抛尸地去找了。

　　"得尽快杀了柳如烟，她一死，就没人知道古钱币在我这里了。"李治平这样想着。

42
否定猜测

其实，张艳尸体被发现的当天晚上，李治平就去玉洁巷中等过柳如烟，然而那晚，柳如烟或许是太累了，不愿意走路，直接打车到了玉洁巷另外一头的家门口。

第二天，李治平约柳如烟吃晚饭，其间故意说刀币不好卖，他让朋友在想办法，给柳如烟造成心理压力。果然，这天晚上，柳如烟为了省钱，再次打车到玉洁巷口，然后步行进入玉洁巷，随即中了李治平的埋伏。

当被问及为何对柳如烟是就地奸尸，对张艳却转移了地点时，李治平说，他杀张艳时才晚上十点过，时间还早，车子停在路口，目标太大，长时间停留容易暴露，还不如开到一处偏僻的地方，可以放心地作案。

而杀柳如烟时，他是把车子停在隔壁的街道的，若把柳如烟的尸体搬到车上，过程中反而容易被人看见。玉洁巷里很昏暗，凌晨三四点又没人，他便直接在里面办事了。

"张艳脸上为何有被清洗的痕迹，你们有没有提出来？"文雅问。

官飞说："问了，他说是想洗掉他在张艳脸上留下的唾液。"

"两次奸尸用的避孕套呢？"我问。

官飞回答："也问了，是××牌的，他新买的一盒，只用了两个，剩下的在他家床头柜，明天我们办了手续就去他家里提取此项证据，并与尸体中检测到的润滑油成分进行了比对。"

"他为什么一直不愿承认杀了张艳？"我又问。

小武抢着说："他怕李城恨他啊，毕竟李城是很爱张艳的。"

这一点，与我们之前推测的相同。

"昨晚他试图自杀，难道不担心他死后，我们继续调查案子，并怀疑到李城头上去吗？"我再问。

官飞告诉我，对于这个问题，李治平很是不屑："就算我死了，你们顶多也只是会怀疑其他人，却无法定那人的罪，因为张艳本来就是我杀的。难道你们警察还能平白无故从街上找个人来充当杀人犯，从而达到你们宣扬的'命案必破'的目的吗？"

这个回答，让他们三人无言以对。

至此，张艳、柳如烟被奸杀两起案件中的疑点全都解开了。

"大家还有什么不明白的吗？说出来一起分析看看李治平的口供是否有漏洞。"文雅看着我们问。

"文雅姐，这案子应该可以结了吧？"小武最先发声。

他是特警出身，办案经验不足，有此反应也是正常的。稍有经验的刑警，都会思虑再三才做出结案的定论。

因此，我、官飞与二哥都沉默着。

"从表面上看，差不多可以结了。"文雅笑着回答小武。

随后，会议室里安静了两分钟，二哥打破沉默问："你们今天去调查陈月英失踪的事情，可有什么眉目？"

文雅看向我，我便把从何放那儿得来的消息讲了一遍，顺带着也说了在牙科医院的收获。

"李城被李治平一手带大，父子感情深厚，他对张艳的爱意又这么浓，他若知道张艳是被李治平所杀，只怕会陷入莫大的纠结之中。"官飞咂巴着嘴说。

"李治平四处打电话求人给李城献血？一个平时拒人千里之外的人，也只有为了儿子才会如此卑微。"二哥说。

"你们都没觉得哪里不对劲吗？"文雅问。

"什么不对劲？"他们三人同时看向文雅。

文雅咬了咬下嘴唇，还是讲出了之前我的猜测。

"李治平给李城顶罪？不会吧，我们下午审问他时，他可一直在抵赖，不愿意承认杀张艳一事，若是顶罪的话，他半推半就的，应该早就招了。"官飞摇头说。

小武说："我看也不像，从李城的种种表现来看，张艳完全不像是他杀的。"

官飞又说："还有，陆扬的想法是基于李城知晓张艳瞒着他参加林天豪婚礼一事并因此而愤恨，可李治平在交代时，坦言他将此事告诉了李城。若李治平是在帮李城顶罪，为了彻底消除李城的嫌疑，他应该不提这件事才对，做出李城并不知晓的假象。"

二哥最后发言："柳如烟是李治平杀的，这件事应该没什么变数。按陆扬的思路，是李城先杀了张艳，然后李治平杀了柳如烟，再把两个罪名都担在自己身上，以保住李城。"

文雅点头说："二哥，你经验丰富，觉得有没有这种可能？"

二哥沉默着点了一支烟，眉头紧锁地思考着，我们都没打扰他，直到一支烟快抽完时，他才开口道："从理论上讲，这种可能是存在的，但是，前提是李治平知道李城作案的每一个细节，并且根据这些细节来制订杀害柳如烟的计划，进而让两起案件看起来像同一个人所为。不仅如此，在随后的审讯中，他必须掌握好一个度，不能一下全盘托出，否则我们就会怀疑；他也不能完全咬死不承认，否则我们会重新调查，那样李城就有被查出的危险……"

"那么，以李治平现在的表现来看，这个度他是否掌握好了？"我试着问。

二哥把烟头摁进烟灰缸中，沉声说："掌握得很好，让我没有丝毫怀疑，如果你的想法成立，那么，李治平就太可怕了。"

文雅补充说："李城也不简单，要做到让李治平完美地顶罪，李城的表演也是不可或缺的。"

官飞却突然笑着说："连二哥都看不出来，那就是没问题了，何况我们现在根本没有支持这一猜测的证据，总不能因为一个猜想，而否定现在如此明朗的调查成果吧。"

小武也附和说："对啊，按陆扬哥这种想法，那任何一个认罪的犯人都有可能是在表演，他的演技出色，他的'度'掌握得很好，骗过了办案民警，事实上，真正的凶手已经逍遥法外了，这样的话，岂不是以前结的案子都存在错案的可能了……"

小武的一番话说得我是阵阵脸红，只得讪讪地说："我当时也是胡猜的，现在有了李治平的交代，又没有新的证据出现，我的猜测自然站不住脚。"

文雅帮我解围道："有想法是好事，关于这起案子，我其实一直有种不好的直觉，却不知是什么地方出了问题，陆扬的猜测让我有了眼前一亮的感觉。当然，诚如小武所说，我也知道这种想法的反常理性，这才提出来让大家一起商量嘛。"

二哥也说："嗯，谨慎一些是对的，可别像秦晓梅的案子一样，让无辜者替罪，真凶逃脱数年。"

"秦晓梅是谁？"小武问。

文雅遂把半年前的那起"女尸杀人案"讲了出来，听得小武直呼惊悚离奇。

"那现在到底怎么办？结还是不结？"官飞问。

文雅是专案组组长，我们都看向了她。

她想了想说："我先给局长汇报今天的成果，至于是否结案，还是由他来定吧。"

随后，文雅给局长打了电话，逐一讲了今天的案件进展情况。从文雅的话语来看，局长询问得很是详细，文雅也挨个进行了回答，讲到最后，局长似乎是决定结案了。

挂了电话，文雅微笑着说："明天再梳理一下细节，把案卷整理成册，若没什么变故的话，明天下午宣布结案，后天对外界公布。"

听到这个消息，年轻的小武最兴奋，官飞也很高兴，我与二哥则要沉稳许多，只是微笑着回应了文雅。

累了一天，大家都很疲倦，文雅让官飞和小武回家休息，我们三人也回了招待所。

洗漱完毕，躺在床上，我发现有条未读短信，是文雅发的："对不起啊，刚才怪我，我应该说那是我的想法，或许他们的反对就不会这么强烈了。"

我笑了笑，这个傻姑娘，大家都是为了工作而讨论，我岂会如此小气，便回复道："文组长，你这是想用官架子压他们啊，哈哈，放心吧，我什么时候是小肚鸡肠的人了？"

"那就好，上次你请我吃了海鲜自助餐，等回到市里，我请你吧。"

"是，服从命令，听从指挥。"

"别逗，正经点！"

我笑着回复："没问题，佳人有约，岂敢不从。"

文雅很快回了过来："呵呵，别贫了，早点睡吧。"

"你也是，晚安。"

"嗯，晚安。"

"你一晚上看着手机傻笑啥呢？"躺在床上看电视的二哥扭过头来问。

"我笑了一晚上吗？"我故意摸着自己的脸说。

"我记得你小子还没女朋友啊，怎么，最近谈恋爱了？"

我笑道："没有没有，等二哥给我介绍呢。"

"哪用我介绍啊，眼前就有一个，你自己好好把握。"说着，二哥指了指文雅的房间。

"哈哈，关灯睡觉啰。"我未答话，伸手摁灭了床头灯。

黑暗中，我又把刚才的几条短信看了一遍，然后微笑着闭上了眼睛，心想，这一觉一定会睡得很香。

然而，天不遂我愿，半夜，我被一阵急促的敲门声惊醒……

43 心有不甘

警察当久了，就连睡觉的时候神经都是绷着的。

听见声音，我猛地坐了起来，黑暗中问了句："谁？"

"是我，快起来，有情况。"门外传来文雅的声音。

这时，二哥按开了房间里的灯。

"有情况"三字分量足够，我俩不再多问，迅速地穿好衣服打开了房门。

下楼的时候，文雅说："杨晓兰有事情要交代。"

原来，几分钟前，文雅接到派出所的电话，说是一个女孩半夜在自己家里大吵大闹，邻居报警后，派出所民警赶到现场，女孩直接扑向其中一名警察，浑身发抖，不停地喊着："不要过来，不要过来……"

这个女孩就是杨晓兰，她的父母告诉民警，他们睡到半夜，突然听见女儿在房间里大喊，开门后，发现女儿像是做噩梦被吓着了，他们不停地安抚，却没多大效果。

听闻是这么回事，民警除了安慰杨晓兰几句，也没其他办法。过了一阵，民警见杨晓兰情绪稳定了些，就准备离开，岂料，杨晓兰一听警察要走，忙抓住民警衣服说："别走别走，你们一走她又来了……"

"谁又来了？"我皱眉问。

二哥说："杨晓兰这是见鬼了吧。"

"我看是心鬼。"文雅回答说,"民警不可能在杨晓兰家里守她一晚上,执意要离开,并让她父母帮着拉一下,抓扯过程中,杨晓兰喊出了我的名字,说要见我。民警一打听,知道我们在办理命案,不敢耽搁,直接在内网上查找到我的电话打了过来。"

"她人现在在哪儿?"我问。

"在派出所,我们去了可以直接开始询问。"文雅说。

赶到辖区派出所时,出警民警向我们介绍说:"她的父母也陪着来了,但她受到的惊吓好像比较大,执意要一个警察陪在她身边。"

"民间有种说法,警察代表正义,鬼都怕警察,她应该也是基于这个想法才不让你们走的。"二哥解释说。

"她有没有说她在害怕什么?"我问。

"一个叫张艳的人。"民警回答。

"很好,看来她知道一些内情。"文雅沉声说。

不做亏心事,不怕鬼敲门,按理说,杨晓兰与张艳的关系很好,就算她做梦梦见张艳,也不至于这么害怕,除非张艳的死与她有关!

我想起之前何建曾猜测李城与杨晓兰的关系不一般,可我们在这方面并未查出异常,莫非是漏掉了什么?

进入询问室,杨晓兰坐在那里,看起来情绪还算可以,见到我们,主动打招呼:"文警官。"

文雅笑着走了过去,拉起她的一只手,安慰道:"没事了,这里有这么多警察,你不用怕。"

之后,文雅与杨晓兰说了些其他不相关的话,以转移她的注意力。过程中,派出所民警带着杨晓兰父母离开了询问室,杨晓兰并未表现出抗拒。

房门被关上后,房间里就只剩下我们四人了。

"晓兰,给我说说,你今晚梦到什么了?"待杨晓兰谈吐正常后,文雅开始了询问。

"我梦到……梦到张艳了……她浑身是血地站在床边看着我……"说着

说着，杨晓兰的脸上又浮现出惊恐的神色。

"别怕，那只不过是梦而已。"文雅及时地安慰她。

杨晓兰却拼命摇头："不！不是梦！我梦见她站在我床边，脸上都是血，我吓得醒了过来，却看见她真的站在我床边……像梦里那样看着我……"

听她一番描述，我脑子里想象着那幅画面，大半夜的，还真有些瘆人。我看向二哥，他阅历丰富，应该能解释这种现象。

"张艳已经死了，这世上是没有鬼的，那不过是你的想象而已。"文雅劝着她。

二哥问："你是第一次梦见张艳吗？"

杨晓兰回答："不是，她死后，我梦见好多次了……"

"每次都满脸是血？"二哥又问。

杨晓兰摇头："以前都没有，只是脸色很白，我也没那么害怕，醒来就看不见了，可今晚她脸上好多血，我睁开眼还看见她在床边……"

说着，杨晓兰的声音都带哭腔了。

她的精神看起来很正常，之前几次与她接触，她也没有这方面的反应，这不由得让我心生疑惑：真见鬼了？

我再次看向二哥，他皱眉想了想，然后松开眉头，释然地笑了笑。

我以为他弄明白了这中间的关系，可以安慰杨晓兰了，没承想，他却沉声问："你是不是做了对不起张艳的事，她回来找你报仇了？"

听了这话，杨晓兰猛然抬起头，眼睛里全是惊恐："我没杀她啊……我……我……"

"我们没说是你杀了张艳。"文雅安抚着她。

"你到底做了什么？你若是不说出来，她会一直怨恨你的，警察总不能每晚都来守着你吧！"二哥仍然板着脸。

"是啊，你不是说有情况要给我们反映吗？"文雅也说。

这下我算是明白二哥的用意了，他是要借着杨晓兰对张艳的害怕，让她讲出心中的秘密。另外，文雅适时的安抚又能让她不至于过度恐慌。

"我……我在李城面前说了张艳的坏话……"杨晓兰低下头,声音也越来越小,这是愧疚的表现。

这句话的信息量非常大,我的脑神经猛地一跳:莫非真要有指向李城的证据出现了?

"什么话?"二哥问。

"我告诉李城,张艳……并不是……不是真的喜欢他……"杨晓兰始终低着头,声音轻若蚊虫,若不是此时夜深人静,我们又在密闭的房间中,还真不容易听清楚。

"你骗李城的?"我问。

杨晓兰却摇头说:"张艳对他真不是一心一意的。"

"她还喜欢谁?"文雅轻声问。

"她一直都忘不了她的初恋林天豪,当初她追求李城,也有这方面的原因。"说着说着,杨晓兰状态好了些,没之前那么结巴了。

不过,这话让我们很是不解,追李城与林天豪有什么关系?

当我询问后,她解释说:"张艳很喜欢林天豪,后来林天豪去读大学,就甩了张艳,任张艳怎么挽留,林天豪都没回心转意,她为此很难受,心里却也有不甘,认为林天豪是嫌弃自己没考上大学。她追李城,不光因为他长得帅、工作好,更重要的是李城是研究生文凭,她想证明给林天豪看,就算她没念大学,我的男朋友也可以比林天豪更优秀!"

"你怎么知道的?"文雅问。

"张艳与李城刚谈恋爱没多久,她就给林天豪打电话讲了这件事,说李城多么多么优秀,对她多么多么好。当时她在超市上班,碰巧被我听见了。不过,那会儿我并不知道她是在给林天豪打电话,还以为是其他女性朋友。两个月前吧,有一天晚上下班后,张艳让我陪她去吃东西。那天她心情很差,喝了不少酒,先是说李城的好,到后来,就开始控诉林天豪不懂得珍惜她,说她要去看看林天豪的老婆到底长什么样,还说她结婚的时候一定要让林天豪来看看自己如何风光,让他后悔……"

从时间上以及张艳的话语来推算,那天她应该是得知了林天豪的婚讯,因此,反应才会那么大。

"那晚李城没过来陪她吗?"我问。

"下班前,李城给她打过电话,她说有些累了,想直接回家休息,让李城不用来找她了。"杨晓兰回答。

张艳对李城的心思让我们都大吃一惊,不管是否般配,要知道,在其他人看来,至少他们的感情是很好的,要不是张艳那天心情实在不好,又喝多了,只怕没人会知道她心中的真实想法。

话说回来,现实中这种现象并不少见。

你瞧不上我,我会找个比你更好的!

你抛弃我,我要把自己变得更优秀,让你后悔!

不甘与委屈,可以让人奋进,却也能让人心生魔障。

"她第二天还记得跟你说过这些话吗?"二哥问。

"那晚之后,她再也没提过,我也没问。"杨晓兰说。

"晓兰,你是喜欢李城的吧?"文雅问。

杨晓兰再次低下了头。

"没事,李城的确很优秀,你喜欢他也正常。"文雅拍了拍她。

我心里却很鄙视杨晓兰,张艳对李城不忠是她的不对,但她把杨晓兰当好朋友才会跟她说心中的秘密,杨晓兰却背叛了她,辜负了这份信任。

二哥也说:"你是心有不甘吧,觉得自己条件比张艳好那么多,为什么她可以找到李城这种男朋友,自己却还是单身,于是,你把张艳的秘密告诉了李城。李城一怒之下,杀了张艳,张艳的死是你间接造成的,所以你才会如此害怕,对吗?"

44 真相是这样

"不是不是……我不知道张艳是谁杀的……我只是替李城不值……"杨晓兰面露难色。

"你明明是想让他们分手,你取而代之!"二哥根本不留情面。

"我……我……"被说中真实想法,杨晓兰无言以对。

文雅问:"你告诉李城这件事时,他有什么反应?"

"他……他先是愣了好一阵,然后很气愤,可过了一会儿,他又说不相信。"

"他有没有找张艳对质?"我问。

"我让他别问张艳,因为我怕张艳知道是我说出去的。"杨晓兰回答。

"他不问张艳,如何证实?证实不了的话,他们怎么分手?"二哥问道,"不过,这件事应该的确只有你一个人知道,一旦李城开口询问,张艳必然会猜到是你出卖了她,所以,你也很忐忑吧。"

杨晓兰小鸡啄米似的不停地点头。

"结果呢?他到底是问了还是没问?"我追问道。

杨晓兰摇头说:"应该没问吧,反正我给李城说了后,每天都留意着张艳的反应,可她没什么奇怪的,直到出事前,我都没见他俩吵过架。"

想来那段时间,杨晓兰的心里是极度失落的,本想以此拆散李、张二人，却根本没有起到作用。

上大学时，经常听说女生寝室里钩心斗角很严重，有的人表面是闺密，背地里却把对方骂得一文不值，那时我就觉得好神奇。

杨晓兰与张艳的关系，却又比女大学生"高"了几个档次，在我们先前的走访中，得到的消息都是两人关系很好，完全没听谁说过杨晓兰对张艳做过不好的事情。

结果呢，杨晓兰却对张艳充满了妒意，暗中拆她的台，想抢她男朋友。

而张艳，李城全心全意对她，时刻把她捧在手心，她心中却时常想着另一个男人，就连与李城在一起，也有一部分原因是为了气那个男人。

我本将心向明月，奈何明月照沟渠，人心真是难测。

"晓兰，你提供的这条线索很重要，为什么到现在才告诉我们呢？"文雅看着她问。

杨晓兰沉默了。

我想到一种可能，便问："李城不让你说吗？"

杨晓兰看向我，眼神复杂，最终还是点了头。

"他威胁你？"文雅问。

她慌忙摆手说："不是，他是不想损坏张艳的形象，张艳不是他杀的。"

"你为何如此肯定不是他杀的？"二哥问。

杨晓兰想了好一阵才说："他那么优秀，与张艳分手后，能找到比张艳好很多的女孩子，没必要为这件事就杀人吧。再说了，张艳死前几天还在说李城的好，说明李城根本没因这件事而恨张艳并疏远她啊。"

按常理来说，杨晓兰为李城的辩护是讲得通的，可是，若李城是个心思缜密的杀人犯，那么，作案前的这些伪装，以及作案后表现出的对张艳的深情厚意，完全有可能是他计划的一部分。

想到这儿，我问："李城是什么时候让你别和我们交代这件事的？他的原话是怎么说的？"

"就是他到超市来拿张艳遗物的那天，我看他很难过，劝他想开一些，我们聊了几句，他就提到这件事，说他从来没去质问过张艳，他愿意相信她，所以，让我无论对谁都别说出来，他不想让人觉得张艳是个对待感情不专一的人。"杨晓兰回答说。

还真是一个好借口，既表达了对张艳的维护之意，又能消除自己的嫌疑。

"你太相信他了。"文雅感叹道。

"既然你都替他瞒了这么久，为什么今天想通了要告诉我们？"二哥皱眉问。

杨晓兰脸上又露出了害怕的表情："本来我把张艳的秘密告诉李城，心里就很忐忑，她突然死了，我更内疚了。最近总是梦见她，我就想她是不是在恨我，直到今晚看到浑身是血的她，我吓得不行，希望我说出来后，能得到她的原谅，以后别来吓我了。"

"所以你讲出这事，不是因为觉得李城是凶手，而仅仅是想放下自己心中的包袱？"我问。

杨晓兰再次点头。

"你还有没有其他线索要告诉我们？"二哥问。

"没有了。"

"若凶手真是李城，那张艳就是你害死的，只怕她的鬼魂不会善罢甘休啊。"二哥眼睛一瞪。

"不是！不是他！"杨晓兰冲二哥吼道。

"二哥，你别吓她了。"文雅见杨晓兰又激动了起来，劝着二哥说。

二哥笑了笑："看来你是只知道这些了，小姑娘，世上本无鬼，恶人自扰之。你梦见张艳，是你心中有愧，梦里她脸色惨白，是你听闻她是被掐死后想象的她的样子。昨天晚上，你们小区发生命案，死者身中数刀而死，脸上、身上全是血，你知道死者与张艳案有关，你很害怕，潜意识里把这幅画面拼接到了张艳那儿，所以，今晚你再梦见张艳，她就浑身是血了。"

二哥的解释有理有据，让人信服，他应该早就想通了这事，先前一直不说，是故意要吓杨晓兰的，让她因害怕而坦白。

"可我睁开眼后还看到她了。"杨晓兰却不相信。

"人在极度恐慌当中看到和听到的东西都不足为信的,那很可能是你大脑皮层的自我活动,并不是外界的真实反映。"我帮着解释说。

文雅也说:"是啊,现在你讲了出来,解开了心结,会慢慢好起来的。"

这次,杨晓兰似乎有些信了。

询问结束时,已经清晨六点过了,杨晓兰被她父母带回了家,临走的时候,一家三口都向我们道谢。

站在派出所大门口,我看着天边的一抹朝霞,思绪万千。

昨晚我们还准备结案,这会儿却冒出一条新线索,只怕一时结不了了。

正如这黑夜与黎明的交替,本来以为的结束,才仅仅是一个开始。

"陆扬,现在我是真赞同你的推测了。"二哥拍了拍我的肩膀,"小伙子很不错,以后肯定能破获很多大案,前途不可限量啊!"

我忙说:"二哥,您过奖了,这才哪儿跟哪儿啊,单凭这件事,也无法定李城的罪啊,这并不是直接证据。"

二哥笑道:"不会错,这是一个老刑警的直觉,没想到我都快退休了,还能遇见这么一对有本事的杀人犯父子!"

"不是有本事的父子,是很可怕的父子。"文雅皱眉说。

在假设李城为杀张艳凶手的前提下,我们又把案情捋了一下。

李城的确没质问张艳,张艳不知道他心中已有怀疑,所以才敢瞒着李城去参加林天豪的婚礼,而这件事无疑坐实了杨晓兰的一番话,也是让李城产生杀念的直接原因。他在抛尸过程中,遗失了从李治平那里得来的刀币。

随后,李治平知晓了李城杀人一事,为了救儿子,他用相同的方法杀了柳如烟。

或许他恨柳如烟是事实,但主要目的是帮李城顶罪。

李治平能交代出杀害张艳的所有细节,是因为他详细询问了李城整个过程,最后再将自己代入进去,他就成了名义上的凶手。

这样看来,李治平遗漏在柳如烟阴道口的少量精液或许并不是粗心大意所致，而是故意为之，他就是要给警方一个直接证据，却不想被李春误打误撞地毁了。

而他车上的抓痕以及后排座位下的精斑，同样是后期伪造的。因为凭着他的缜密心计，既然想到了擦拭座椅，就不可能会给我们留下一小团！

"案情这样发展的话，的确比李治平交代的听起来要更顺理成章一些，更真切一些。"二哥说。

我看向文雅，她皱眉道："这个假设还有个前提，就是李家父子都知道真相，从张艳尸体被发现开始，他俩就开始了演戏。李治平爱子心切，愿意舍命保李城，这很好理解，天下这样的父母很多。可我不明白的是，李城表演得这么卖力，没表现出一丝异样，难道是欣然接受他爸帮他顶罪？"

45 家中烧纸

"在周围人眼中，李城可是很爱他父亲的，这么多年，父子俩相依为命，感情肯定不会浅。"我说。

"那他为何愿意让父亲为自己犯的过错埋单？"二哥也疑惑地问。

"李城杀张艳，本以为做得天衣无缝，不承想遗落了刀币，而一旦刀币被曝光，柳如烟肯定会提供相应线索，从而把警方的注意力引到李家父子身上，所以刀币的遗失，就注定了李城杀人计划的失败，他被查出来是迟早的事。或许他很怕死，所以在得知李治平愿意为他顶罪时，并没有拒绝。"文雅想了个理由。

二哥接话说："这倒是让我想起了初中的一个同学，有一次我们在宿舍里聊天，谈到一个关于'孝'的话题，大致内容是，若你和你妈必须要死一个人，你让谁死。虽然很多人会犹豫，但绝大多数人的回答都是自己死，只有这个同学，他想都没想就说让妈妈死。我们问他为什么，他说妈妈已经比他多活了二十多年，足够了，还说妈妈是农民，自己对社会的价值比妈妈要高很多。"

"这人真自私！亏他妈妈把他养那么大！"我愤然道。

文雅说："这个问题要换成问妈妈，我想百分之百的妈妈都会选择让儿子活自己死。可是，抛开伦理道德不谈，你这同学说的两点理由其实也没错。只能说他太理性了，在考虑问题时不带任何感情色彩，这要成了杀人犯，不会比李治平弱。"

"你们的意思是，李城也有可能是他这种人？平时与李治平父子情深，一旦到生死抉择的关头，便会把自己放在首位？"我问。

他们二人都沉默着没有回答，看来是不敢妄断，毕竟这一切都只是从杨晓兰的几句话里推断出来的。

说到杨晓兰，如果最后查实李城是杀张艳的凶手，那么，她就成了间接害死张艳的帮凶。

我不杀伯仁，伯仁却因我而死。

只怕愧疚的情绪会陪伴着她的余生，让她备受煎熬，夜不能寐，这也算是对她的惩罚了。

此时，朝阳钻出云层，一片霞光落下，文雅深吸了口气说："从今天起，我们离真相更近了一些，现在继续寻找证据吧。"

是啊，证据，无论猜想有多么完美，都无法定罪，上了法院，还得看证据。

吃过早饭，官飞与小武也到了公安局，他俩听了昨晚的变故后，均是瞪大了眼睛，觉得不可思议。

"李城完全不像凶手啊。"小武仍然坚持着。

"这，这也演得太像了吧……"官飞没把话说得太死。

时间不等人，文雅很快做了分工，二哥与官飞去看守所见李治平，对其进行试探。

我与文雅上午约李城见面，同样是试探。

小武则去见两个重要的人——李治平的父母，即李城的爷爷奶奶，他们虽然住在乡下，没有天天与父子俩接触，却也应该比外人更了解二人。

做这个决定时，我看到文雅有些犹豫。两位老人均是七十多岁的高龄，考虑到他们的身体状况，我们一直没去叨扰他们，到了这个地步，也是没有办法了。

他们应该还不知道李治平因涉嫌杀人被刑拘的事，不知小武这次过去会不会让他们受到刺激。

小武经验不足，文雅叮嘱他先到辖区派出所去，让社区民警带他到二老家中，最好再把村社干部叫来，尽量营造一个宽松的谈话环境。

当我们给李城打电话时，他一口就应了下来："我已经找好了律师，正好见见你们。"

见面时间约定在上午十点，地点就在公安局。

昨晚没怎么睡，我们本想趁着还有些时间再休息一会儿，门卫室那边却传来消息，有人在找专案组。

我与文雅走到门口，见来人是何建。

"警官，警官……"他冲我们喊着。

"什么事？"我问。

"李城昨晚在烧纸，他肯定是做贼心虚，想求得张艳的原谅。"何建的情绪有些激动。

"什么烧纸？你说清楚点。"我微微皱眉。

文雅反应了过来："你在监视李城？"

"案子一日未破，我想到张艳死不瞑目，心里就不踏实，我一直怀疑是李城杀了她，你们警察没时间盯着他，我有空就会去看看，希望能找到证据。"何建解释。

何建对案子的态度让我唏嘘不已。张艳的三个男友，林天豪几年前甩了她，现在又成了家，根本没心思过问案情；李城是张艳追求来的，在外人眼中，二人的感情很好，在一起很甜蜜，张艳死后，他也表现得最为伤心难过，可他却有可能是杀张艳的凶手。

张艳最爱林天豪，第二爱李城，严格来说，何建只是她失恋期间用来疗伤的"道具"，到头来，却是何建最在意她的生死。

我讨厌打女人的男人，更看不起给女人下跪的男人。可这一刻，看着何建脸上的热衷，想着他这段时间所做的事情，我不由得在心中给他竖了个大拇指。

柳如烟教导柳思孝，爱一个人，就要让他幸福。

深爱着张艳的何建，从拘留所出来后，接受了张艳离她而去的事实，不再骚扰她与李城，只是会到丽发超市外默默地看看她，何尝不是对这句话的一种诠释。

纵观世事，我爱你，你却爱着他，这样的无奈总是在我们身边上演，有的人选择放手，有的人选择毁灭。

何建的声音把我拉回到了现实当中："你们不让我跟着你们，我也不知道案子到底查得如何了，只有紧盯着李城。昨晚我下班后，去了一趟他家里，看到他在院子里烧纸，就是给死人烧的那种。"

"你去监视过他几次了？"文雅问。

"我白天多数时间在他医院对面的快餐店里盯着，去他家也就三次吧。"

"前两次你有没有见到他烧纸？"我问。

何建摇头说："没，前两次的晚上，他们父子都在各自房间里，十一点左右灯就熄了，我等到十二点才离开，看他们会不会出门，结果都没有。昨晚我九点过到的，只看到李城的房间灯亮着，十点左右，他提着袋子到院里烧纸磕头，嘴里还念念有词。由于隔得太远，我没听清他说的什么。"

"他还磕头？"我讶然。

"是啊，恋人之间哪用得着磕头？你说他这不是心虚是什么？肯定是做噩梦梦见张艳来找他，把他吓着了，磕头求张艳原谅！"何建很是笃定。

何建说得没错，李城与张艳是恋人关系，就算他怀念张艳，给张艳烧纸，也没必要磕头。

若是被吓着了呢，勉强能说得通。

"昨晚这个时间点还真是奇妙，先是李城给故人烧纸，紧接着杨晓兰又做噩梦吓得不行，难不成真是张艳的鬼魂回来索命了……"文雅脸上露出一丝苦笑。

"一定是，一定是，这两个狗男女勾结起来害了张艳！他们都该死！"

223

何建两只拳头握得紧紧的。

当时我们还站在公安局大门口,他这样说影响不好,我忙说:"案件还在调查当中,你不能这么武断。"

话虽这样说,其实仔细想想,不管是误打误撞还是什么,上次何建说李城与杨晓兰的关系不一般,现在基本已被证实,或许他这次提供的线索同样能为案件的侦查带来突破。

"不会错的,你们把李城抓起来,打他一顿,他肯定就招了。"

我声音陡然提高:"行了!越说越离谱!"

何建神色一滞,尴尬地笑了笑。

文雅也有些不悦:"谢谢你反映的线索,我们会调查的,请回吧。"

何建走后,我们往会议室走去,路上,文雅突然问我:"若李城真杀了张艳,凭他现在的表现来看,他的心理素质肯定很好,不应该会吓得给张艳烧纸磕头吧?"

"你的意思是?"问出这话时,我隐约有了个大胆的想法……

46
正面交锋

文雅犹豫着说："他会不会是在祭拜他的母亲——陈月英……"

这也是我心中所想："难道陈月英真的已经死了，而李城是知道的？"

祭拜母亲，磕头就是理所应当的事。

"赶紧和二哥联系一下，让他们在讯问李治平时，问问李城是不是与某个逝去的长辈关系好，有祭拜该长辈的习惯。"文雅想得周全一些，不仅是母亲，祭拜其他长辈也说得通。

我当即打电话给二哥，他们刚到看守所，我告知了他们何建提供的线索，二哥也说李城不像是在给张艳烧纸。

"这会儿李城应该没在家里，咱们过去看看。"待我挂了电话，文雅说。

我看了看时间，还来得及，就说："好！"

路上，我问文雅去李城家做什么，她回答："去确定一下烧纸的位置。"

我马上明白了过来，先前我们有个猜测，陈月英被埋在李家的院子里，或许李城烧纸的位置能指明她的埋尸地。

李城果然没在家，院门紧闭，他的车子也没在里面。

我和文雅站在门口，从铁门往里看，找了好一阵，终于发现了一堆燃烧后剩下的灰烬，就在那块翻动过的空地上。

"其他地方都种着蔬菜，没办法烧纸，李城选择在这里烧是正常的，不见得尸体就在下面。"我说。

文雅也没了主意:"从院子现在的状况来看,的确是那一块最适合烧纸。"

"你们在这里做什么?"一个男声从背后传来,中气十足。

当时我与文雅都专心地盯着院子里的那堆灰烬,完全没注意到身后的脚步声,突然有人说话,我着实吓了一跳。

转过身来,这人已经走到了我们跟前,正是院子的主人——李城。他的车停放在前方五十米处,与我们的警车挨在一起。

李城本可以直接开车到院门口的,可那样的话,我们肯定会听到轿车的声音。看来,他是故意停远一些,这样就可以轻手轻脚地走过来,看看我们在做什么,也就是说,他很可能已经在我们身后站了好一阵子了。

"李医生,我们刚好从这里经过,想来看看你在家没有。"文雅很快反应了过来。

"是吗?"李城的眼神明显在说着"不相信"三个字。

我附和说:"是啊,你在家的话,我们可以在家里谈嘛,你就不用去公安局了。"

李城看向我,打量了几秒后,脸色换成微笑状:"可我让律师直接去了公安局。"

"现在打电话让他过来也不迟嘛,李医生家里的环境真好,你若不介意的话,我们就在这院子里谈吧。"文雅笑着说。

"每天吃自己种的蔬菜,一定很有成就感。"我明白文雅的意思,想趁机到他屋里打探一番,也就配合着把气氛弄轻松一些。

李城掏出钥匙来开门,并说:"成就感是其次,主要是健康,这可是真正的绿色食品。"

我看向那片菜地,赞同地点了点头,心里却想着,若这地下埋了具尸体,只怕蔬菜再"绿色"也没几个人敢吃吧。

门开后,李城自顾自地往里走,并没邀请我们。我看向文雅,她已经迈步了，我也就跟着一起往里走。

"李医生今天不上班吗？"文雅继续找话题聊着。

李城回过头说："我就是从医院回来的，这不是约了与你们见面嘛，我回来换身衣服。你们随意，我先去换衣服。"

说着，李城就进了房间，留下我与文雅在院子里。我们故作随意地闲逛，眼睛却是四处观察。

院子里的果树有三棵比较粗大，分布也较随意，应该是很早以前就栽种于此。其余的几棵则小了些，分布很有规律，看样子是修建院墙时才移植的。

移栽成品果树，为了保证存活，挖坑时，通常都会掘地半米。我就想，就算陈月英被深埋在一米的位置，凶手也不会愿意让人在上头挖坑的，因为一旦出现什么意外，尸体就有被挖出的可能。

所以，移栽的果树下，一定不会有尸体。

相比而言，三棵大果树下倒是有埋尸的可能，陈月英失踪了二十多年，当年凶手埋尸于此后，种棵果苗在上面，也能长到这么大了。

"你觉得会在哪里？"文雅先看了看李城的房间，没什么动静，这才轻声问我。

我说了自己的判断，文雅"嗯"了一声，分别看了看三棵大果树，最后目光却是移到了菜地上。

"你觉得在菜地下面？"我问。

"首先，这三棵树的年龄完全有可能超过陈月英失踪的年份，也就是说，陈月英失踪前，它们就被种在这里了，凶手不至于会挖开果树埋尸。其次，如果我是凶手的话，我宁愿把尸体埋在菜地下面。"

"为什么？"我好奇地问。

"你看，这么大一棵果树，它的根系应该已经钻到地下两三米的位置了，如果下面有尸体，根系则会穿尸而过，并汲取尸体的'养分'。我们现在怀疑的凶手李治平，他杀妻是有原因的，是恨妻子的不忠。凶手不是变态，就算一时冲动杀了人，也不会愿意吃用尸体喂养出来的果实吧。"文雅站在我身旁，极为轻声地解释着。

她的话让我恍然大悟，我说："而菜地是每年都会重新播种的，它们的根不会长那么深，这对凶手来说，没那么大的心理压力。"

文雅点头道："你看，小葱、蒜苗、白菜……这些菜的根茎短则几厘米，长的十多厘米。虽然菜地每年都会翻动，但最多往下挖三四十厘米，完全不会达到埋尸的深度。"

"二位在说什么呢？这么神秘。"换好衣服的李城站在门口，冲我们喊道。

"我们在说你家的蔬菜品种还挺齐全。"文雅笑道。

我也故意问："李医生，你们父子俩的厨艺都挺厉害吧？"

提到李治平，李城的脸色冷了几分："小时候都是我爸做饭，最近几年我才学着做的，你们把他抓了，这两天我都没心情做饭。"

"我们也是秉公办事，你是高级知识分子，希望能理解。"我说。

"我不相信我爸会杀人。"李城正色道。

文雅说："可是他自己都承认了。"

"除非我亲自听他说。"李城看着我们，两眼圆睁，语气也有些冲，"你们警察……哼！不是经常有冤案被曝光嘛！"

他这意思是说我们刑讯逼供，我正要反驳，文雅拉了拉我，说："无论我们怎么讲你都不会相信，反正你请好了律师，等律师去见了你爸，你听听他怎么说吧。"

"明明是我女朋友遇害了，你们来帮我们找凶手，却调查出我爸杀了另外一个女人，换成任何人，都不会相信的。"李城阴沉着脸。

"杀你女朋友的凶手，我们也找到了。"我看着他，缓缓说道。

昨天二哥去看守所审讯李治平，他承认了杀害张艳一事，李城还不知道。这会儿我故意抛出这事，纯粹是想看李城的反应。

"是谁？"李城迫切地问。

"你真想知道？"文雅问。

"废话，我当然想知道，我等破案这天等了好久了！"

"凶手是——李、治、平。"文雅一字一顿地回答。

我一直观察着李城的表情，前三个字他很期盼，当听到他爸名字时，换成了震惊的神色，一两秒后，是不可思议，是不相信。

"不可能！"他怒吼道。

初识李城，我觉得他一定是深爱着张艳的，因为他表现出的悲伤是那么真切。

现在心中有了质疑，再看他这些动作与神情，我只觉得这人的心理素质和演技实在太好了。

当然，这一切都未得到证实，所以我并不会表露出来，而是时刻提醒自己，不要对他有过多的偏见。

"这也是他承认了的。"我说。

李治平说，他不愿承认杀张艳，是怕李城恨他，在交代罪行时，也恳请二哥不要告诉李城，可是这种事是瞒不住的，杀人案会公审，会宣判，张艳的父母都会到场，李城也迟早会知道。

所以我这里说出来，并无多大影响，重要的是，这是我们试探李城的好话题。

不仅如此，在说出这句话时，我似乎也看穿了李治平的一个小心思。

47
王律师·上

若张艳真是被李治平所杀，他一日不亲口承认，李城就一日不会恨他。无论公安机关的外围工作做得多么仔细与全面，李城也不会相信我们所说。

那么，就算李治平因杀害柳如烟而被判死刑，在李城心中，他也永远都是那个好父亲，而不是奸杀自己女朋友的凶手。

而一旦李治平承认杀了张艳，就算警察帮他保密，这件事也不可能捂得住，李城终究会知道，这就违背了李治平的意愿。

凭着李治平的智商、筹谋能力以及多年进行理科教学养成的严密逻辑思维，他必然能想明白这中间的道理。

然而，无论在审讯时表现得多么坚决与抗拒，最终的结果是他认罪了。

这只有一种解释，那便是李治平爱子心切，愿意为李城顶罪，他之前的狡辩与掩饰，都是欲迎还拒，是在制造假象。

可以说，李治平其实在等我们，等着我们去讯问他杀张艳一事，若是我们不怀疑他，他反而会慌张，因为一旦他不能成为杀张艳的"凶手"，那他所做的牺牲就全都没有意义了。

到这个时候，我心中更加肯定了"李城杀人，其父顶罪"的判定。

同时，我还想通了另一件事，不过我对梓州的地形不熟悉，需要等会儿在文雅那里求证。

"一定是你们抓不到凶手了，迫于社会舆论压力，想让我父亲当替死鬼，从而尽快结案！"李城冲我喊道，身子微微有些发抖。

"你错了，舆论压力越大，我们才会越谨慎仔细，这种大案一旦出错，造成的负面影响是不可估量的。"文雅云淡风轻地说着。

"你不是一直希望张艳能够瞑目嘛，现在凶手抓到了，你应该高兴才对。"我继续刺激李城。

"我……我是希望抓到凶手，但凶手却不能是我父亲……"这句话从李城紧咬住的牙缝中挤出来，表明他心中的痛苦。

看来他有些信了。

对破案的热切，对父亲是凶手的震惊与质疑，到目前为止，李城的表现都是那么自然与符合常理，让人看不出一丝破绽。

"李医生，你从小便与父亲相依为命，我很理解你们之间深厚的父子情，你放心，现在此案还在侦查阶段，我们会多方面搜集证据，绝不会冤枉一个好人的。"文雅也看出这件事无法刺激李城露馅，遂及时安抚着他的情绪，以便问话能继续下去。

李城沉默着没有应话。

文雅继续说："听说你妈妈当年是因为心中有其他男人，这才离开了你们，你对此事可有印象？"

"我那时还小，不知道是怎么回事。"

"那时你已经三岁了，有记忆了，平时朝夕相处的妈妈突然不见了，你一定会询问父亲，这些年来，你父亲是如何回答你的呢？"我问。

李城似乎很反感这个话题，看着我，脸上的肌肉抖动着，十来秒才沉声回答："你们不是已经调查清楚了吗，就是刚才说的那样，我爸说妈妈跟野男人跑了，还说女人都不是好东西，让我别和女人接触。"

我尴尬地笑了笑，又说："小时候，你学业重，没时间去了解女性，就对父亲的话信以为真。直到工作后，你通过自己的接触，发现女人也不是那么可恶，于是，对父亲的话产生了怀疑。张艳的出现，让你彻底颠覆了以往的观念，并因此与父亲产生了冲突。"

"是！"李城干脆地应了。

"张艳的爱意让你如沐春风，感受到生活是那么美好，你爱她、疼她，却也想占有她，容不得她对你心有不忠。"我一步一步地引导着。

这次，李城迟疑了几秒，眼神中带着探究，似在思考着我到底有何用意。我看着他，也不急。

稍许，他点了点头说："我全心爱一个人，当然希望她也如此爱我，难道你不是？"

我笑道："所有人都会有如此期望，我也不例外。"

随之，我语气一转："正因为如此，一旦发现自己被欺骗与背叛，先前的爱有多深，后面的恨就有多浓，你会恨不得——杀了她！"

说最后三个字时，我把双手放在脖子上，做了一个扼脖的动作。

那一瞬，我总算在李城眼中捕捉到了一丝慌乱，尽管只有一秒不到的时间。或许，他没想到我会突然说出这些话来，更没想到，我们对他已经有了强烈的怀疑。

很快，他恢复了正常，气愤地说："别把你的思维强加在别人身上。我与张艳的感情很好，我爱她，她也深爱着我，我们之间不存在你说的这种情况！"

"很遗憾，张艳最爱的人并不是你。"文雅两手一摊，作无奈状。

"你放屁！"李城猛地扭头瞪着文雅，两眼快喷出火来。

"唉，其实你很清楚，她爱的是林天豪，就连当初追求你，也不过是想证明给林天豪看而已。"我叹息着说。

我们越是淡然，李城就越是容易被激怒，而我们需要的就是这种效果。

"放屁！放屁！全是放屁！张艳都死了，你们还要诬陷她！"李城怒吼着向我走来，与我面对面，就差把拳头挥向我了。

"我们没有诬陷，这些都是她的同学、朋友告诉我们的。"文雅说。

"他们不是张艳，不能代表她，这世上只有我最了解张艳，与我在一起后,她的心中便只有我!"李城坚持着。

"那她为什么要瞒着你去参加林天豪的婚礼?"我问,"你可别说不知道这件事。"

"我当然知道!"

"那么,对这件事你是怎么想的呢?"文雅问。

"我承认,当我爸告诉我这件事时,我的确很生气,甚至一度想要去质问她,可是,我忍住了。"

讲到这儿,他咽了口唾沫,我饶有兴致地看着他,看他如何辩解。

"包括你们刚才说的那事,早在两个月前,杨晓兰就跟我提过,但是,我思来想去,从张艳平日里对我的态度来看,我认定她是真心爱我的,她应该只是想去参加一场同学的婚礼而已,顺便与其他同学聚聚,所以,两件事我都没质问她。"李城的情绪缓和了些。

"李医生还真是大度。"我说。

"爱她,就要信任她,两个人在一起,信任是基石。"李城竟讲起了恋爱经。

"是吗,那请教下李医生,如果真遇到对感情不忠的人,应当如何对待呢?"文雅笑着说。

"我怎么知道,我又没遇到过,张艳是我的第一个女朋友。"李城就是不接招。

"不好意思,来晚了……"一个陌生的声音从背后传来。

我们回过头去,只见一个戴眼镜的中年男子从门口走了进来,他穿着白色短袖衬衣,下摆扎在西裤当中,脚上是皮鞋,整个人显得干练、精神。

"王律师,快请进。"李城绕过我,迎向那男子。

"竟然请动了他。"文雅小声嘀咕了句。

我正想问这人是什么来头,他已经注意到了我们这边,笑着说:"文队长,咱们又见面了。"

"王律师,你不是大忙人嘛,省里、市里的案子都接不过来,怎么还有时间管梓州县城的案子？让你事务所的其他律师来办不就行了。"文雅回应说。

"再忙也不能六亲不认不是，李医生是我朋友，朋友有求于我，自然要亲自上阵才行的，这位是？"与文雅说话时，男子的目光总是有意无意地往我身上瞟。

文雅做了一番介绍，又看着李城说："没想到李医生与梓州的'一号'律师是朋友。"

难怪文雅惊讶，原来这眼镜男子是梓州县排名第一的律师，这不由得让我有些担忧，优秀的律师能让嫌疑人被无罪释放，这是有先例的。

李城还未答话，男子抢先回答："我的牙一直不好，都拖了好些年了，去年到李医生那里治了几次，竟治好了。李医生年轻有为，我很是敬佩，一来二去，也就熟了。这次他父亲入狱，李医生找到我，言辞恳切，流露出对父亲的情谊，让人感动，我也就接了这个案子。"

看着男子自信满满的样子，我心里更打鼓了：李城请来这么个厉害人物，难不成还想把李治平的嫌疑也洗脱不成？

48
王律师·下

"原来如此。"文雅笑道。

随后,李城把我们迎进了他家客厅,四人坐下后,谈话就开始了。

李城坚持称他父亲是冤枉的,言语中仍然透露出怀疑警方逼供的想法,并拜托王律师到看守所去好好询问一下李治平。

有律师在场,我和文雅要注意得多,不再试探李城,也不刺激他,免得落人口实。

这次的会见算是非正式的,一个小时不到就结束了。总的来说,王律师还是比较公正的,让李城先别急,又耐心地听我们介绍了详细案情,其间未有针对警方的话语。

待文雅讲完,王律师对李城说:"李医生,大致情况我已经知道了,坦白地说,若令尊真的已经认罪,这案子会比较棘手。"

"人被关在里面,说什么还不是警察说了算。"李城看向我们,很不友好,"你们总说我爸杀了人,那他把赃物藏到哪里去了?找不到赃物,我就怀疑你们对我爸用了非常手段。"

王律师却摇头:"我与文组长打过交道,她是女中豪杰,刚正不阿,若这案子真是她负责,那你担心的事情是不会发生的。"

"请你一定要帮我。"李城恳切道。

"你放心，我自当尽力，一切等我见了令尊再说吧。"

谈话结束，我们走出房间，到了院子里，王律师似乎为了缓和沉闷气氛，指着菜地说："李医生，你家这些小菜长势真好，绿油油的，看着都喜人。"

"这片菜地比我的年龄都大，我是吃自家的菜长大的。"李城勉强露出一个笑容。

"真是天然又健康。"王律师说。

"李医生，这片空地之前种的什么？"文雅故作好奇地问。

"土豆，前段时间刚收获，给亲戚、朋友送了些，剩下的都在厨房堆着。"李城说着，站到空地边上，回过头来看着王律师，"王律师，你喜欢这些天然的食物，明天我收拾一下，给你送一箱过去。"

"那我就却之不恭了。"王律师笑呵呵地说。

"咦，那是什么？"文雅指着李城身后问。

文雅指的正是那堆烧剩的灰烬，刚才李城站过去，挡在了它面前。

"没什么，是烧掉的废纸，可以当肥料。"李城边说边用脚把灰与泥土混合起来。

他的回答和行为让我心生疑虑，明明是给死人烧纸，却不愿承认，看来，这里面真的有问题。

"这纸明显是才烧不久，你的父亲还关在看守所里，你倒有兴致收拾家中的废纸，心态真不错。"文雅把目光从灰烬上移开，意有所指地说。

李城不予理会，转而对王律师说："我还要赶回医院上班，咱们保持联系。"

这话明显是在下逐客令，文雅也不好再开口，我们都出了院门。

回去的路上，我与文雅商量后，认定李城绝不会像他外表表现出来的那么简单，他是个城府极深的人。

"磕头跪拜是对长辈的行为，李城的成长环境中，除了父亲，并无其他亲近的长辈，现在李治平还在世，肯定跪拜的不是他。刚才李城遮遮掩掩不愿承认，说明他跪拜的对象不能见光，这案件越来越值得深思了。"文雅用手指轻敲着车窗说。

"这事可以和小武确认一下，李城生命中是否有其他长辈，他爷爷奶奶应该是知道的。"我说。

当时我在开车，文雅立即给小武打了电话，小武正在李城爷爷奶奶家中，刚好已经询问了这件事，得到的答案是：李城从小与父亲生活在一起，父子俩很少与亲戚走动，连爷爷奶奶都见得少。

听完文雅转述，我一拍方向盘："这样来看，或许我们还真猜对了，他祭拜的是他母亲陈月英！"

"死人才需要祭拜，李城这是确信他母亲已经遇害了啊。"文雅说。

我继续分析："我们怀疑李治平杀了陈月英，如果与李城的异常联系起来，是不是可以推测，李城亲眼见到了李治平杀人的过程？"

文雅不敢确定："三岁的孩子，看到父亲杀母亲，肯定会大哭大闹的，事后也很容易说漏嘴，慢慢懂事后，更会因这一幕而恨李治平，可这么多年来，李城并无这方面的迹象啊。"

我想了想也是，李治平当年可是带着李城到处找陈月英，还经常与派出所警察打交道，万一李城口无遮拦，那李治平杀妻的事实就暴露了。

李治平不至于这么傻，他应该确定李城是安全的、可靠的，而对于三岁小孩，唯有他真不知道的事，才不会说出来。

这样一反推，至少陈月英刚失踪那几年，李城是不知道内情的。

"李城的话提醒了我。"文雅说，"我们可以借着搜查赃物的名义，在院子里挖掘一番，能找到陈月英骸骨的话，这案中案就明了了。"

我这才想起，二哥他们的笔录里，竟没问李治平把赃物弄到哪里去了。这也不能怪他们，连续长时间地审讯，人的注意力和思维能力都会下降，有此疏忽也能理解。

文雅给官飞打电话说了这事，让他们进行补充讯问。

特事特办，搜查令下午就能拿到，到时候我们多去些人，以搜查柳如烟遇害案的赃物为由，非把李家的菜园掘地三尺不可。

说到掘地，我想起之前的一个问题，就问文雅："县城到看守所的路上，地形如何？"

文雅面露疑惑，不过还是回答了我："刚出县城的一两公里路很好开，平缓、宽敞，之后会经过一座桥，后面是乡镇路，两车道，水泥路面，一直到看守所。地形嘛，过桥后一公里处和两公里处分别有个山坡，比较陡，其余路段两边多是农田。"

果然，之前二哥就说过，幸好李治平作怪的路段两边都是田地，就算车子冲下去，也出不了大事，若是在山坡发难，他们几个人都会性命不保。

"李治平是土生土长的梓州人，自己又有车，按理说对县城周边的地形很熟悉才对。"我道。

"是。"文雅回答。

"如果他成心求死，一个桥面，两个山坡，车辆行驶至这三处路段时，是最好的下手机会，他却一次都没把握住，偏偏在安全系数最高的地方发难……"

文雅惊呼："你是说，他本来就没想死！"

我释然一笑："张艳的案子都还没顶下来，他怎么能死？"

"用求死的行为让我们觉得他并不在意张艳案悬而未决，实际上他不仅死不了，还会逐步承认杀张艳一事，真是老谋深算啊。"

我说："是老奸巨猾。"

"对柳如烟狠，对陈月英狠，对李城却如此袒护，李治平的情感还真是极端。"文雅感叹道。

我笑着说："你这话，应该是在李治平杀了妻子、李城杀了张艳、李治平替他顶罪这三件事都成立的基础上才正确。你作为专案组的决策者，可不能像我们一样'武断'哟。"

"到了现在，这个推测怎么会是'武断'？不过，这件案子的棘手之处就在于此，纵然我们把李家父子的阴谋诡计全都看透了，手里却连一件直接证据都没有！"

文雅说得没错，在讲求证据的法庭之上，所有的猜想都不过是一个气泡，无论这气泡有多么完美，只需轻轻一碰，它便破了。

我突然就莫名地担忧起来："你说，在李治平的口供里，会不会有什么陷阱？"

"陷阱？"文雅皱眉。

我解释说："我记得有部电影的情节是这样的，杀人嫌犯招供时，给警察设置了几个陷阱，到了法庭上，律师硬是凭着这几个陷阱为嫌犯做了无罪辩护。最后，法官判定那份供认犯案事实的口供无效，嫌犯谋杀罪名不成立，被当庭释放。李城请来王律师，莫非就是打的这个主意？"

说完，文雅沉默了，我脑子里也自行回想着二哥两次讯问的笔录……

49 人间正道

"笔录没什么矛盾啊。"想了一阵,我自己先否定了刚才的想法。

文雅说:"二哥的问题都很中立,没有诱供的嫌疑,更没有恐吓逼迫的语言,不至于出现你说的那种情况。再一个,王律师的为人我也知道一些,他本事不小,却不是唯利是图的人,不会为了金钱而做违背道义之事,若他查明李治平真是杀人犯,就算他与李城的情谊再深,也不会颠倒黑白的。"

"这样的话,我就放心了。"我松了口气。

暂时没什么事,文雅给刑警队打电话,询问柳思孝的情况,意外的是,柳思孝已经被邓氏接回家了。

我们开车去了五星楼,在门口碰到了邓氏,她正与小区里的几个大妈闲聊。

邓氏的精神状态并不好,她告诉我们,她想了一整天,还是决定把外孙接回来。一来这是柳如烟唯一的儿子;二来胡刀死在家中,她一个人住着还真有些害怕,多个人,心里也踏实些。

趁此机会,我把柳思孝说的那些话都讲给了她听,邓氏听着也深受感动,叹息道:"这孩子很懂事,只怪投错了胎啊。"

告别邓氏,我们又顺道去了杨晓兰家中,是她父亲杨铮开的门,他告诉我们,从派出所出来后,杨晓兰的情绪好了许多,回家就睡了。

与她父母聊了一阵，他们也知道了杨晓兰昨晚突然"见鬼"的来龙去脉。我们也了解到，杨晓兰从小便是个要强的人，上幼儿园时，见着同学有好的玩具都想去抢过来，随着她慢慢长大，这种行为也越来越少，父母还以为她能控制住自己了，没想到她的性格仍然没有变。

"阿姨叔叔，现在她把心里的秘密说了出来，也算解了心结，相信经此一事，她以后会更加成熟与大度的，你们不用太过担心。"文雅劝慰着说。

"唉，如果因为晓兰的几句话而害了那个女娃娃，这孽就作大了。"杨铮拍着大腿说。

这父亲倒是个明事理的人，没有急着撇清杨晓兰与张艳死的关系。

我们这会儿过来，本是想再问杨晓兰一些关于李城的事情，她在睡觉，也就不好刻意叫醒她了。

临走的时候，她妈拉着文雅问："警官，我听晓兰说，徐忠厚在超市厕所安装了探头？"

"是的。"文雅如实回答。

"这个挨千刀的，怎么这么变态！那我们晓兰岂不是也被他看了？"妇人很是气愤。

"他年轻时就不是啥好东西，当初我就不赞成让晓兰去他店里，你还不信吧。"杨铮摇头说。

"我还不是想让晓兰换个轻松点的工作。"妇人不甘道。

这话提醒了我，杨晓兰是徐忠厚的远房侄女，她父母年轻时便认得徐忠厚，我们可以探听一些徐忠厚与陈月英的事情。

"陈月英？这名字不熟悉。"妇人满脸疑惑。

"你说她是徐忠厚的女朋友？"杨铮似乎想起了什么。

我忙点头。

"好像见过，那年家里一个长辈贺寿，徐忠厚不是带了个女的一起来吃饭嘛。"杨铮看着妇人说。

"噢，有点印象了。"妇人恍然大悟道。

"具体是什么时候？"我忙问。

"这么多年了，哪能记得清。"妇人脑袋摇得像拨浪鼓似的。

杨铮皱眉想了想说："那个时候，晓兰还怀在你肚子里，我记得你孕吐得厉害，还抱怨说看着一大桌好吃的却无福消受。"

"对对对，我想起来了，那几年生活条件差，吃酒席就算是打牙祭了，我怀晓兰，错过了好多顿美食。"妇人脸上露出遗憾的表情。

"杨晓兰今年多大了？"我问。

"二十八岁。"文雅和杨铮同时回答。我这才想起，之前我们调查过杨晓兰的资料。

"当时你怀孕几个月了？"我问妇人。

妇人看向杨铮，杨铮回答："三四个月吧。"

"杨晓兰是当年出生的还是次年出生的？"

"当年。"

"那么，这事就是二十八年前发生的……"我低声说着，脑海里快速地捕捉着这个时间与李家的关系。

很快，我想到李城也是二十八岁，只要再把两人的出生月份对比一下，就能推算出那时陈月英是否已经认识了李治平。

这事不难，文雅马上打电话查到了李城的具体生日，发现杨晓兰竟比他大了两个月。

得到这个结果时，我与文雅都有些吃惊，因为这表明，不出意外的话，陈月英陪着徐忠厚去参加这场宴席时，肚子里已经怀上了李城。

"徐忠厚不是好东西，我看这女人也不咋样，都嫁人怀孕了，还和前男友搅在一起！"杨铮愤然道。

"我看啊，说不定陈月英肚子里的孩子就是徐忠厚的。"妇人撇了撇嘴说。

她的这句话，犹如一声响雷掠过我的心头：李城是徐忠厚的儿子？

这个想法太疯狂了！

文雅的眉头也紧紧地皱了起来，我俩都能在彼此的眼神中看到震惊。

徐忠厚曾交代，陈月英与他分手后，还偷偷去找过他几次。凭着徐忠厚对女人的欲望，他定会奉行"送上门的菜，不吃白不吃"的准则，与陈月英行那男女之事。

这样一来，两件事还真对应上了，至少，从时间上讲，李城是徐忠厚儿子的可能性是存在的。

我迅速把它放进整个案件当中，发现若这事成立的话，先前的一些疑团便能解开了，但是，却又有其他不合理之处。

我与文雅有太多的问题需要交流，便匆忙地离开了杨家。

"难道李治平发现李城不是自己亲生儿子，一怒之下杀了陈月英？"一上车，我就急着说。

"不合理，既然李治平如此介意这件事，为何在明知李城不是自己儿子的前提下，还对他那么好？并且，他也没去找徐忠厚的麻烦啊。"文雅摇头说。

似乎挺有道理，我又说："那就是陈月英发现了这件事，不知道该如何面对李治平，所以离家出走了。"

文雅想了想，有些犹豫："在那个年代，这种事一旦曝光出来，足以让一个女人毁灭，也会让李城从小受人白眼，陈月英因害怕和不敢面对而离开，是说得通的。"

"可她这么多年都杳无音信。"我提醒文雅。

"有可能是自杀了。"文雅说。

"如果是这样的话，那我们对李治平的怀疑就错了。"我说。

文雅沉声道："这起案子，直接证据太少，很多过程都是我们推测出来的，虽然看起来很完美，可一旦出现新的情况，极有可能直接推翻先前的猜想，所以，我们一定要慎重再慎重！"

文雅的话再次给我提了醒，办案不是解数学题，靠在纸上演算就能得出答案，证据才是最重要的，上了法庭，法官也只看证据，而不是逻辑推理。

当然，很多时候都是先猜测，再求证，这中间有个度，一些警察没有掌握好这个度，思想上先入为主，一旦短时间内没找到证据，便会发生刑讯逼供的事，酿成大祸。

从法律的角度来说，以证据为准是符合国际社会要求的，也是相对公平公正的，只不过事物都有两面性，有些高智商的罪犯便是通过消除作案痕迹来免罪，就算所有人都知道人是他杀的，他却能微笑着问警察："证据呢？"

没有证据，便不能定罪，全世界范围内，这种案例有许多，他们手上沾满鲜血，却能坦然得像普通人一样继续生活着。

"你知道江洋吧？"听了我的感慨，文雅问。

"当然知道，洋龙集团老总，因涉黑涉恶被查处，手上还有人命，判了死刑。"我说。

"早在十来年前，警察就调查过他派马仔枪杀生意对手的事。马仔与死者无任何仇怨，可他对江洋忠心耿耿，无论如何，就是不把江洋供出来。最后，马仔被判死刑，江洋给他风光大葬，又给他父母拿了几十万，而洋龙集团顺利拿到了那单生意，赚了上千万。"

"唉！"我只觉得心里压抑得紧。

"多年来，他坐拥上亿资产，与省市一些主要领导都交好，越发嚣张跋扈，不把警察放在眼里。他害了十多条人命，警方却苦于没有证据，要么成为悬案，要么是马仔顶罪，他本人却一直逍遥法外。"

"杀了十多个人？"我很吃惊。

文雅说："是啊，很多年长的刑警都知道这事。前年，中央点名要除掉这个恶霸，公安部派了督导组来，制订了一个完善的'打蛇'计划，先从经济方面着手，调查江洋洗黑钱以及经营黄赌毒场所的事，让他的经济出问题，资产迅速崩盘。江洋被关进看守所半年后，他的上亿资产被查封了绝大多数，手下的人一看他这次是真的栽了，人心也就散了。这个时候，警方再把相关人员传唤过来，逐一讯问那些人命案子，这才顺藤摸瓜，让真相大白于天下。最后，江洋见回天无望，也就承认了自己犯下的所有罪行。"

"唉！"我再次长叹了口气。

"别灰心，你看他最后不还是恶有恶报嘛。我们是警察，如果连我们都不相信天网恢恢疏而不漏,那这世间便再无正道可言了。"文雅劝我说。

　　我侧过头,她看着我,面带微笑,让人看到希望。

　　我心头升起一股暖意,回了她一个笑容,扭转钥匙,发动车子,驶出了五星楼。

50 搜查

小武从李治平的父母处回来，脸色有些不好。

"怎么了？"文雅问。

"刚开始，我只说有起案子涉及李治平父子，要来了解些情况，两位老人很朴实，把知道的都说了。快结束时，村干部说漏了嘴，两位老人听说李治平杀了人，急得不行，却又不知如何表达，一个劲地跟我说：'大官，治平很孝敬我们，他不会杀人的。'到后面，那老婆婆的眼泪都出来了，就一直拉着我，让我帮她儿子。"

小武满脸凄然。

听闻是这样，文雅也不知如何安慰，转而问："都问到些什么信息？"

小武告诉我们，很多年前，李治平就想把父母接到家里一起住，可老人一辈子生活在农村，习惯了，不愿意搬到城里，李治平也就不强求，就隔三岔五地带着李城回去陪伴老人，一家三代也是其乐融融。

李治平对李城是很严厉，赏罚分明，在学习上随时督促着，考好了会奖励他一些书籍、玩具，一旦哪次考差了就会受罚，通常的方式是让李城连续几周的周末都不能出门，在家里做练习题。

说起陈月英，二十多年过去，老人对这个儿媳妇已经没了多少印象。她在李家的几年里，也不怎么喜欢与父母交流，成天像是有心事似的，后来她失踪了，老人也不在意，反正已经抱得孙子了。

老人并不知道李治平时常教导李城远离女人，在他们眼中，父子都很正常，与其他人没什么区别。

只是李城毕业回到梓州后，老人想抱重孙，曾催促过李治平，让他给儿子张罗婚事，李治平每次都说不急，李城还小，当以事业为重。

半年前，李城带了一个女孩回老家看望爷爷奶奶，李治平没回去。从老人的描述来看，此女正是死去的张艳。

那天，张艳很会说话，讨得老人的喜欢，李城也很高兴。李城爷爷说，他已经很久没看到李城那么开心了，像个小孩子似的。

最近两个月，父子每次回家都是一起的，张艳没有随同，老人询问李城，李城只说她工作忙，李治平听闻李城曾带张艳回过老家，也没当着老人的面责备他。

李治平孝敬父母，却不喜与其他亲戚走动，好些人背地里说他是知识分子，瞧不起穷亲戚，他也不在意，仍是我行我素。

这样的后果是，李城除了在学校有几个交好的男同学外，就再无其他玩伴了。

"我小时候每次放假，都会和好多小朋友一起玩，李城在这种环境中成长，性格难免会孤僻。"小武说。

"看得出来，李城是很孝顺爷爷奶奶的，不会在老人面前表达出对张艳的不满。"我说。

文雅说："这次走访还是有意义的，李城孝顺老人，在李治平没完全接受张艳时，偷偷带她回去见爷爷奶奶，这再次说明，李城是真心喜欢她的。"

下午接近两点时，二哥和官飞才回来，他们为了套出李治平的话，可以说是使出了浑身解数。

然而，对李城不满张艳心中记挂林天豪一事，李治平打死都不松口，他的原话是："虽然我一直希望他俩分手，我也恨张艳抢了我儿子，可李城是真的喜欢她，不惜为了她而顶撞我，他太糊涂了，一味地相信她。我看见张艳参加林天豪的婚礼，本想着拆散他们，可他们的感情还是那么好。张艳死了，李城这段时间都是魂不守舍的。早知如此，我真不该杀了她……"

为了试探李治平，二哥故意透露出李城已经知道李治平承认杀张艳的事实。李治平听后，反应很大，对二哥是破口大骂，说二哥不讲信用，明明答应他不把这事告诉李城的，现在好了，李城一定会恨死他。

"他还说做鬼也不会放过我。"二哥无奈地笑道，"可我当时并没答应一定不说，只是说尽量，这也不算言而无信吧。"

"当然不算。"我说。

官飞也说："现在又不能对嫌犯用刑，就靠耍点嘴皮子功夫套话，要讯问时再中规中矩，那这案子没法办了。"

文雅笑道："这可不是耍嘴皮子，二哥问材料，那是真本事。"

"别夸我了，讲讲你们那边的情况吧。"二哥有些不好意思，掏出一支烟来，边点边说。

三个方向的信息汇总后，属我与文雅这边的收获最大。

"李城是徐忠厚的儿子？开玩笑吧！"小武惊得瞪大了眼。

"李治平要知道他当宝贝一样养大的儿子是别人的，说不定会真的气死……"官飞忍不住想笑。

"虽然这事有点戏剧化，但也不是没可能，我看可以给父子俩做个DNA鉴定，说不定对案件的侦破有用。"姜还是老的辣，二哥沉稳多了。

"可以，不过当前还是先等搜查令下来，把李家上下仔仔细细地搜一遍再说。"文雅道。

说起搜查，我想起赃物一事，就问二哥："李治平有没有交代把赃物藏在哪儿了？"

"说了，在他家菜园的那块空地下面，地里之前种的土豆，前段时间刚收了，地是翻过的，这样再挖开埋东西，也不会显眼，李治平就把东西埋在了那儿。"官飞回答。

"张艳和柳如烟的东西都在那儿？"我问。

"他是这样说的。"二哥说。

这块地还真是"特别"，李治平把赃物埋在下面，李城又在那儿烧纸祭拜。

"事不宜迟，我去给局长汇报，尽快把搜查令弄来。"说完，文雅就出了门。

当李城接到电话被告知警方要对其住宅进行搜查时，有些抵触，不过，听闻我们已经办好了搜查令，他知道这是无法抗拒的，极不情愿地同意回家去等我们。

考虑到此次搜查的特殊性，文雅向局长多要了些人，算上专案组的成员，总共去了十五个人，分成三个组，对李治平的住所进行搜查。

搜查的重点是菜园，而那片空地则是重中之重。按李治平所说，赃物埋得并不深，为了能够探测更深处是否有尸骨，我们商定，先不挖掘埋赃物的部位，而是从旁边开始，一直往下挖，挖到一米五深处还没有发现的话，再把赃物挖出来。

我们到达李家时，铁门紧闭，等了五分钟，才见着李城的车子过来。

认真看完搜查令，他板着脸打开了铁门。

51
骷髅

进门后，我和文雅带着第一组径直往房间里走去，二哥他们则带二、三组留在院子里。

这样安排也是有用意的，外面不过是一片菜地，正常情况下，李城应该更在意房间里的东西，从而会守着我们，如此一来，外面的两个组就有充足的时间去挖掘了。

若李城不中计，留在院子里看着，这就表明他心里有鬼，知道些什么。当然，李家父子这种高智商的人，是无法用常理去揣测的。

实际情况是，李城果然跟着我们走进了屋子，并叮嘱我们不要把他家的东西翻得太乱。

三个组里面，每个组都有人专门负责摄像，这样的话，一旦搜出了什么东西，就算李城没在场见证，也是有效的。

虽然是搜查，但起码的尊重还是有的，我们不会像古时候钦差大人带人抄家那般乱翻一气，而是轻拿轻放，检查完没有发现异常的话，再原封不动地放回去。

从一间屋到另一间屋，从楼下到楼上，我们检查得很仔细，李城也一直跟在旁边。

李治平房间里有一个上了锁的抽屉，钥匙我们带了过来，当着李城的面打开了它。

抽屉里是三个笔记本、两张老照片、一个厚厚的信封,再就是一千元的现金。我翻了翻笔记本,上面全是李治平这些年来的教学心得,他几乎每周都会总结,记录得非常仔细。可见,作为一个教师,他还是称职的。

两张照片,第一张是一对青年男女,男子正是年轻时的李治平,他脸上带着笑,女人我们并不认识,表情要木然许多。

我正想问李城,他却已经把照片抢了过去,盯着照片看得出神,脸色变了又变。

"这是你妈妈吗?"文雅轻声问。

"是。"他沉声说。

我觉得李城的反应有些大,就问:"你妈走了二十多年,你连她的照片都没见过?"

他没回答,伸出手来,轻轻摸着照片上女子的脸蛋。这让我想起我们第一次去张艳房间时,李城也是拿起有张艳照片的相框,轻轻地抚摸着。

这是他对生命中最重要的两个女人表达思念之情的方式。

我们没打扰他,回过头看第二张照片,是一张全家福。这张上面,陈月英手中抱着一个婴儿,笑得很灿烂,旁边的李治平同样喜笑颜开。

看得出来,陈月英虽然对李治平没有感情,但对儿子还是很疼爱的。

而李治平呢,陈月英失踪二十多年,他一直珍藏着这两张照片,足以说明他对陈月英的情意。

那一刻,我心中突然生出一股对这女人的不满。嫁了人,心里想着前男友不说,还主动去联系他,与他幽会。李城都两三岁了,她还背着李治平与在部队里的徐忠厚通书信,这种行为,用"不耻"二字来形容也不为过。

诚然,她从小生活在父亲与弟弟的阴影之中,没有得到关爱,的确可怜。她想追求自己的幸福,与心爱之人在一起,这个想法本身是值得尊重的。

但是,既然结了婚,就要守妇道,就要相夫教子,如果觉得不幸福,大可离婚,而不是暗地里勾搭男人。

所以说，可怜之人，必有可恨之处。

"这里面是什么？"我拿着那个信封问李城，他手中仍然拿着父母的照片。

"信封里总装不下凶器和赃物吧？"李城看着我问。

我愣了一下，尴尬地说："是装不下。"

"书信属于人的隐私，既然与案件无关，我想你们是无权查看的。"说着，他伸出手来。

我看向文雅，她犹豫几秒后，点了点头，我无奈地把信封放到了李城摊开的手心。

接过信封，他小心地放下照片，从信封里抽出了一沓信纸，看了看我们。我笑了笑，把脸扭向一旁，继续搜查其他物件。

李城站在房间中央，一页页地翻看着信纸，其间我瞟了他几眼，只见他眉头微微皱着。

我们把李治平的房间搜查完后，李城还在那看，我们正欲出去，他突然说："你们拿去看吧。"

我看着李城递过来的信纸，搞不清楚他是什么心思，不过，既然他同意了，我们自然欢喜能看看信上的内容。

只看了一页，我便明白了，这些都是徐忠厚当年寄给陈月英的信，陈月英是藏在床下的，被李治平发现了。李治平也是，这种东西，他还留着干吗？不是应该撕成碎片才解恨嘛。

徐忠厚真不要脸，虽说是陈月英主动联系的他，可他在信上写的话语也相当暧昧，极富挑逗性，陈月英本来就喜欢他，哪里把持得住？

这事我们早就知道，所以随意看了看，便装回信封，还给了李城。

文雅问："这些信有损你妈的颜面，你怎么愿意拿给我们看？"

"你们不看到，心里总是不放心的吧？我懒得听你们事后说东道西。"他冷哼了一声。

"你有没有听你爸提起过写信的这个人？"我趁机问。

"没有！他害得我妈妈离开了我们，我要知道他是谁的话，会杀了他的！"李城咬牙说道。

看着他这个态度，我没再问下去，心想还是暂时不让他知道徐忠厚的存在为好。

就在这时，二哥的声音从院子里传来："快来看，有发现！"

我心头一紧，也不顾李城的反应，与文雅匆忙往外走去。

出来一看，除了那块空地，另外的菜地也被翻开了几处，院子里都是挖起的泥土。

此时，二、三组的十个人都站在空地周围，这让我更加急切，加快了脚步。

"李城呢？"官飞的声音从人群中传出。

我们赶到跟前，空地已经被挖出了一个一米多深的坑，两个痕检队的专业人员蹲在里面，他们的中间，有一只手，准确地说，是一只骷髅手。

我马上想到：陈月英果然是被埋在这里的！

"这……这是谁？"李城用颤抖的声音问。

"在你家的院子里，我还要问你是谁呢？！"官飞大声说。

"我……我怎么知道……"

在随后的半个小时里，两名痕检员小心翼翼地清理土壤，让这具骷髅露出了真面目。

"从骨骼大小、长头发以及所穿衣物来看，这是一名女性。"因为事先有准备，二组里配备有一名法医，痕检员出来后，他第一时间下到了坑里。

听到这话，李城蹲了下来，趴在坑边，脸色非常难看，几乎没了血色。

"李医生，你认得这身衣服吗？"文雅问。

好半天，他才吐出几个字："记不得了……"

"尸体左手无名指上戴有一枚金戒指。"法医说。

"妈……妈妈……"李城用颤抖的声音喊道。

"你认得这枚戒指？"我问。

"妈妈以前也有枚金戒指，我有些印象。"李城作势要到坑里去。

我与文雅对视一眼，心中已然明了，这具骷髅应该就是陈月英了，她竟真被杀害并埋尸于此。不用说，嫌疑最大的正是之前被我们怀疑的李治平。

法医检查完毕，李城趴在骷髅上，整个身子都在颤抖。

看着这一幕，我们也不好受，无论这几起案子的真相如何，陈月英作为李城母亲这一事实是无法更改的。

陈月英失踪时，李城只有三岁多，我想，他对母亲的记忆并不会很深刻，他哭泣的，是这二十多年来的一种思念，是对压抑在心底的"妈妈"二字的释放。

骷髅的出现，牵扯出了一宗新的命案，它会被拉回公安局法医中心做进一步检验，包括确定死因以及检测DNA核实身份。

搬走骷髅，搜查继续进行。很快，在空地的另一处地方发现了一个黑色的塑料口袋，打开后，里面正是张艳与柳如烟被抢走的财物，一切都在我们的意料之中，是那么顺理成章。

看到这些，李城不再争辩，只是神色变得很颓废。

我们离开时，他送了出来，直到车子开了很远，我从后视镜还看到他站在院门口。

我知道，他不是在送我们，而是在目送陈月英——他的母亲。

52 认罪

赃物的数量、掩埋位置与李治平所交代的完全相符,手机壳上也找到了他的指纹,这进一步坐实了李治平杀害两名女性并抢走财物的恶行。

从李家院子里挖出的骸骨,经过与李城及陈月英父母的DNA进行比对,证实其正是失踪了二十多年的陈月英。

拿到检测结果后,我们分成两个组,见了李治平与李城。院子里平日只有他俩居住,现在出了命案,他二人都有嫌疑。

李城的嫌疑相对要低得多,因为陈月英失踪时,他才三岁,不可能有本事杀得了陈月英,就算无意中杀了,也无法完成埋尸的行为。

当然,还有一种情况是陈月英并不是失踪当年遇害的,有可能是她中途回来了一次,若那时李城已经上中学了,便有这个能力。

李城这边,仍然是由我与文雅进行讯问。他的精神状态很不好,连之前对我们的愤怒与敌意都消失得无影无踪了。

父亲谋杀事实基本成立,失踪二十多年的母亲竟早已逝去,杀母凶手极有可能也是父亲,这种打击,对任何人来说,都是致命的。

看着他的样子,我不由得怀疑起自己的推测来,难道是我错了?李治平不是替儿子顶罪,张艳本来就是他杀的?

之后的问话中,李城表明,这么多年来,他无数次在那块地上锄草、播种、收获，却万万没想到，母亲竟离自己这么近，就在触手可及的地方。

"好多个夜晚，我都会在梦里见到母亲，她抱着我，是那么温暖，醒来后，却只有冰冷的床沿。若我早知道她埋在菜园中，我宁愿每晚搭个棚子睡在那里也好。"

文雅问他是否能想起陈月英失踪当天的情形，李城闭上眼睛，揉着太阳穴，想了好久，才皱眉说："小时候我都和父母一起睡的，我记得有一天晚上，我半夜醒来，他俩一个都没在。我哭了好久，我爸才回来，他抱着我睡了，从那儿以后，我就再也没见过我妈了。"

我脑海中浮现出一幅画面，夜黑风高，李治平在菜地里挖出了一个大坑，累得满头大汗，然后把一具女人尸体扔进坑里，再用土掩埋。整个过程中，他任由屋中的幼子大声哭喊也无动于衷，直到把坑填满踩实，这才回去，像什么事都没发生过一般，哄孩子入睡。

"那天晚上睡觉前，你妈妈还在家里？"我问。

"好像是的，我记得每晚都是我妈哄我睡觉。"李城回答得有些犹豫，毕竟过去这么些年了。

"你认为你妈妈是被谁杀的？"我又问。

他看着我，脸上的肌肉动了动，却没有回答。或许，他心中已有答案，只是不愿说出来。

"对于你父亲，你可有什么想说的？"文雅问。

"我现在只想好好把我妈安葬了，之后再想其他事情。"李城说得很委婉，我们却能明显感觉到他对李治平态度的转变。

问话结束的时候，李城问文雅："那个人现在在哪里？"

"谁？"文雅有些茫然。

"给我妈写信的人。"他沉声说。

"你要做什么？"我一下紧张起来，因为他曾说过想杀了那人。

文雅凝视着他，没有回答。

"你们放心，我那天说的是气话，我才不会傻到和这种人一命抵一命，我只是想去骂他几句！可以的话，再打他几拳！"

"当然不可以，故意殴打他人，也是违法的。"文雅忙说。

"那就算了。"他苦笑道。

随后，他离开了讯问室，看着他落寞的身影，我又想起了柳思孝，这是两个命运何其相似的人。

他们都在单亲家庭中长大，都有一个深爱自己的父（母）亲，李城的母亲品行差，柳思孝的父亲亦如此。不同的是，李治平教育儿子的方式有些偏激，让李城的性格孤僻、易走极端，而柳如烟却让柳思孝心中有爱。

家庭的成长环境，父母的教育方式，真的能影响子女的一生啊。

二哥那边对李治平的讯问也比较顺利，他一听说我们挖出了陈月英的骸骨，还是当着李城的面挖出来的，脸色大变，最后，像泄了气的皮球般瘫坐在椅子上。

李治平是爱陈月英的，这一点毋庸置疑，除了抽屉里珍藏的那两张照片可以看出之外，他在承认罪行之前，难以自抑的情绪也能佐证。

五十来岁的老男人，就当着二哥他们的面哭了起来，老泪纵横。近半个小时后，他的情绪才缓和了下来，抽着二哥递过去的烟，慢慢交代了二十五年前杀害陈月英的事实。

"我真的很爱她。"这是他说的第一句话。

当年，李治平发现了那些信后，心中的愤怒急剧膨胀，压得他喘不过气来，几度想找陈月英算账。

后来，考虑到儿子还小，不能没有母亲，他决定给陈月英一次机会，所以，他们只是吵了几次，李治平却并未提出离婚。

为了保证陈月英是真的回心转意，他开始跟踪她，结果，没过多久，他发现陈月英再次去见了那个充当信使的女同学，从女同学家里出来时，她手里拿着一封信。

这让李治平彻底愤怒了，也是在那时，他动了杀妻的念头。

后面的过程就简单了，他趁陈月英熟睡时，掐死了她，然后把她埋在自家院子里。

"院子里有挖开的新土,都没人怀疑吗?"我问。

二哥摇头说:"李治平真是个人才,当时那块地上种的是小白菜,他画了个长方形,把表面的几窝白菜连着下面的泥一起,工整地挖出来,然后往下挖,挖好后,把陈月英埋进去,再把白菜原样放回去,最后修整一下接缝处,第二天一早把多余的泥土扔到其他地方,这样一弄,根本没人能看出那块菜地被挖开过。"

我听得一阵心惊:难怪陈月英失踪这么多年都没人能发现异常,李治平的心思已经缜密到如此可怕的地步。

他找妻子那么卖力,没人会想到是他杀了陈月英,就算有怀疑,也不会想到他敢把人埋在自家门前。就算想到他敢把人埋在门前,到门前一看,各处的地面都没有被挖动的痕迹,也就没人会真的掘地三尺去找尸体。

而只要没有尸体,李治平身上的嫌疑也就不能证实。若我们此次没挖出陈月英的骸骨,随着李治平因杀人罪名成立而被判死刑,陈月英的死便永远地成了未知之谜。

"年轻时就是个杀人犯,现在又杀两人,动机都是相同的,照我看,张艳一定是他杀的没错!"小武说。

"你们提到张艳是把李城当林天豪的替代品这事时,李城并没刻意回避,只是说他不相信,会不会是他的确太爱张艳了,给了她绝对的信任,所以并没有因此迁怒于张艳甚至杀害她?"官飞说。

在讯问李城时,我就动摇了,如果案子就此了结,似乎没什么不妥的,赃物已找到,凶手查实,社会上的恐慌情绪即刻消散,专案组不仅破获了此次的连环杀人案,还挖出了一桩二十多年前的谋杀案,我们五个人会声名大噪,只管等着立功受奖就行了。

文雅看着我,我笑了笑,说:"似乎有道理。"

"你放弃了?"那一刻,她的声音让我志忑,我想,自己是怕她失望。

"环环相扣,没有疑点啊。"我说,心里却很没底气。

"二哥,你说呢?"文雅向专案组最后一名成员征求着意见。

"卷宗可以先整理着,但我建议在结案前,先把一件事弄清楚。"二哥掐灭手中的烟头说。

53 结案

"你是想查清李城到底是不是李治平的儿子？"我问。

二哥重重地点了点头。

"怎么查？"官飞问，"我们没有正当理由去取李城的DNA标本啊。"

二哥笑道："他的DNA已经取样了啊。"

我反应了过来，在核实陈月英身份时，曾抽过李城的血，当时他也很配合。

同时我也想起，之前在查到李治平车后座有精斑时，就对他做过DNA测序，现在只需由专业人员把两人的DNA进行比对即可，根本不用通知他们。

"我马上安排。"文雅说。

为了把这事查清楚，我们还让徐忠厚过来了一趟。给他抽血时，他问我们做什么。文雅解释说在案发现场提取到了凶手的生物组织，现在需要将其与所有有嫌疑的人的DNA进行比对，请他配合。徐忠厚没多少文化，不会多想，马上就说："行，抽吧，我行得端坐得正！"

这天下午，王律师来找了我们，他已经见过了李治平，也知道了我们从李家院子搜出赃物以及挖出陈月英尸骨的事。

"文队长，恭喜。"见面后，他很客气地说。

文雅笑了笑问："王大律师，何喜之有？"

"在你的带领下，专案组不仅一举破获了近段时间的两起杀人案，还挖出了二十年前的隐案，于公于私，这都是好事，为社会的稳定做出了贡献。"他扶了扶眼镜说。

"王律师，听你这意思，不准备为李治平辩护了？"我好奇地问。

"我看过警方的讯问笔录，没什么不合规定之处，又仔细地问过李治平本人，他对自己的行为供认不讳，过程有条有理，不似编造，何况现在李城的态度也没之前那么坚决了，这案子已经失去了辩护的意义。"王律师坦诚地说。

"你觉得这案子没问题吗？"我忍不住问了句。

"有什么问题？"他疑惑地看着我。

"哦，陆扬是不相信李城会这么轻易地放弃。"文雅不动声色地瞪了我一眼。

对李城杀张艳的怀疑是专案组内部的秘密，若是传出去，不仅会影响案子的终结，还容易引起轩然大波，在未经查实的情况下，文雅谨慎些是对的，是我心急了。

王律师也不细问，顺着文雅的话说："李城虽然与父亲感情很深，但他也受过高等教育，有一定的法律知识。在了解了详细案情后，又听我讲了李治平的态度，心里也很明白事实真相到底如何。最近几天，他的情绪都很低落，主要精力放在安葬他妈妈的事情上。"

连在文雅口中如此厉害的王律师都没看出此案有什么蹊跷，这再次让我觉得，或许事实真相就是这样吧。

临走前，王律师说："受人之托，终人之事，虽然案子格调已定，但我接了这案子，就会按程序把它走完。我现在仍然是李治平杀人案的代理律师，还望文组长有什么新情况及时通知我。"

"这是自然。"文雅爽快地应道。

DNA的比对结果要第二天才能出来，然而晚上，文雅把专案组成员召集到一起，说有事情要宣布。

文雅的脸色和语气都不好，这让我的心悬到了嗓子眼儿，待人员到齐后，她正色说："下午局长找我谈了话，详细了解了案件的进展情况，十分钟前，我接到局长电话，要求我们立即结案。"

"这么急？"二哥皱眉问。

"嗯，上次为了搜集证据，向群众公布了两起案子，在社会上引起了不小的恐慌。案子一天不破，梓州公安局肩上的压力都很大。下午我走后，局长开了党委会，班子成员在认真分析了案情后，一致认定可以结案了。"

"今晚就结吗？"小武问。

"我们今晚把结案报告弄出来，明天一早开新闻发布会，向公众宣布。"文雅说。

"那就弄吧，反正李治平不会冤。"官飞说。

"说得对，无论如何，李治平杀人的事实是成立的，至少也杀了两个人，他冤不了！"二哥附和道。

自始至终，文雅都没问我的意思，我心里其实有松了一口气的感觉。所有的怀疑都因我而起，我的压力同样很大，现在结了案也好。

"我来整理卷宗吧。"我自告奋勇地说。

他们都看向我，二哥走过来，拍了拍我的肩膀："咱们一起弄。"

结案报告写好时，已经接近十二点了，官飞与小武回家，我们仨回招待所，路上，文雅突然说："你得理解我啊，局长的态度很坚决，我只有服从。"

她这样说，弄得我很不好意思，忙说："没事儿，既然是猜测，就有对错。其实我这两天也仔细想过，李城的表现太完美了，的确不像是在演戏，并且，若是他杀的张艳，那张艳的财物怎么会和柳如烟的在一起呢？我想，应该是我冤枉他了。"

二哥却说："李治平杀人是板上钉钉的事，对结案没影响，等明天DNA比对出来了，咱们接着查李城就是了，反正那时候案子已结，领导也不会过多地留意我们在做什么。"

"不好吧，这样不合规定。"我犹豫道。

"就按二哥说的办，其实我挺相信你的判断的。虽然这案子有些复杂，过程中李治平那儿也出了些波折，可我还是觉得，似乎一切过于顺利了。"文雅说。

"你应该坚持。"二哥说。

我说："可万一方向是错的，坚持下去有何意义？"

"没到最后，怎么知道方向是错的？"他反问。

我无言以对。

第二天上午，新闻发布会如期举行，文雅早就是梓州的名人，好多记者都认识她，局长也就指定由她来宣布案情并回答记者提问，我们几人落得个轻松。

官飞与小武很高兴，案子结束，专案组解散，梓州县局会给他俩放一周的假，官飞可以好好陪女儿，小武也有时间去谈恋爱了，前两天听说家里给他介绍了个对象。

中午，由局长主持，在梓州大酒店开了庆功会，书记、县长都来了，对专案组破案如此神速大家都很满意，县委书记甚至说要把文雅重新从市局给"抢"回来。

酒过三巡，大家各自散去，局长说了，招待所的房间暂时不退，欢迎我们多玩几天，我们也就回到招待所午睡。

一觉醒来，天色已有些暗，二哥从被子里探出头来问："几点了？"

"五点了。"我说。

"走！"

"去哪儿？"我茫然。

"DNA比对结果应该出来了，叫上文雅一起去看看。"说着，他从床上坐了起来。

我们敲开房门时，文雅微笑着站在门口说："我早就醒了，一直在等你们。"

虽然早有心理准备，DNA 比对结果还是让我们大吃一惊，李城与李治平无血缘关系，而是徐忠厚的亲生儿子。

"李治平这是做了接盘侠，喜当爹啊，帮别人白养了这么多年儿子！"二哥用时髦的词说道。

"可能连陈月英都不知道这件事吧，要不然，凭着她那么喜欢徐忠厚，肯定会在信里告诉他的，可从徐忠厚的回信来看，她似乎并未提及。"我说。

"我们几人说不定是最先也是唯一知道此事的人。"文雅说。

"如果李治平是为李城顶罪的，这件事会极大地动摇他的信念，从而完全有可能供出李城！"二哥一拍桌子说。

"趁着局里解散专案组的命令还未发布，咱们马上去看守所提审李治平！"文雅当机立断。

54 无果

见到我们，李治平脸上闪过一丝诧异。

二哥先与他聊了些家常，因为接触过好几次了，谈话间，两人语气随意，像是熟人一般。

待时机合适，二哥开始了试探："当年你仅仅因为陈月英与徐忠厚背着你保持联系，就气得那么厉害，以至于杀了她？"

李治平一愣，皱眉看着二哥，好一阵才说："不然呢？我给了她机会，她却再次去找那男人，你遇到这种事能忍得住？"

二哥笑道："陈月英不在了，你一个人照顾李城，听说管得挺严的。"

"唉，毕竟是单亲家庭，不管严一些，怕他心思不用在学习上。"李治平叹气说。

"陈月英与徐忠厚不仅是互通书信，你们刚结婚后的那段时间，他俩是见过面的，这事你知道吧？"文雅问。

"哼，当然知道！那人写的信你们不是也看过嘛，里面提到过！"

文雅又问："既是如此，你有没有怀疑过，李城或许并不是你的亲生儿子？"

"不可能！"李治平马上否定了。

"你为何这么肯定？"我很疑惑。

"我的儿子我清楚，像我，不会有错！"

"证据呢？"文雅问。

"你这话问得奇怪，你有证据证明你是你父母生的吗？"李治平脸上隐现愤怒之色，瞪着文雅。

文雅也不恼，笑着扬了扬手中复印的鉴定报告单："我没有证据证明我是谁的女儿，却有证据证明李城到底是谁的儿子。"

"你什么意思？"李治平声音越发大了。

二哥从文雅手中拿过报告单，看着李治平说："我们将你和李城的DNA序列进行了比对，你想知道结果吗？"

李治平沉默了。

"我知道你想。"

"不！我不想听！"李治平近乎咆哮。

二哥却不顾他的反对，缓缓念道："经测定，李城与你并无血缘关系，他是徐忠厚与陈月英的儿子。"

"不！"李治平猛地想站起来，却由于手脚都戴着镣铐，无法动弹，只见他额头上青筋暴露。

"我很理解你的心情，作为男人，我也很同情你，但是，这是现代科学检测的结果，不会有错。"说罢，二哥把手中这份报告单递到了他面前。

李治平脸涨得通红，目光如炬般瞪着二哥，这样僵持了十来秒，他还是忍不住心头的好奇，看向了报告单。

单子上的结论写得简单明了，李治平却足足看了三分钟，身子抖动得厉害，最后，重重地垂下了头。

二哥试着安慰他，然而，过了好长时间，李治平都没再说一句话。

"你好好消化一下吧，我们明早再来。"文雅见李治平的情绪的确差到了极点，只得中断了谈话。

意外的是，这个时候，李治平抬起了头，近乎恳求地说："别告诉李城。"

我看着他的脸色，揣测着他的心理。

见没人应话，他又说："求你们了。"

二哥趁机说："我可以答应你今晚不告诉他，明早我们会再来找你谈话，等谈话结束，再做决定。"

这话很明显，是让李治平考虑清楚，若是告诉了我们重要的信息，自然能答应他的条件。

"李治平刚才的表现不似作假。"出了看守所，我说。

"这事要辩证来看，若他一直都在说真话，那刚才的表现自然也是真的；若他以前说过假话，却骗过了我们的眼睛，那么，刚才的表现同样有可能是在演戏。"文雅说。

"李治平多半是真的不知道这件事。"二哥也说。

一夜无话。

第二天一早，我们仨就出了招待所，往看守所而去。

中途文雅接了个电话，是局长打来的，他委婉地表示，让我们别再查这件案子了。

"您怎么知道的？"文雅很是疑惑地问。

"王律师给我打了个电话。"局长在电话里对文雅说。

原来，昨晚在我们走后，李治平要求见律师，王律师闻讯去了趟看守所，与李治平谈了近半个小时。早上，他直接给局长联系，说了这件事，并说从法律的角度来讲，李城是不是李治平亲生儿子，与案件并无直接关系，当事人有权要求警方不公开。同时，王律师还问局长，为何公安局已经宣布结案了，警察还在提审李治平。

迫于王律师在省、市、县三地司法界的地位，并且他的话有理有据，局长被弄得哑口无言，最后让了步，让我们不再调查。

文雅没办法，只得应了下来，不过，当时我们已经快到看守所了，决定还是去见见李治平。

"你真是狡猾，我们前脚刚走，你就找了人。"一见面，文雅的语气很不好。

267

"对不住，我也有自己的苦衷。"

"什么苦衷？"我马上问。

李治平坦言："我身背三条人命，必死无疑，也是死不足惜，可我父母七十多岁，他们没做错什么，我死了，李城在，他们还有个念想，能挺得住。若李城的身世被曝光出去，他们二老同时失去儿子孙子，我担心会出大事。那个徐忠厚，他自己是有儿女的，李城不与他相认，他也没什么损失。"

这个理由，还真是让人无法质疑。

"昨晚，你也是这么和王律师说的吧？"我问。

"是。"

在这样的前提之下，后面的谈话就显得没意义了，软磨硬泡了近一个小时，我们没得到任何有用的信息，只得颓然地离开了看守所。

"后续工作将会由梓州县局接手，这是我们最后一次见李治平了。"上了车，文雅说。

我明白，这个案子就此画上了句号，只不过文雅没说那么直接。

二哥衔着烟头的嘴吐出一口烟雾："陆扬，别灰心，我一直觉得你的猜测是有一定道理的，只不过很多时候，人们眼睛看到的，不见得就是全部真相，而看清真相的人，又无法将其证明。"

我笑了笑，释然地说："既然无法证明，我们就当它不成立好了，免得冤枉了好人，这起案子中有太多可怜之人，李城亦是如此。只希望他今后能像柳思孝一样，带着爱意前行，成为一个温暖的人。"

55 终章

七天后的晚上。

我正准备上床睡觉,接到了文雅的电话:"李城死了……"

"怎么死的?"我无比震惊。

"自杀的。"

我还没缓过神,文雅又说:"徐忠厚也死了,李城杀的。"

那一刹,我只觉脑子里"嗡"的一声,这简单的几句话,信息量实在太大。

一个小时后,我、文雅和二哥赶到了梓州。

警方还原了案发经过,当晚九时许,李城进入徐忠厚住的小区,敲开了他的房门,而后,用事先准备好的水果刀,干脆利落地了结了徐忠厚的性命。

确定徐忠厚死亡后,李城报警自首,等派出所警察赶到徐忠厚家,李城已经割腕自杀身亡,警察从他的裤包里搜出了一个信封,里面是一张DNA鉴定报告,证实被鉴定的两个对象为父子关系,同时还有一张白纸,上面写着:"李治平杀我母亲,该死;我杀了张艳,该死;徐忠厚与有夫之妇有染,生我却未养我,是我悲惨一生的源头,该死。我唯辜负者,李治平对我的爱,愿来世再做父子。"

这张白纸，直接地证实了我的猜测，我却没有丝毫成就感，心里沉重无比。

专案组成员被再次召集在一起，重新梳理先前的案情，并调查这几天李城的行踪。

经多方查实，很快我们知道了案件的来龙去脉。

想来那天搜查房间时，李城看了那些信后，也怀疑起了自己的身世。

他先去了陈月英父母家，询问陈月英父母的血型，当被告知"不知道"时，他用事先准备的注射器分别抽取了外公外婆的血液，拿回去做检测，这种事对一个医生来说是再简单不过的。

而由于这个外孙也算是给自己长了脸，陈月英父母并未拒绝李城的这一行为。

我猛然想起，何放曾说过，李治平曾到处求人给他儿子献血，可他自己给李城输过血吗？看来，李城也是对此事件产生了怀疑。

从医院调查的结果得知，李城外公外婆的血型均为 O 型，如此便能推断出陈月英的血型必然也为 O 型。

李治平的血型为 B 型，他与陈月英的后代血型只可能会是 B 型和 O 型，而李城的血型却为 A 型，这已经表明，李城不是李治平的儿子。

随后，李城找到陈月英以前的中学同学，问出了陈月英曾经恋人徐忠厚的信息。因张艳的关系，他早就与徐忠厚打过照面，二人也算是熟人，李城去找过他，应该就是这次见面过程中，李城取走了徐忠厚的生物样本并送去鉴定。

结果出来后，李城就做出了杀人与自杀的决定。

搞明白这起案子后，局长要求我们立即对李治平进行突审，务必让真相水落石出。

我们去的时候天已经黑了，再次看到我们，李治平先是很茫然，随后皱起了眉头，当那张带血的白纸被摆在他面前时，他悲恸万分，老泪纵横，哭得像个孩子。

这一整夜，他都没说一个字，我们也没催他，他有太多情绪需要释放。

天亮时，我看着他憔悴的面容，觉得他一夜之间老了十岁。

当清晨的第一缕阳光从窗口照进来时，他终于开口了："我早就知道他不是我儿子，这也是我杀陈月英的真正原因。"

因为哭泣，李治平的声音极为沙哑。

我很震惊，没想到那个时候他就知道了这件事。

其他人的脸上也带着诧异，却没人提问，没人插话，我们只是静静地等着，有些事情也该水落石出了。

原来，二十五年前，李治平发现陈月英与徐忠厚有染，从时间上一推算，很快想到了儿子是否自己亲生的问题，他偷偷取了李城的几根头发，借出差的名义，到省城做了亲子鉴定（注：亲子鉴定技术始于二十世纪七十年代）。

证实李城不是自己的儿子后，李治平心中愤恨难平，遂杀了陈月英，把她埋在了自家的菜园里。但是，对于李城——这个当时年仅三岁的小生命，他心中始终恨不起来。

自陈月英怀孕开始至事发时，近四年时间，李城早已成了他生命的一部分，何况，孩子是无辜的。于是，他最后决定，仍然把李城当亲生儿子一样对待。

二十八年的父子情，李治平从心底认定了李城这个儿子。同时，在李城的成长过程中，经常表现出来的对母爱的渴望，也让他生出了对李城的愧疚之情，他把全部精力与爱意都倾注到了儿子身上。

李城杀张艳那晚，李治平其实在乡下父母家，因为那天他父亲的旧疾复发，是他在照顾着，直到凌晨一点才开车回家。

他回家后发现李城房间的灯还亮着，走过去一看，李城慌慌张张的，魂不守舍。在几番询问之下，李城说了一件让他震惊的事，说自己杀了张艳，并抛尸城郊，最要命的是，似乎把那枚刀币遗落在了现场，而这刀币，是李治平拿给李城的，让他帮着找人问问价。

只思虑了几分钟，李治平心中便有了"为子顶罪"的念头，这不仅出自对李城的爱，也有一部分原因是自己杀了陈月英这二十多年来，心中一直有魔障，他想寻求解脱。

李治平详细询问了李城杀张艳的细节，以便相应做出一些假的痕迹，而他车上的抓痕和精斑即是这痕迹的一部分。

同时，他给李城做了交代，教他如何应对警察的询问，但当晚并未告诉李城自己准备替他顶罪一事，直到他杀了柳如烟，这才将计划全盘讲与李城听。

"李城没反对过？"我终于忍不住问了一句。

"他的目的就是要我为他顶罪，怎么会反对呢？当时也不过假意推托了几句而已。"李治平苦笑着说。

至此，我们知道了一件更加可怕的事。

这一切竟是李城的阴谋。

李治平说，这也是他后来慢慢发现的，最先的一处疑点便是自家院子的那片土豆菜地，那下面埋着陈月英，他自然比较留意。

他曾问过李城，为何不把张艳埋起来，而是要抛尸，李城的回答很牵强。

在李治平的培养下，李城一直是学校的尖子生，理科成绩尤为突出，他了解李城的逻辑思维能力，觉得李城不应该犯这样的错误。当天他就把菜地仔细检查了一遍，果然发现收获了土豆的那片空地下有挖动过的痕迹。

那个时候，李治平便明白了一切。

原来，李城准备把张艳也埋在那片地下，在挖坑的时候，无意中发现了自己母亲的尸体，聪明如他，哪能想不到陈月英是被李治平所杀。

如今李城已死，他到底做何感想我们无从得知，总之结果是，他将张艳的尸体抛于野外，并故意留下了刀币。

"你明明知道这一切都是他的精心设计，目的就是为母复仇，你为什么还心甘情愿帮他顶罪？何况，他并不是你的亲生儿子。"我不敢置信地问。

"有没有血缘关系真的那么重要吗？二十五年了，我们相依为命，彼此得到的从来不比任何一对亲生父子少。他发现了他妈妈的尸体从而恨我，我可以理解，这么多年了，我也时常在梦魇中惊醒，对自己一时冲动犯下的错难以释怀，既然如此，能够如了他的愿，让他好受一些，我也能得到解脱，最关键的是，他能继续活下去，何乐而不为？"李治平说这话时，眼里尽是黯然。

"不过，他并不知道你的想法，这样做岂不是很冒险，万一你不帮他顶罪呢？"文雅问。

"我若不主动帮他掩饰这件事，只怕早就不在人世了。"李治平苦笑着说。

"你是说他会直接杀了你？"小武似乎受到了惊吓。

"我的儿子我最了解，他肯定会杀了我再自杀的。"

二哥说："李城的性格很偏激，这的确是你的教育方式所致，否则，也不会动'杀'父为母报仇的念头，现在又杀了生父后自杀。当初，你就没想过你帮他顶罪后，他还是会自杀吗？他反正都会死，你顶罪甚至又杀了柳如烟，有何意义？"

"其实杀柳如烟是我的本意，我是真的恨她，只不过若不是李城，我杀柳如烟会不露痕迹的，你们根本查不到我这儿来，就算查到，也找不出证据！至于你说的意义，在我俩商定计划时，我给他留下了一个任务，让他替我给他爷爷奶奶送终，他虽有犹豫，最终还是答应了。"李治平顿了顿，喉头似乎有些哽咽，"现在，他还是走了，或许，他是觉得那已经不再是他爷爷奶奶了吧……"

李治平的哀伤感染着我们，房间里一时安静了下来，好一阵，官飞才打破了这份沉闷："你这人太可怕了，为了帮儿子顶罪，询问了他杀张艳的详细过程，模仿着杀了柳如烟。我觉得凭你的心机，不可能会在柳如烟体内留下精液，这应该是你故意的吧？"

"没错，我这样做，是在给你们留证据，让你们锁定我的嫌疑，没想到让那'讨口子'的捣了乱。"

后面的过程都很明了了，我们所看到的，所得到的，都是李家父子想让我们看到与得到的。

这对父子做得很完美，清除了所有异常痕迹，让这一切都在他们的掌握之中。

若不是李城太过聪明，私下查清了自己的身世，只怕这起案子的真相永远都不会公之于世。

交代完这些，李治平向二哥要了一支烟："之前我什么都不说，是为了保李城。现在，我全部告诉你们，同样有一个要求。"

"什么要求？"二哥轻声问。

"要不是李城写了这张纸，亲口承认杀了张艳，我永远也不会告诉你们实情。你们早就知道他是徐忠厚的儿子，我也知道，但其他人不知道，我配合，只想让你们帮我保守这个秘密。"

"李城都死了，你还在意这个？"文雅问。

"当然在意，我只有这么一个儿子，不可替代。"李治平的神色很坚定。

"好吧，我们答应你。"文雅说。

李治平看向文雅，良久，笑了笑："谢谢。"

走出看守所，小武兴奋地说："陆扬哥，你怎么这么厉害，案件真相果然是你之前猜测的那样！"

"我宁愿不是这样。"我叹息着说。

"为子顶罪，李治平对李城的父爱，真的太重了。"官飞这个当爹的人感叹道。

"关键是，跟这个儿子还没血缘关系，相比起来，胡刀对柳思孝简直就是连畜生都不如。"二哥说。

站在一旁的文雅看向远方，久久没有说话。我轻轻拍了一下她的肩膀："看什么呢？这么入神。"

文雅收回目光，摇头说："没什么，只是有些感慨罢了。我们从出生到死亡，带给我们最多爱的便是亲情，可是，这原本是因血缘关系产生的情感，血缘关系却并非是衡量其亲疏的唯一标准。"

"是啊。"我看着她,"只要是源于心底最真挚的爱,便是世上最好最珍贵的情感。即使他们曾因此做过一些错事,但爱本身没有错,李治平如是,李城亦如是,希望来生他们能成为真正的父子,并遇见值得自己钟爱一生的人。"

愿每一份爱,都不再被辜负!